愛呦文創

愛呦文創

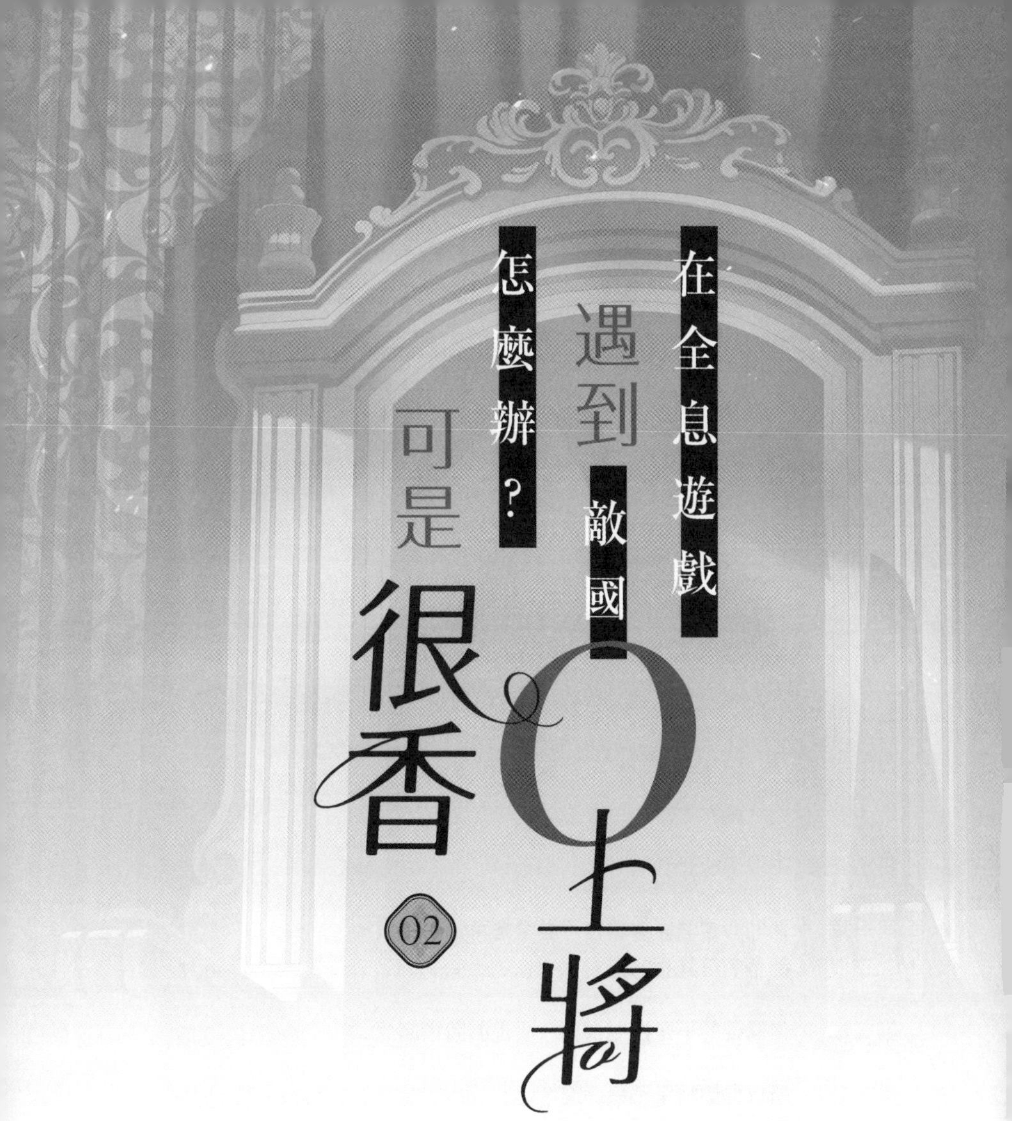

在全息遊戲遇到敵國O上將怎麼辦？可是很香 02

M. 貓子——著
さきしたせんむ——繪

目　錄

CONTENT

黑格瓦·貢·曜現

年　　齡：47歲（但獸人的壽命較長，所以外表看起來只有30多歲）
身　　高：含龍角約220cm
體　　重：含尾巴約120kg，但大多為肌肉，健壯而不笨重的身材
髮　　色：黑色及腰的長髮
瞳　　色：藍色
外貌特徵：給人壓迫感的英俊，身為黑龍人有著類似蜥蜴的長尾，頭上也有龍角，但右邊的龍角只剩下半截。完整的龍角長度約15cm。
龍角和龍尾都是黑色，且帶著金屬質感，相當堅硬。

常見服裝造型：以攝政王身分出席時著裝頗為華麗，黑藍色系的合身長袍（後背有開高衩，方便尾巴活動）、滾毛披風、鑲銀的靴子。
私底下則很隨興，視當天需要，出門時會掛上假綿羊角偽裝成蜥蜴人（蜥蜴人因為沒有角，有時候會在頭上配戴其他獸人特徵的角當裝飾）。
個　　性：對外給人霸道、危險、自信、從容的印象，不過對於親人和愛人相當寵溺，張狂的形象下是心思縝密、擅謀略的心。
身　　分：斯達莫帝國第一親王（攝政王），駐地球聯邦大使，王級衝鋒重甲厄比斯的駕駛。
專　　長：權謀、飲酒、機甲戰鬥、精神攻擊、烹飪、龍視和龍見（龍人特有的預知能力）
興趣嗜好：機甲戰鬥、探險、BDSM（原本只是工作需要，遇到專屬Sub才變成嗜好之一）
喜歡的顏色：紅色
討厭的顏色：紫色
喜歡的食物：烤肉
討厭的食物：罐頭豆子湯
喜歡的風景：星空
在意的人事物：顧玫卿、自己的Sub
討厭的人事物：威脅斯達莫帝國的人物

座右銘或口頭禪：身分決定義務
一句話形容顧玫卿：宇宙中最豔麗不可得的花

信息素

原本的信息素氣味是龍膽花，但後來遭逢變故，氣味變成堅冰，偶爾才會出現香氣。

Profile

顧玫卿

年　　齡：31歲（但外表看起來約24、5歲）
身　　高：約185cm
體　　重：約65～70kg，穿衣顯瘦脫衣有一層肌肉的體型
髮　　色：紅棕短髮
瞳　　色：銀灰色
外貌特徵：高䠷、禁慾、給人不苟言笑感的端麗型美人，但其實只是不擅言詞和面癱，美麗但同時有著會被誤認成Alpha的英氣。

常見服裝造型：大多數時間都穿軍裝。駕駛機甲時會換上緊身衣。日常則是非常簡樸的休閒襯衫。玩BDSM時偏好的服裝是白色蕾絲的性感內衣，和蕾絲吊帶襪，會穿高跟鞋。

個　　　　性：乍看之下高冷嚴肅，但實際上只是不擅言詞甚至有些木訥，在戰場上則一反私下的溫和，近乎狂戰士，有著「緋紅暴君」的外號，深受屬下的信任，但也備受糟糕家人的依賴，時常要幫家人收拾爛攤子。
私底下是BDSM愛好者，暱稱蘿絲，位置是Sub（臣服者），耐痛力和服從性都不低，面對 Dom（主人）會展現羞澀和撒嬌的一面。

身　　　　分：地球聯邦宇宙軍中央軍第三軍團指揮官，官階上將。后式攻擊甲，紅拂機的駕駛員，最高紀錄可以控制25臺兵式攻擊甲一同出擊，有一人媲美一個機甲團的戰力。

專　　　　長：機甲駕駛（近距離格鬥和中距離攻擊）、以精神觸纜入侵電子系統

興　趣　嗜　好：烹飪（但大多失敗）、機甲駕駛、浪漫電影（但工作太忙看不了多少）、BDSM

喜歡的顏色：白色
討厭的顏色：沒有特別討厭的顏色
喜歡的食物：水果蛋糕
討厭的食物：不挑食，但會怕辣
喜歡的風景：星空
在意的人事物：自己的Dom，主人法夫納
討厭的人事物：父親，但也無法狠下心割捨

座右銘或口頭禪：犧牲是軍人的義務
一句話形容黑格瓦：他是王與將軍，相較之下我只是稍微善戰的士兵

信息素：信息素氣味是大馬士革玫瑰，被周圍人公認與本人氣質不合的豔麗氣味，但其實和他最深層的性格很匹配。

CHAPTER.01

第一章

他的命定之人
無論在可愛還是可怕的領域，
都是名符其實的暴君

In a BDSM VR game, fall in love with an enemy general.

顧玫卿不清楚自己高潮了幾次，當他冷靜下來時，四柱大床早已凌亂不堪，床單、被褥、枕頭上都沾著精液或愛液。

他呆滯整整一分鐘才把手伸向控制面板，叫來房務機器人清理主臥室。

即使機器人不是人，顧玫卿還是在機器人進房時逃進浴室，在淋浴間中站上二十多分鐘，又到浴缸裡泡了近半小時。

顧玫卿走出浴室時，機器人們已經離開，四柱大床沒有躺臥的痕跡，地板光潔如鏡，落地窗旁的小茶几換上新點心，整個房間都恢復至剛入住時的狀態。

這份整潔令顧玫卿感到空虛，在浴室門口呆立片刻後，三兩步快跑向主臥室門口，再止步於門框前。

他想見黑格瓦，但是龍人所在的僕人房房門緊閉，而且自己也不知道見到對方後要說什麼。仔細想想，不管是面對法夫納還是黑格瓦，他都是被搭話，然後再說錯話被對方包容的那一個。

暖意和愧疚在顧玫卿的胸膛中繚繞，垂在身側的手指收緊，凝視僕人房的門許久，才轉身關上主臥室的門，躺上四柱大床，關燈入睡。

精確來說，是試圖入睡。

儘管主臥室的床是顧玫卿躺過的床中最舒適的，且室內溫度宜人還沒有任何噪音，但他翻來覆去就是沒有睡意，最後只能在腦內打模擬戰來消磨時間。

他從聯邦的例行軍團對抗戰，一路打到黃金輪盤的三十六樓——該如何才能在沒有黑格瓦的支援下撂倒所有人？接著把腦筋動到賭場的管理系統上。

顧玫卿的精神力十分強悍，在作戰時總是直接擊破敵方防火牆，接管對手的軍艦、機甲或機器人。

而第三軍團的另一名后式機甲駕駛員白靜是另一種風格，他的精神力沒有顧玫卿強大，但憑藉細潤如水的技巧，一次又一次悄然無息地滲透敵方系統。

此刻顧玫卿走的是白靜路線，以主臥室的系統為起點，先將精神力揉成細絲，再輕柔地鑽入系統中，接觸、綑綁、修改、支配每一條程式。

當太陽穿過落地窗照亮整間主臥室時，顧玫卿已經掌握賭場電子系統的最高控制權，他帶著用腦過度的飢餓感睜開雙眼，下床匆匆向系統要求一份早餐。

機器人很快就將早餐送到餐廳，那是由金黃蓬鬆散發奶香的圓麵包、辛香微辣的香料炒合成菇、培根火腿香腸與合成生菜拼盤，搭配的飲料則是熱咖啡。

顧玫卿盯著這比想像中豐富不只一倍的早餐，呆滯兩三秒才坐下，拿起圓麵包放入口中慢慢咀嚼。

然而，儘管面前擺著遠甩第三軍團餐廳三條街的佳餚，他卻咬著圓麵包思念沙漠營火旁的烙白餅，吞著培根炒菇想念調味簡單卻極為美味的烤巨蜥肉。

然後，最最思念的是坐在自己對面，烙餅、切菜、烤肉的黑格瓦。

「殿下……還在睡嗎？」

顧玫卿看向緊閉的僕人房，猶豫、掙扎、腦內辯論數分鐘後，以「我只是要確認殿下的安危」說服自己，以針孔鏡頭和房務機器人窺視房內。

僕人房的影像投進顧玫卿的腦海，房門前卡著書桌和兩張椅子，正對門口的窗戶拉上窗簾，黑格瓦側躺在陰暗的單人床上，背脊拱起、龍尾彎曲，閉眼急促地吸氣吐氣。

顧玫卿的心臟瞬間漏跳一拍，將針孔與機器人的攝影鏡頭通通拉向黑格瓦的臉，捕捉到龍人不自然地抽搐。

他立刻站起來奔向僕人房，直接解除房門的鎖定，控制房務機器人將桌椅拖走，同時用全身力氣推門，不等門扉完全敞開就側身擠進房內。

「殿下！」

顧玫卿的聲音與人幾乎一同到達床邊，見黑格瓦毫無反應，他單膝跪上床沿，舉起左腕啟動處理器的健康管控程式。

處理器的藍光掃過黑格瓦的身軀，幾秒鐘後彈出投影視窗，其中代表心跳、體溫和肌肉緊繃度的數字都是不妙的紅字，底下的建議事項則有使用溫水袋保溫、補充熱量，以及請周圍的 Alpha 或 Omega 給予撫慰素。

顧玫卿直接用精神力要機器人去拿熱水袋和糖果，看著第三條建議遲疑數秒後，才小心翼翼地放出撫慰素。

之所以會猶豫，是因為雖然醫學上 Omega 是最擅長釋放撫慰素的性別，但顧玫卿使用撫慰素的次數少之又少。

他鮮少需要安撫人，在面對暴怒躁動之人時更是直接動拳頭，壓根不靠信息素，甚至不記得自己上次用到撫慰素是什麼時候。

他只記得爺爺、家庭教師、家庭教練會因為自己放出撫慰素而動怒，因為作為顧家的長孫，自己應該強勢而非低頭求和。

不要出錯，拜託不要出錯！顧玫卿在心底祈禱，玫瑰的香氣以他為中心擴散，覆蓋單人床再占據整間僕人房。

黑格瓦的眼睫微微一抖，呼吸由短淺轉為深長，眉間的皺褶緩緩舒展，尾巴與手腳看上去也不再繃如弓弦。

顧玫卿鬆一口氣，眼角餘光看見機器人抱著熱水袋進入房間，轉身正想接熱水袋時，左腕忽然被人抓住，接著便是一陣天旋地轉，摔上床近距離看著黑格瓦的臉。

黑格瓦垂著眼睫，看上去沒有半點甦醒的跡象，但左手確確實實地扣在顧玫卿的腕上，而且還明目張膽地把人往自己的方向拖。

顧玫卿瞪大眼睛，輕推黑格瓦的胸口呼喚：「殿下？」

「……」

「殿……咦？」

顧玫卿感覺有某個東西靠上自己腿側與臀部，反射動作想扭腰掙脫，卻反而被對方牢牢壓住。

這是理所當然的，因為靠上顧玫卿身軀的是能一擊打裂合金地板的龍尾，且龍人動的不只尾巴，他放開顧玫卿的手勾住對方的腰，手尾並用地將 Omega 抱在懷中。

這讓顧玫卿的腦袋一秒陷入空白，隔著薄薄的衣衫感受到龍人比人類略低的體溫、靠實戰鍛鍊出來的結實身材，以及重拾平穩的心跳，忽然覺得自己的眼皮有些沉。

而彷彿是感知到 Omega 的睏乏般，清涼的信息素染上空氣，結合玫瑰香，將僕人房化身子夜時分的花園，安逸、靜謐、甜美得讓人身心放鬆。

拜此之賜，儘管顧玫卿不停告訴自己，這裡是敵陣，黑格瓦的狀態不佳需要有人保持清醒，但他還是在數分鐘後不敵睡意沉入夢鄉。

♦♦♦

等到顧玫卿甦醒時，打在窗簾上的已不是金色的晨光，而是紅橙夕陽。

除此之外，兩人的姿勢也有些變化，從面對面側躺，變成黑格瓦仰躺攬著顧玫卿的腰，顧玫卿伏臥在龍人胸上，一腳曲起斜插在對方的腿間，再被龍尾捲住小腿。

這讓顧玫卿先是愣住，接著整張臉刷紅，陷入「這姿勢太羞恥得馬上爬起來」和「能靠著法夫納大人好幸福多待一下」兩種情緒中，正不知該如何選擇時，聽見頭頂傳來輕吟聲。

「唔——」

黑格瓦緩慢地睜開眼，茫然地注視天花板片刻，才垂下眼和顧玫卿四目相交，整個人連同尾巴瞬間僵直，盯著同樣全身凍結的 Omega 許久，才抬起手臂遮住眼瞳深呼吸問：「我確認一下，昨晚那些不是我的夢？」

「昨晚是指？」

「『花園』。」

「不是夢。」

顧玫卿迅速回答，近距離看見黑格瓦垮下嘴角，急急爬起來跪床邊俯首道：「對不起，我一見到您身上的傷就……我沒有扮演好自己的角色，拖累您了。」

「你沒錯，是我沒穩住。」

「但如果我沒有喊……」

「奴的失序是主的失職。」

黑格瓦沉聲截斷顧玫卿的話語，閉著眼嘆氣道：「後續……看戎珀的反應再隨機應變吧，希望昨晚是讓他更混亂，而不是做出決斷。」

「我把昨晚的影像刪了。」

「那就……你說什麼？」黑格瓦放下手臂轉頭看顧玫卿。

「我在您休息時入侵賭場的系統，拿下控制權後，把昨晚我喊您的名字之後的影像紀錄刪除了。」

顧玫卿等了片刻沒聽見黑格瓦說話，以為對方是對自己的舉動錯愕到無言，連忙補充道：「我有做好偽裝！賭場的人若是想調閱昨晚的紀錄，會以為是鏡頭故障沒錄到。」

黑格瓦沉默，盯著顧玫卿七八秒後先抖動肩膀，再壓著肚子大笑起來。

顧玫卿錯愕地抬起頭，望著床上笑到全身震顫的龍人，不確定對方是真的開心，還是像自家副官一樣氣極狂笑，相當不安地握起雙手。

好在黑格瓦很快就控制住情緒，拭去眼角的淚光道：「你真是……無愧暴君之名啊。」

「我做錯了嗎？」

「做得非常好，好到超出我的預期。」

黑格瓦輕搖龍尾，伸展雙手環顧整個房間問：「這裡的鏡頭也『壞』了嗎？」

「紀錄上是，不過實際上沒有。早上我利用鏡頭確認房內——」

顧玫卿拉長尾音，和黑格瓦藍眼瞪眼須臾，驚慌地彎下腰道：「我、我不是有意偷窺您！只是您沒有出來吃早餐，我有些擔心……」

「然後就突破門鎖與障礙物闖進房裡？」

黑格瓦望著被機器人拖到角落的擋門桌椅。

「是……呃！不是！我是、是……嗚！」

「謝謝你。」

「對不……咦？」顧玫卿直起腰，詫異地注視黑格瓦。

這反應讓黑格瓦笑出來，從床上坐起來，揚手打開室內照明，「你是發現我的狀態不對，怕有三長兩短，才衝到房裡吧？」

「是的。」顧玫卿點頭。

「然後在檢查我的身體時，被我強行拖上床？」

「是……殿下怎麼知道？您當時是醒著嗎？」

「我睡死了，什麼都不知道。」

黑格瓦聳肩，抓了個枕頭墊在身體和床頭櫃之間，低頭望向顧玫卿笑道：「但我知道你。顧上將動手時不會猶豫，但除非涉及民眾性命、公共安全或有軍令在先，否則不會輕易出手；而蘿絲……他渴望親近主人，但有色無膽，做不出夜襲這種壯舉。」

顧玫卿先是愣住，接著雙頰快速轉紅，揮舞雙手結巴道：「夜、夜襲……色膽這種事，我沒、沒有……一次都沒有想！」

「我知道，所以你進房的動機是救我，而我也的確被你救活了。」

黑格瓦的聲音中帶著笑意，瞇起藍瞳低沉且慵懶地道：「你說，我該怎麼賞你？」

顧玫卿舉在半空中的手指微微一顫，在剛剛那一瞬間，黑格瓦說話的口氣、坐姿乃至眼神從斯達莫攝政王，轉成自己心心念念的主人法夫納。

先前被驚嚇、擔憂、疲倦……種種情緒壓下的饑渴頓時復甦，他迎著龍人的注目沙啞地回答：「請……讓我待在您身邊。」

「准了。」

黑格瓦拍了拍身旁的空位，曲起左腿，輕緩擺動龍尾，「過來這裡，我的花姬。」

顧玫卿起身爬上床，望著黑格瓦平放的右腿幾秒，帶著幾分不安、幾分興奮躺下，將頭枕在龍人的大腿上。

如果黑格瓦收腿或有任何不悅的跡象——例如停止搖尾巴，顧玫卿就會立刻把頭挪開，然而片刻後龍人既沒動腿也未拉平尾巴，而是垂下手輕觸 Omega 的頭。

黑格瓦張開五指插入顧玫卿的髮絲，理順有些凌亂的紅髮後，掠過髮梢來到後頸，不輕不重地揉上兩下後，來到 Omega 的肩上輕輕拍撫。

顧玫卿抬起睫羽，灰瞳迅速被水氣籠罩。

他記得這種撫摸方式，這是達成法夫納的所有要求後才能獲得的獎勵，黑格瓦用這個動作肯定了 Omega 的決定，也證明了黑格瓦正是自己思念的主人。

「法夫納大人……」

顧玫卿貼近黑格瓦的大腿，將額頭壓在對方的褲管上道：「對不起，我失約了。」

「沒關係，我也是。」

「還害您掉到沒有法律的邊境星球。」

「掉下去的是你，我是以個人意志開船飛過來。」

「可是……」

「沒有可是。」

黑格瓦的話聲轉沉，厚實的手掌下壓幾分，將顧玫卿推向自己道：「你是我的固奴，沒有我的允許，不准不明不白地死在荒星上。」

顧玫卿眼瞳放大，猛然意識到一件比「黑格瓦就是法夫納」更令他震驚的事。

儘管顧玫卿一直把法夫納視為精神支柱，更是真心愛慕對方，但也同樣清楚，自己的主人只存在於遊戲室中，不會也無法在現實中對自己伸出援手。

因此在他即將被巨蜥咬碎時，心中的遺憾是無法見法夫納最後一面，而不是希望法夫納來救自己。

他從不期待得到拯救，因為從小到大，從顧家到中央軍第三軍團，無論是身為顧家長孫還是第三軍團總司令都是負責回應他人期望的角色。

更何況，不管法夫納看上去多麼沉著、高貴、聰慧、可靠，都不代表危機降臨時也能有同樣的表現。

作為一名軍人，顧玫卿看過太多安全時侃侃而談、危急之刻哭爹喊娘的人。

可是黑格瓦——法夫納——用行動證明自己不是那種人，他為了救顧玫卿穿越黑洞，把自己的太空船砸到巨蜥頭上。

龍人像是兩年前接住因母親之死幾近崩潰的 Omega 一般，拉起放棄求生的顧玫卿。

「主人……」

顧玫卿張口閉口數回，終究無法將內心的澎湃組織成言語，只能用額頭抵著對方的大腿，讓淚水染濕褲管。

黑格瓦輕揉顧玫卿的後頸，看見 Omega 的身體靠得更緊，苦笑道：「看起來，你完全沒生氣呢。」

「生……氣？」

顧玫卿抬起頭，用摻有哭腔的聲音問：「為什麼我、我會生氣？」

「我用『性奴』形容你。」

「性奴是……啊！」

顧玫卿想起兩人在服裝店借宿時的對話，呆滯片刻後瞪大眼問：「殿、主……您當時所說的『容貌和我有九成相似的性奴』是指我？」

「是。」

黑格瓦點頭，目光染上陰鬱道：「然後我還在紀念日會場向你說謊。」

「我不記得您有說謊。」

「你問我玩不玩 BDSM，我告訴你我不玩。」

「我記得您當時是說，除非對國家有利，或是您的伴侶有興趣，要不然您不會進行 BDSM……」

顧玫卿話音轉弱，感覺胸上忽然多了一塊大石，乾澀地問：「殿下加入假面舞會的原因，是因為您的愛人是會員嗎？」

黑格瓦的嘴角抽動兩下，手按太陽穴無力地道：「我戀慕的人是會員沒錯，但我加入時他還不在裡面，我也沒料到他未來會成為會員。」

「所以……」

顧玫卿眨了眨眼，後知後覺的憶起黑格瓦說過喜歡自己，面頰頓時燒紅，壓下頭把臉藏到對方的褲管裡。

黑格瓦望著腿上羞恥到耳尖發紅的 Omega，嘆一口氣道：「我大概明白，你為什麼要我提醒才能把性奴和自己連在一起了，你想都沒想過那是指你？」

「我……我這種笨拙、不可愛又暴力的奴，怎麼有這個榮幸……」

「你可愛死了。」

黑格瓦截斷顧玫卿的自貶之語，看著 Omega 再次耳尖發燙，揚起嘴角輕聲道：「除了與你接觸、收你當固奴外，我在假面舞會中的所有行動都是為了斯達莫的利益。」

顧玫卿先愣住，再抬起頭詫異問：「斯達莫想要發展 BDSM 產業？」

「那類產業我們原本就有。我所謂的利益，是指情報。」

黑格瓦有些哭笑不得地回答，瞧見顧玫卿一臉迷惑，偏頭笑道：「假面舞會的會員中，有不少聯邦政商、演藝和軍界的大人物。」

顧玫卿睜大眼瞳。考量到假面舞會的隱密性和收費，會員以上流社會為主一點也不讓人意外，他不解的是……

「假面舞會是匿名的，也嚴格禁止會員告訴他人自己的真實身分，殿下要怎麼蒐集情報？」顧玫卿問。

「靠其他線報，還有獸人的直覺。」

黑格瓦戳了一下自己的太陽穴，放下手道：「原本這工作是交給情報部負責，然而……只能說 BDSM 比我想像中還考驗天分，派出的情報員中只有一兩人成功接觸目標，最後只能我自己上了。」

「就算能接觸到正確的人，對方也不會輕易洩漏機密。」

「會喔。」

「尤其是軍方和政府……殿下您剛剛說什麼？」

「會向我洩密喔——特別是政界。」

黑格瓦挑起單眉，輕搖龍尾笑道：「最初我也有些嚇到，羅蘭芬——我的副官——說大概是因為政界的人很習慣利益交換，其中又有不少人沒把國家放在心上，所以會輕易拿機密換與我遊戲的機會。」

顧玫卿兩眼圓瞪，盯著黑格瓦好一會才乾澀地道：「怎麼會……是哪些官員？」

「我不建議你打聽，那不是你能處理的人物。」

黑格瓦輕柔也尖銳地警告，注意到顧玫卿整個人凍結，斂起藍瞳冰冷地笑道：「現在，對我有怒氣了嗎？」

「我……」

顧玫卿張著嘴卻沒有吐出第二個字。

在黑格瓦坦白自己透過假面舞會收集聯邦機密時，他心中的確有怒氣，可是在龍人問起自己是否生氣時，Omega 忽然感到一絲異常。

仔細想想，黑格瓦若想掌握聯邦的情報，此刻最佳的應對方式是隱瞞自己的企圖，利用顧玫卿對法夫納的好感挖掘軍方機密。

可是黑格瓦卻選擇主動提醒顧玫卿他別有所圖，接著一方面聲明接觸顧玫卿的理由與情蒐無關，一方面又直白表示自己利用假面舞會挖聯邦的機密。

而如果將時間拉遠，在兩人於服裝店過夜時，黑格瓦也有過類似的矛盾舉動，一邊向顧玫卿告白，一邊又強調自己是不負責任的壞 Alpha。

以顧玫卿對黑格瓦的了解，這很異常，因為龍人不是反覆無常的人，行事說話甚至稱得上多謀縝密，不該有這種顯而易見的矛盾。

「氣到說不出話了嗎？」

黑格瓦微笑問，眼中、嘴上、肢體動作都刻著冰冷與譏諷。

顧玫卿沒有答話，細細看著黑格瓦的面容，沉默將近一分鐘才開口問：「殿下是理智上覺得不能讓我對您有好感，但是情感上又不想被我討厭嗎？」

「……發問的人是我。」

「我沒有生氣，只是很困惑。殿下為什麼會認為，不應該讓我對您產生好感？」

「……」

「殿下？」

「你的立論是錯誤的，錯誤的立論只會產生錯誤的推論，沒有回答的意義。」

黑格瓦冷硬的回應，在顧玫卿開口前別開視線，「閒聊到此為止，該說正事了。賭場老闆委託我尋找一隻攻擊多個商隊的巨蜥，迫於形勢，我答應了。」

顧玫卿蹙眉，一瞬間拋開對黑格瓦的迷惑，坐起來認真問：「所以我們要找到那隻巨蜥才能離開？」

「不用，等救援隊到達後，不管老闆想不想放人，我們都能走。問題是在那之前，我們得和賭場的部隊共同行動。」

黑格瓦停頓片刻，神色複雜地望向顧玫卿，「接下來至少十天，你在人前都必須扮演另一人，你做得到嗎？」

「另一人是……」

顧玫卿沒有把話說完，想起自己在貝綠登記的身分是黑格瓦的寵物，因此「扮演另一人十天」，實質上就是……

「這、這麼豐碩的獎勵我真的可以收下嗎？」

顧玫卿捧著紅透的臉頰，顫抖著嘴唇道：「連續十天都和殿……和法夫納大人在一起，承受大人的支配，這種、這樣的好事我真的可以接受嗎？」

「……」

「呃！抱歉，這不是好事，是任務！重要的護衛任務，不能當成遊戲，我會努力的，請

的心情。

顧玫卿挺直腰肢正坐強調，然而混亂的語句、過度明亮的雙眼，通通暴露 Omega 真正

務必讓我擔任另一人！」

這讓黑格瓦迅速脫離陰鬱，甚至差點笑出來，轉頭從另一側下床道：「你沒問題就行。我睡得一身汗，去沖個澡，你幫我隨便點些吃的。」

顧玫卿點頭，叫出投影螢幕點餐，不過在選完餐點準備按下「確定」鍵時，他的手指忽然停住，盯著螢幕片刻，咬牙快速戳亮「確定」鍵，下床奔向浴室。

「殿下！」

顧玫卿輕喚，敲敲浴室的門，以比平時緊繃不少的聲音問：「您洗好了嗎？」

「還沒。你要用浴室？」黑格瓦在水花聲中問。

「沒有，只是……我想，既然接下來十天，我們要在人前扮演主奴……我是說主寵，是不是應該預演一下？」

「預演……雖然我覺得沒必要，但也不是不行。等我洗好出來後執行？」

「我覺得現在就可以。」

「現在？你是說隔著門……」

「我可以進去幫您沐浴嗎？」

顧玫卿用兩倍速說完這句話，渾身僵硬、滿臉緋紅地盯著門板快速道：「我認為幫主人清潔也是寵物的職責，雖然殿下不會當眾沐浴但我想我覺得我認為不能排除您會被迫這麼做的可能，所以還是練習一下比較安全。」

「……」

「對不起請忘記我剛剛……」

「進來吧。」

「……的話。殿下說什麼？」

「進來。」

黑格瓦重複，同時浴室的門也自動滑開，水聲停歇，室內只剩龍人沉厚的嗓音：「我在淋浴間裡，剩頭髮、後背和尾巴沒洗。」

顧玫卿兩眼亮起，快速脫鞋進入浴室，於前進時捲起袖子與褲管，再將袍子的下襬紮在腰後，待所有動作都做完後，人也走到淋浴間前。

淋浴間自動開啟，顧玫卿看見背對玻璃門、盤著黑髮坐在小凳子上的龍人，內心的興奮頓時被驚愕與憤怒壓掉大半。

除去衣衫的遮掩後，黑格瓦的身軀是名符其實的「猛獸」，從頸部到腳踝找不到一絲肥肉贅肉，只有隨身體線條隆起或收束的肌肉，它們雖不如健美選手豐厚，卻彷彿野獸的獠牙般，給人濃厚的危險感。

特別是當每塊肌肉上都或多或少找得到傷疤下。

黑格瓦的後背橫著猙獰刀疤，肩膀上有淺淺的彈痕，右臀與左大腿帶有燒傷痕跡，而左右小腿上有數塊皮膚的顏色明顯與周圍不同。

在醫療水平已進步到只要沒斷氣，就能好手好腳走出醫院的現今，要留下這種程度的疤痕必須符合兩個要件：第一，傷得夠重；第二，沒有獲得即時、充足的醫治。

「嚇到了？」黑格瓦看著牆壁問，話聲低沉沒有絲毫溫情，只有不耐。

這讓顧玫卿瞬間想起自己的角色，立刻搖頭道：「沒有，只是第一次看見主人的裸體，有些……情緒激動。」

「害怕的話就出去。」

「我對主人的身體只有愛慕，沒有害怕。」

顧玫卿拿起壁架上的網狀沐浴球，壓上沐浴乳後蹲在黑格瓦的身後，將沐浴球按在他的肩膀上。

藍色的沐浴球迅速被泡沫包圍，細密的白泡泡覆蓋黑格瓦的傷疤，卻蓋不住顧玫卿的記憶，他忽然想起早晨蜷曲在床上喘息的龍人，沉下眼輕聲問道：「主人的不適，和身上的傷有關嗎？」

「我有允許你發問嗎？」

「對不起！」

顧玫卿閉上嘴，掃視黑格瓦身上的疤痕，不自覺地放輕刷洗的力道。

黑格瓦感受到顧玫卿的變化，肩膀微微下垂，沉默片刻後道：「無關。」

「什麼無關？」顧玫卿停下手問。

「我的虛弱，和舊傷無關。」

黑格瓦側頭斜眼注視顧玫卿道：「看在你今日表現的份上，我不計較你擅自發問，但下不為例。還有其他問題嗎？」

「我還能問其他問題？」顧玫卿目光發亮。

黑格瓦的嘴角微微跳起，但他很快控制住臉部肌肉，冷淡地問：「這就是你的問題？」

「不是！」

顧玫卿用力搖頭，揪緊沐浴球面色凝重地問：「我想問的是，如果主人的狀況與舊傷無關，那與什麼有關？」

「與我在賭場出老千有關。」

「主人有出老千？」

「你認為我沒有？」黑格瓦挑眉。

「主人出門時說過，您在部分賭桌中可以不出老千連贏。」

「你漏了五個字──不出『常規意義上』的老千。」

「常規意義上的老千是？」

「透過賭具、電子器材、藥物、暗樁、靈活的雙手或其他肢體部位影響賭局。以此定義來說，我沒有出老千。」

「但是主人有，所以……」

顧玫卿蹙眉思考片刻，垮下肩膀挫敗地道：「我想不到其他出老千的方法，主人是怎麼押中的？」

黑格瓦沒有回答，將視線拉回前方，揚起龍尾戳了戳顧玫卿的手臂。

顧玫卿上身一震，先以為對方是提醒他手停了，趕緊繼續刷洗黑格瓦的後背，結果刷沒兩下就又被尾巴戳上，這才明白對方的暗示。

「是靠龍人的能力？龍人的龍視強到可以連續十一次猜中輪盤數字？」顧玫卿的聲音拔高好幾度。

「不是所有龍人都能，但我可以，只是要付出一點代價。」

「代價是……」顧玫卿腦中又浮現黑格瓦蜷縮在床上喘氣的模樣，胸口頓時縮緊，五指也掐進沐浴球中。

黑格瓦感覺沐浴球壓在自己的肩胛骨上，猜到顧玫卿的心情變化，輕搖龍尾漫不在乎地道：「只是體力被榨乾罷了，睡幾天就能補回來。」

「您今天早晨的狀態看起來不像單純失去體力。」

「那是因為我玩過頭，看起來比較嚇人，不過也只是看起來，你要是中午才偷窺我，就只會看到我打呼的樣子。」

「真的嗎？」

「你懷疑自己的主人？」黑格瓦聲音轉沉，龍尾也微微弓起。

「我沒有！」

顧玫卿挺直腰肢回答，望著黑格瓦健壯也傷痕累累的背脊，想起遊戲室中被自己失控打碎的連線人偶，不禁將沐浴球抓得更緊，「我信賴您，非常信賴，但我擔心您會為了照顧我犧牲自己。請不要這麼做，請相信我有能力自保，並保護您。」

黑格瓦抬起眼睫，深邃的藍眸中滾起熱流，張口似乎想說什麼，但在最後一刻咬住嘴巴，閉眼靜默五六秒後不帶感情地道：「我自有分寸。」

「主人……」

「我自有分寸。」

黑格瓦重複，從自己的傷聯想到顧玫卿的傷，面色瞬間轉陰，「話說回來，那幾個情緒失控攻擊你的 Alpha，是聯邦軍的人？」

「這裡應該沒有聯邦的軍人。」

「我不是問這裡，是問首都星。你先前進遊戲室時身上帶傷，我問你怎麼回事，你說是被 Alpha 打傷的。是聯邦軍裡的嗎？」

「遊戲室……」

顧玫卿的目光變得悠遠，總算想起黑格瓦描述的對話，搖頭道：「不是，我和聯邦軍的Alpha處得很好，會攻擊我的大多是宇宙海盜、失控的民眾，或是我弟弟。」

「顧華賜那個人渣……」

黑格瓦緩慢地擺動龍尾，聲音染上幾分殺意。

顧玫卿對龍人的肢體語言不熟悉，但他是在殺氣中打滾的人，先是驚訝再陷入暖意與煩惱中，稍稍鬆開沐浴球，柔聲道：「主人，請不要對他出手。」

「你連那種人也要保護？」

「我不想也不會保護他，我只是不希望他弄髒主人的手。」

顧玫卿停頓幾秒，紅著面頰低頭道：「況且，主人花一秒鐘處理他，就少一秒鐘注意我，我才不要。」

黑格瓦愣住，殺意轉為笑意，勾起嘴角偏頭道：「即使是親弟弟，也不容他占去我一秒的時間？」

「是異母弟弟。」

顧玫卿嚴肅地糾正，看著黑格瓦唇上的淺笑，忽然湧起強烈的渴求，無視泡沫張開手臂由後抱住龍人，將額頭靠在對方的身上輕聲道：「主人什麼都不用做，只要待在我身邊就好，單憑您的存在，就足以支撐我走下去。」

黑格瓦放在膝上的手猛然顫動，藍眸中閃過激動、欣喜、痛苦、掙扎……種種情緒，靜默許久才抬手碰觸顧玫卿的臂膀，用氣音道：「我也是。」

「您剛剛說什麼？」顧玫卿抬頭問。

「我說……」

黑格瓦拉長尾音，停頓好一會後忽然嘆氣道：「以你目前的表現，賭場的人應該能在五分鐘內識破我們。」

顧玫卿上身一顫，失手讓沐浴球落地，放開黑格瓦問：「五分鐘內？我表現得那麼糟？」

「糟透了，但我可以給你補考的機會。」

黑格瓦拾起沐浴球，反手遞給顧玫卿，「把沾上泡沫的衣褲脫掉，接下來在我允許或離開浴室前，一個字都不准說。」

顧玫卿差點開口說「是」，好在他即時想起黑格瓦的指示，閉上嘴點點頭，便退出淋浴間脫衣服。

黑格瓦聽著身後窸窸窣窣的脫衣聲，垂下頭閉起眼瞳，深深吐一口氣。

他的命定之人無論在可愛還是可怕的領域，都是名符其實的暴君。

◆◆◆

為了挽回失分，接下來顧玫卿的注意力都放在黑格瓦的身上。

這是件容易的事，畢竟顧玫卿一開始就是饞……擔心黑格瓦的身體，而且在刷洗途中，他迅速獲得成就感。

成就感來自黑格瓦的反應，龍人的坐姿沒有太大改變，但在兩人赤裸相對距離還不足十公分下，顧玫卿捕捉到許多細微變化。

例如，當顧玫卿給黑格瓦的腰側上泡沫時，龍人會往反方向傾斜，嘴唇緊繃似乎在忍耐什麼；在刷揉對方的背脊時，厚實的肌肉會緩緩鬆開；而在刷到背部與龍尾根部的交界處時，放鬆感會更明顯，黑尾還會不自覺地輕搖。

這讓顧玫卿忍不住花上兩倍時間打泡沫，直到沐浴球揉不出泡沫，才依依不捨地朝尾身前進，再站起來替黑格瓦洗頭。

然後，他很快就後悔沒有早點幫黑格瓦洗頭了。

每個動物都有特別喜歡被碰觸的地方，對龍人而言顯然是龍角左右的頭皮，當顧玫卿搓洗到該處時，黑格瓦的肩膀會肉眼可見地垂下，龍尾不僅左右搖晃，還時不時蹭上顧玫卿的小腿。

這顯然不是黑格瓦的意思，龍人也壓根沒注意到自己的尾巴幹了什麼事——他洗頭時全程閉眼。

於是，在一人沉迷於給龍人頭部按摩，一人陶醉於被人類頭部按摩，再加上浴室有自動升溫防著涼功能下，這頓澡洗了三十多分鐘才結束。

當兩人換上乾淨的衣物，走出浴室來到餐廳時，餐桌上沒有半盤餐點，顧玫卿詫異地看著空桌，正要向系統確認訂單時，系統主動彈出投影視窗報告。

致管理員閣下：

二十九分鐘前，前管理員查詢您的狀態。由於您要求不得讓前管理員發覺管理權限已轉移，系統並未攔阻前管理員，只是持續封鎖房間的監視與錄影功能，僅告知前管理員您訂購「黃金籌碼餐」，此刻正在使用僕人房的浴室。

前管理員要求將「黃金籌碼餐」升級為「水晶籌碼餐」，並將上餐時間控制在管理員離開浴室。

升級後的套餐已在送達的路上，請管理員閣下稍待片刻。

「前管理員是指賭場老闆？」黑格瓦在一旁探頭問。

「是。」

顧玫卿盯著投影視窗，深深蹙眉道：「雖然老闆昨天的態度就有明顯轉變，但這……怎麼覺得有點諂媚，會不會是想偷偷下毒？」

「他還需要我，就算動殺心，也得等我找到蜥蜴後，大概是被我昨晚的失控嚇到了。」

「影音刪除得太晚，還是被看到了嗎？」顧玫卿面色轉沉，一部分的精神力轉到戎珀辦公室的空調系統上。

黑格瓦不知道顧玫卿的心思，但直覺對方在做可怕的打算，迅速開口道：「我不認為是影音，如果是，戎珀的態度應該是輕蔑，而不是諂媚。嚇到他的應該是我的精神力。」

「精神力……您在三十六層的精神攻擊的確很驚人。」顧玫卿回憶道。

黑格瓦臉上閃過一抹尷尬，下意識別開視線，「不是在三十六層，是在主臥室。」

「主臥室？我怎麼不記得？是在我洗澡的時候嗎？」

「是在你喊我的會員名後。」

「……啊？」

「我在認出你後，有些……算是被本能控制了。」

黑格瓦將頭轉向另一側，微微捲起尾巴，彆扭道：「我對賭場中我們以外的智慧生物湧現強烈的敵意，向他們無差別精神攻擊，擊昏了大概……以這間房間為中心，上下四個樓層的生物。」

顧玫卿雙眼圓睜，盯著滿臉心虛愧疚不好意思的黑格瓦，沉默好一會才開口：「我完全沒發現。」

「因為我有避開你了。」

「如果您不避開呢？」

「那不可能。」

「您可以不避開嗎？」

「我無論如何都不……」黑格瓦頓住，查覺到顧玫卿的口氣中透著一絲興奮，看向Omega問：「你想做什麼？」

「我想體驗殿下的精神攻擊！」顧玫卿毫無停滯地回答。

「你已經體驗過了，我們第一次相遇時……」

「那都十二年了！而且當時還隔著機甲！」

顧玫卿高聲強調，灰眼鑲著燙熱的渴望，「現在的殿下一定……肯定比當年更驚人，我想直接感受您的精神力！」

黑格瓦的嘴角微微抽動，轉向顧玫卿嚴肅地道：「精神攻擊是一種攻擊。」

「我知道。」

「它會對你的精神，甚至肉體——以我的程度完全做得到——造成傷害。」

「我知道！」

「既然知道，為什麼還……」

「因為那是主人的攻擊。」

顧玫卿的面頰稍稍泛紅，垂下眼十指交握難掩亢奮地道：「沐浴在主人的精神力下，感受自己的精神乃至肉體都被您的力量扭曲，這實在是……太誘人也太有挑戰性了！」

黑格瓦看著顧玫卿臉上真真切切、赤裸不虛的渴望，一方面頭痛不已，另方面則深陷狂喜之中。

頭痛的原因很簡單，黑格瓦雖然是假面舞會中最受喜愛的 Dom 兼 S，但那是靠演技、觀察、研究與戰場中打滾出來的氣場，不是真的從折磨他人中得到樂趣，更別說對象是自己的愛慕對象時。

狂喜的緣由則是從顧玫卿瘋狂的請求中，黑格瓦捕捉到強烈的信任，與直指向自己的慾求。聯邦民眾對顧玫卿的印象是高潔、剛毅的騎士，但黑格瓦很清楚那只是表象，實際上顧玫卿的慾望一點也不比旁人少，只是在家族教育與強大的自制力下，讓旁人甚至 Omega 自身都認為他是無慾無求的人。

因此當黑格瓦以法夫納的身分調教顧玫卿時，乍看是在教對方規矩，實際上卻是一點一滴引導對方接觸、認識、肯定，最後主動宣洩慾望。

當然，當時黑格瓦壓根沒想到自己耐心滋養的花苞，就是他戀慕而不可觸的人。

而黑格瓦戀慕的人，亦是他最鍾愛的男奴在得知主人的雙重身分後，別說戒備或拉開距離了，反而更加貪婪地朝自己伸手。

這讓他充分認知到自己在顧玫卿心中的分量，然後明知不能高興，卻高興得無以復加。

「主人，可以嗎？」

顧玫卿兩手扣得更緊，灰瞳映著銀色燈光，也映著期待與緊張。

黑格瓦垂下肩膀，轉身拉開餐桌的椅子坐下，「等回去之後，在你的身體和精神狀態許可、有醫療人員待命下，我可以讓你試一次。」

顧玫卿眼中的緊張完全被期待所覆蓋，欣喜道：「我回去後馬上安排。」

「休息一週後再安排。」

「是！」

在顧玫卿說話同時，賭場系統再次出聲，告知兩人管理者餐點已在門口，是否要解除門鎖放送餐機器人進入？

顧玫卿立刻同意，幾秒後打著領帶的侍者機器人手推餐車進入餐桌，恭恭敬敬地以麵包拼盤、冷前菜、熱前菜、湯、肉類主菜、魚類主菜、甜點、飲料的順序，替黑格瓦上菜。

同時，系統也發出警告，通知前管理員正朝星海之間前進，詢問顧玫卿要攔阻、無視還是攻擊？

他們並不想與賭場為敵，因此雖然顧玫卿對於外人跑來打擾主人用餐相當不滿，但還是選擇無視。

然後，他很快就後悔了，因為戎珀是來催兩人出發的。

「今天上午，巡邏隊在距離貝綠西南方城牆約八十公里的地方，發現半毀的運輸車和七具屍體。」

戎珀坐在餐桌另一端，身後沒有獸人保鑣，只有兩臺祕書機器人——但顧玫卿透過管理員權限得知那其實是戰鬥機器人。戎珀兩手交握放在桌上道：「在檢查殘骸、屍體和現場痕跡後，確定是紫眼蜥蜴所為。」

「所以？」黑格瓦問，並喝了一口手中的白酒，咂舌道：「香氣不夠，酒精味太重，哪來的劣質合成品？」

「這杯酒是純釀造，不是合成品。」

戎珀板著臉回答，兩手握得更緊，「貝綠的城市雷達覆蓋範圍是自城中心算起半徑一百二十公里，離紫眼巨蜥襲擊商隊的位置只有五公里不到，牠在試探。」

「也有可能是偶然。反正就算巨蜥全力衝刺，八十公里也要跑上四十分鐘，足夠你們用防空火炮把牠烤熟了。」

「那也要牠沒有潛入沙地，或是閃過飛彈。」

戎珀見黑格瓦仍舊悠悠哉哉地坐著，嘴角先繃緊再恢復原狀，沉下臉道：「如果貝綠被破壞，你的酬勞也會不保。」

「堂堂魯苦第三大城有這麼脆弱？」黑格瓦偏頭訝異地問。

戎珀的撲克牌臉險些崩解，雙手緊掐道：「你要是成功找到紫眼巨蜥，我讓你把所有賭金帶走。」

「成交。」

黑格瓦舉杯，仰頭飲盡香檳後，放下腳起身問：「現在就出發？」

「當然。」戎珀站起來道：「機甲隊已經在西側城門外待命，我給你們準備了一艘懸浮遊艇，你們上去後啟動自動駕駛就能和機甲隊會合。」

「我們自己有車。」

黑格瓦往房門口走，顧玫卿快步跟上。

「你們的車要留在黃金轉盤。」

戎珀的回答招來黑格瓦與顧玫卿的注目，他承受兩人的視線冷聲道：「我會給兩位轉移行李的時間，但車與車廂必須等你們完成工作後才能取走。」

黑格瓦笑道：「我的車沒有懸浮遊艇貴，你不怕我開了就跑？」

「懸浮遊艇跑不過機甲隊。」

戎珀快步越過兩人，讓祕書機器人打開房門，站在門前做出「請」的手勢。

黑格瓦垮下肩膀，擺出自己無賴賭徒人設該有的煩躁與不甘願，慢吞吞地走向門口。

顧玫卿守在黑格瓦身後，眼睛看著戎珀的背影，做好若有萬一，就控制祕書機器人製造混亂，殿後掩護龍人撤退的準備。

CHAPTER.02

第二章

你需要的不是控制情緒，而是展露情緒

In a BDSM VR game, fall in love with an enemy general.

顧玫卿的準備沒有派上用場，戎珀一心只想把黑格瓦踢出去找紫眼巨蜥，沒有對兩人做出任何威脅之舉，甚至指揮機器人幫忙打包，只差沒一腳把人踢進懸浮遊艇。

他借給兩人的懸浮遊艇大小媲美雙層巴士，也同樣分成兩層，一樓是機房、機庫與儲藏室，居住、遊樂設施與主控室則在二樓。

主控室三面皆為單向透視的鋼化玻璃，能直接映出外部景色，但不會被外人窺視；凹字型的主控臺立於玻璃之間，左右還有兩臺輔助機器人。

黑格瓦筆直走到主控臺前，看了看預設的行駛軌跡，動手以貝綠的城門為起點，勾出一個變形蟲似的大圓圈。

顧玫卿望著龍人續上的路線，「主人覺得，紫眼巨蜥會出現在這條路上？」

「我覺得……嗚啊啊——」

黑格瓦控制不住地打哈欠，靠著主控臺前的座椅眨眼道：「有人問你，你就說這是我的預測。」

「問我？主人……主人！」

顧玫卿的聲音拔高八度，因為黑格瓦驟然屈膝往下墜，他迅速伸手抱住龍人，險些被對方沉得嚇人的身體拉到地板上。

「我要再睡一下。」

黑格瓦一手扣住座椅扶手，一手按著自己的額頭，深吸一口氣打直雙腿，「大概……會睡到天亮，在我醒來前，你一個人負責警戒，可以嗎？」

「沒問題，我已經拿下遊艇的控制權，並且清除所有監視程式。」

「不愧是聯邦英雄，太可靠了……」黑格瓦的身體又晃動兩下。

顧玫卿扶上黑格瓦的腰，注視龍人有些恍惚的面容問：「送您去寢室休息嗎？」

「不要，那樣如果有意外，我會來不及通知你……這裡有移動式的床嗎？」

「我查一查……有折疊床，我讓機器人搬過來！」

顧玫卿向機器人下令，片刻後搬運機器人就將折疊床與床具送進主控室，展開床擺好枕頭讓黑格瓦躺上去。

黑格瓦幾乎是一沾上床墊就閉眼陷入沉眠，別說蓋被子了，尾巴都是顧玫卿幫忙放上折疊床的。

而這讓顧玫卿膽戰心驚，笨拙地釋放撫慰素，盯著黑格瓦再三確認對方呼吸、心跳、體溫都沒有異狀，才返回主控臺前確認外界狀況。

遊艇在顧玫卿安置黑格瓦時已經開出貝綠，此刻左側與右側的單向玻璃外各有四臺陸用機甲，主控臺的雷達上也多了八小一大的九個光點。

小光點是陸用機甲，大光點則是戰鬥艇。顧玫卿看著大小光點，根據機型判斷，他有能力攻破防火牆，但機甲與駕駛員的精神直接相連，入侵時一個不小心就會驚動整個部隊。

如果顧玫卿的愛機紅拂姬在此，那麼就算對方的機甲與戰鬥艇數量乘以十，也會毫不猶豫的出手，可是自己此刻手邊沒機甲，還必須保護黑格瓦，只能按住支配敵方的念頭。

「在有萬全的準備前，不能妄動。」

顧玫卿輕聲告訴自己，坐上主控臺前的椅子，叫出遊艇的各區控制視窗，盡可能提升遊艇的工作效率。

這麼做的目的一半是提升安全，一半是轉移注意力。作為軍人，顧玫卿很難忍受周圍有既非我軍亦非友軍的武裝部隊。

無奈遊艇是純娛樂用，再怎麼擺弄控制視窗也僅能稍微提升遊艇的最高時速，還消耗不了多少時間。

顧玫卿關閉視窗靠上椅背，望著玻璃外鐵灰色的沙丘與陸用機甲，在消滅後者的念頭再度蠢蠢欲動時，果斷把椅子迴轉一百八十度，看著睡在自己正後方的黑格瓦。

龍人側臥在折疊床上，黑色龍尾不知何時從被子中滑出，尾尖落在合金地板上；深藍眼瞳被睫毛掩住，帶著銳利感的薄唇因沉睡而放鬆，讓他從威嚇感十足、殺伐果決的龍王，轉為英俊不設防的龍王子。

而這迅速奪走顧玫卿的所有注意力，他盯著黑格瓦的睡顏，扣除處理生理需求或系統指令外的時間，整整一夜都沒將眼睛從龍人身上挪開。

黑格瓦清晨時分時睜開眼瞳，有些迷糊地掀開被子坐起來伸懶腰，瞇著眼問顧玫卿目前的狀況。

顧玫卿壓根沒注意外面的人事物，有些心虛地答了句「一切正常」後，吃掉黑格瓦製作的合成肉與烤餅，迅速躺上折疊床閉上睡覺，深怕被龍人發現自己不務正業一整晚。

儘管顧玫卿嚴重良心不安，但在空氣裡飄起黑格瓦清涼略帶甘香的信息素後，他於眨眼間就沉進安穩的夢鄉，一路睡到太陽下山。

◆◆◆

顧玫卿在燉肉和麵包的香氣中甦醒，坐在折疊床上和黑格瓦一同吃晚餐，聽著龍人交代白天的變化、分析機甲和戰鬥艇的戰力，最後目送對方躺上折疊床沉沉睡去。

顧玫卿告訴自己，這次一定要好好做守夜人，然而一個小時後，他就被黑格瓦無意識擺動的尾巴勾走注意力，蹲在折疊床後偷偷摸了一把一把又一把，直至天邊泛起金光才清醒。

這讓顧玫卿被嚴重的愧疚感包圍，在入睡時拚命責罵自己，然後傍晚起床後支撐了大約三小時，就因為過於思念龍尾的觸感坐回折疊床邊。

不過這回顧玫卿沒有摸到天亮，因為黑格瓦在一個多小時後猛然張眼，從床上爬起來。

顧玫卿起先以為是自己偷摸被發現，再察覺到黑格瓦的面色異常凝重，想起獸人特有的危險感知能力，灰瞳一凜站起來問：「有危險？」

黑格瓦點頭，三兩步走到主控臺前注視雷達，片刻後便看見代表機甲和戰鬥艇的光點停止移動，任由遊艇繼續前行。

顧玫卿也看到相同的畫面，皺眉問：「機械故障？」

「不大可能，停得太整齊劃一了。」

黑格瓦搖頭，瞇起藍瞳道：「我覺得是想威脅我們。」

「威脅我們？」

顧玫卿睜大眼，指著逐漸與遊艇拉開距離的光點道：「若是想威脅我們，不是應該維持原本的包圍隊形嗎？」

「是應該，所以我們有一個好消息和壞消息。」

「這還分好壞消息？」

「當然有，好消息是這群人都是自信高漲，長肌肉不長腦袋的笨蛋，壞消息是這群笨蛋是我們的護衛。」

黑格瓦注視雷達片刻，先將遊艇停下來，再開啟通訊介面選擇公共頻道，按下通訊鍵，口氣凶惡不耐煩地道：「你們搞什麼鬼？能源匣忘了補充，還是直接掉在沙漠上了？要賞你們幾滴嗎？」

回應黑格瓦的是短暫的沉默，接著是包含至少三種語言、六個聲音的髒話轟炸，龍人一秒按下靜音鍵，等待足足半分鐘後才重新開啟聲音道：「這麼有精神，是想用吼的把機甲戰鬥艇吼過來嗎？加油，我在這裡等你們。」

主控室再度被髒話填滿，但不同的是這次罵聲只持續三四秒，刺耳的蜂鳴聲驟然竄出，壓住所有罵語。

發出噪音的是機甲隊的隊長，他在所有人安靜後才開口道：「立刻帶著你的玩具下遊艇，否則我一砲轟死你們。」

黑格瓦道：「我相信戎珀不會同意這個計劃。」

「老闆留你一命，是要你找到那隻該死的蜥蜴，不是帶我們兜圈子殺時間！下遊艇！」機甲隊長厲聲要求，同時遊艇彈出紅色投影視窗，警告搭乘者已被火炮鎖定了。

顧玫卿的目光瞬間轉為凌厲，眨眼間將精神力捲成長矛，正要朝隊長機的位置投射時，黑格瓦一把扣住他的手。

「我們下遊艇，你們就不開砲？」

黑格瓦的聲音鎮定中帶著一絲緊繃，但表情卻是全然的沉穩：「我為什麼不待在遊艇中，腳底抹油開跑？」

「因為你跑不過我們。下來！只要你別亂搞，我可以饒你和你的玩具一命。」

「你會後悔的。」

黑格瓦用乍聽凶惡、細聞心虛的口氣回應，拉著顧玫卿的手轉身朝樓梯口走去。

顧玫卿被黑格瓦牽著走，蹙眉道：「殿下，我可以……」

「你別出手。」

黑格瓦打斷顧玫卿，眼角餘光瞄到對方蹙眉，轉過頭解釋：「你的精神入侵是我們的殺手鐧，不到最後關頭不能暴露。」

「可是我已經入侵過酒吧、賭場和遊艇了。」

「但外面那群笨蛋不知道。」

黑格瓦按下遊艇的開門艙鍵，在艙門緩慢掀起時低聲道：「總之，交給我處理，你在旁邊看就好。」

顧玫卿覺得這主意一點也不好，不過他不需要看見黑格瓦的臉，就知道對方臉上刻著「現在不是開戰的時候」幾個字，只能抿唇默默跟著龍人踏出遊艇。

機甲隊透過光學鏡頭捕捉到兩人，銀白色的隊長機用擴音器大聲道：「向前走！走到遊艇和戰鬥艇之間。」

黑格瓦相當大動作地吐氣，放開顧玫卿的手慢吞吞地向前走。

而在兩人來到機甲隊長指定的位置時，機甲隊迅速展開，六臺陸用機甲包圍黑格瓦和顧玫卿，剩下兩臺戰鬥艇則留在原地。

這讓顧玫卿又動了用精神力捅穿所有機械的念頭，但他很快就按下衝動，僅是將手放在腰間的光束槍上。

立在兩人正前方的是隊長機，機甲打開位於腹部的艙門，一名毛髮銀白的男性狼人抓著吊索降落到地面，甩動蓬鬆的狼尾道：「接下來你要是敢搞任何小動作，我的隊員就會一砲轟爛你。」

「所以可以有大動作？」

黑格瓦輕笑，瞇起眼瞳按揉自己的下巴，「話說回來，你看起來有點眼熟，我們是不是在哪裡見過？」

「哪裡都沒有。不准有任何動作！」

男性狼人凶惡地命令，瞪視兩人道：「我不是來跟你們討論，是來告知你們的！接下來在找到紫眼巨蜥前，遊艇由我的部下接管，你們待在戰鬥艇中，沒有我的允許不得外出或私下交談，每日的糧食供應視你當日的工作效率而定。」

「你有這個權限？」黑格瓦偏頭問。

「現在有了。」

男性狼人揚手，機甲隊紛紛舉起機槍，將槍口對準黑格瓦和顧玫卿。

黑格瓦仰頭掃視四周，面無表情地問：「權限寫在砲彈的射程中？」

「不滿的話，你可以搬出更長更大口徑的砲。」男性狼人咧嘴冷笑，幾臺機甲也用擴音器發出輕蔑的笑聲。

黑格瓦站在笑聲中，臉上毫無波瀾，輕嘆一口氣道：「如你所願。」

「乖乖給我……唔！」

男性狼人猛然僵直，面容從得意轉為猙獰，再迅速失去所有血色，搖搖晃晃地跪坐在沙地中。

周圍的機甲沒有下跪，但是笑聲一秒靜止，代表系統與駕駛員連線狀態的燈條也瞬間轉紅，警告旁人駕駛員意識混亂，無法操作機甲。

男性狼人看見燈條變色，後知後覺地意識到自己遭到黑格瓦精神攻擊，抖著嘴唇正想向戰鬥艇求援時，聽見腳步聲由遠而近。

「別費勁，戰鬥艇裡沒有清醒的人。」

黑格瓦走到男性狼人面前，看著面爬青筋的狼人，驟然拍手道：「我想起在哪裡見過這張臉了，和前幾天被我按在地板上磨擦的狼人，跟你幾乎是一個模子印出來的，親戚？」

男性狼人沒有回答，但從他染上怒色的眼瞳可以確定，黑格瓦說對了。

「那隻小狗看起來比你小……」黑格瓦喃喃自語，蹲下身輕晃著龍尾問：「是你的弟弟還是表弟？他的耳膜還好嗎？」

「你……噗嚕！」

男性狼人被看不見的手踹住頭扯向沙地，吃了滿嘴沙不說，也完全無法呼吸。

「你只需要回答我的問題，別說多餘的話。」

黑格瓦以近乎溫柔的口氣說話，在男性狼人窒息前一秒才收回精神力，微笑再次問：「是弟弟還是表弟？」

男性狼人癱在沙地上怒瞪黑格瓦，感覺頭顱再次被某種力量握住，耳朵頓時壓平，捲起尾巴道：「是弟弟。」

「難怪長得那麼像……既然你弟弟是小狗，你就是大狗了。」

黑格瓦站起來，臉上的笑容同時消失，一腳踩上男性狼人的背脊冷聲問：「今後你的名字就是大狗，有意見嗎？」

男性狼人——大狗——緊咬著牙齒，在尊嚴和狼人對強者的服從本能中掙扎片刻，細聲回答：「沒有。」

「……乖狗狗。」

黑格瓦收回腳和精神力，動了動下巴指著大狗的銀色機甲道：「滾回你的座駕，等其他狗崽醒來後，把人帶走。」

大狗僵硬地爬起來，臉色鐵青地握住吊索，讓鋼索將自己拉回駕駛艙，轉身正要坐上駕駛座，機甲忽然動起來，一個扭腰把他甩離機體。

大狗在半空中劃出一個弧線，落地後連滾兩圈才停止，一面吐沙一面抬起頭，和顧玫卿四目相交，望著對方眼中冰冷的殺意，意識到某個恐怖的可能。

人類的精神力只針對機械與電子設備，但大多數人類都不具備入侵設備的能力，只有極少數能入侵軍用防火牆。

大狗的機甲搭載兩層軍用防火牆，只有菁英中的菁英才能突破，而就他所知，某位和眼前的寵物樣貌相似的地球聯邦軍上將就是這類菁英。

大狗仰著頭，滿臉驚愕地道：「你、你果然就是……」

「紅拂。」

黑格瓦截斷大狗的話語，站在稍遠處冰冷地道：「我說了，要這隻狗滾回機甲，你為何違反我的命令？」

「因為他應該遭受懲罰，卻得到獎勵。」顧玫卿瞪著大狗，半張臉籠在陰影中，灰瞳卻明亮如焰。

大狗和黑格瓦雙雙一愣，前者惱怒得想站起來反駁卻不敢動，後者則是沉聲道：「我沒有獎勵他。」

「您有！」

顧玫卿的聲音拔尖，注視大狗背上的腳印，近乎咬牙切齒地道：「我……一次都沒有被您踩過，也不曾直接沐浴於您的精神攻擊下！但這隻沒有任何貢獻，還大膽騷擾您的狗卻一次全集滿了！」

大狗維持怒視顧玫卿的姿勢，但眼中的怒火完全由茫然取代，過度驚嚇下甚至連呼吸都忘了。

黑格瓦一開始的反應和大狗相同，不過在短暫的錯愕後，藍瞳被笑意所覆蓋，搖著龍尾仰頭大笑。

「的確、的確如此呢！」

黑格瓦抬手拭去眼角的淚珠，後退幾步來到某臺機甲的足前坐下，望向顧玫卿道：「那麼，為了彌補這個錯誤，就由你給犯錯者正確的處置。」

「處置方式是……」

「依你喜好。」

黑格瓦翹起單腳，愉悅地搖晃龍尾，「不過，他之後還要抓大蜥蜴，別把人弄殘了。」

「我會注意不傷到他的手腳與腦袋。」

「也別傷到自己。」

「是！」

顧玫卿笑容燦爛地回答，將目光放回大狗身上，收起笑靨，捏捏拳頭，活動手腳。

大狗後知後覺地明白顧玫卿想幹什麼，立起耳朵正要以精神攻擊先發制人時，黑格瓦的聲音忽然響起。

「差點忘了一件事。」

黑格瓦的視線掠過顧玫卿的身側，指向大狗溫和地道：「我需要的是奴隸，不是肉泥，所以雙方都不准使用精神力——除非有人先動手。」

大狗的選擇是立即站起來展開精神攻擊，然而他剛動念凝聚力量，肚子就吃上一記刺拳，意識和精神力瞬間潰散。

出拳的是顧玫卿，他不給大狗反應的時間，朝著對方的下巴揮出上鉤拳，再於狼人後仰時抓住手臂，一拉一扭一轉身把人摔出去。

大狗面部落地又吃了一嘴沙子，但這回他沒有花時間吐沙，而是直接跳起來，面目猙獰地撲向顧玫卿。

Alpha 比 Omega 強壯，而獸人又比人類強壯，自認具備雙重優勢的大狗壓根沒想過突襲失敗的可能，因此在顧玫卿精準側身讓自己撲空時瞪大眼瞳，驚險地穩住身體，再瞄準對方的臉揮出拳頭。

大狗出拳的速度不慢，但顧玫卿在他抬起拳頭的瞬間就折下膝蓋，向獸人敞開無防備的肚子連揍四拳，然後蹲下腿掃破壞狼人的重心。

大狗抱著疼痛的肚子摔回沙地，剛想爬起來屁股就遭顧玫卿重踹一腳，揚起的尾巴還被對方抓住。

顧玫卿左手抓狼尾，右腳如打樁機般規律、凶猛地連踹大狗的臀部，在對方的銀白色駕駛服烙上一個一個又一個的腳印。

這殺傷力不高，但羞辱感極強的攻擊讓大狗先是腦袋空白，接著怒不可抑，以幾乎要將尾巴扯掉的力道扭腰跳起，嘶吼地衝向顧玫卿。

顧玫卿後退兩步精準避開大狗的拳頭，於兩人錯身瞬間，手刀重劈狼人頸上的腺體。

電擊般的劇痛頓時襲捲大狗全身，他抱著頸子踉蹌倒地，還沒從痛感中脫離，胸口就中了一腳，從側臥轉為仰躺。

顧玫卿走到大狗的大腿旁，舉起右腳踩上對方的胯下。

「嚎嗚嗚嗚——」

大狗仰頭大叫，疼得從耳朵到尾巴都在打顫，直到顧玫卿停止下踩才緩過來，瞪著Omega面色蒼白地喘氣。

「知錯了嗎？」顧玫卿平靜地問。

大狗張口再閉口，反覆好幾次才擠出聲音道：「你、你那種身手……不是Omega……是Alpha！」

「我是Omega。」

「Omega怎麼可能……嗚嗚嗚啊——」

「誰給你『Omega不可能打敗Alpha』的認知？」

顧玫卿面無表情地發問，同時用鞋底隔著褲子輾磨大狗的性器，垂下眼瞳冰冷地注視狼人道：「Alpha是比Omega強壯也更有耐力，並具備信息素優勢，但也僅此而已。你的進攻太單調、缺乏戰術，還充滿無用的動作，非常好預測。而只要能預知攻擊，就算是Omega也能把Alpha打得滿地找牙。」

「那不……怎麼可能！」

「如果對手是我的主人，的確是不可能；但若是你，不管是十次還是百次，我都做得到。」顧玫卿忽然勾起嘴角，眼神從冰冷轉為狂暴，彎腰輕柔地道：「所以，為了獸人的未來，這種低劣的基因就由我來終結。」

大狗打了個冷顫，壓平狼耳，「你要做什麼？」

「放心。」

顧玫卿背對星斗垂下頭，在陰影中一面微笑，一面緩慢地將腳掌往下壓，「人沒有睪丸也能活下去，獸人一定也行。」

大狗遲了一秒才明瞭顧玫卿的企圖，手腳尾巴並用想往後爬，然而 Omega 驟然加大踩踏的力道，將他狠狠釘在原地。

恐懼和痛楚同時覆蓋大狗的身軀，發狂地扭動手腳甚至尾巴，但在沙漠缺乏支撐與摩擦力下，別說逃離顧玫卿的鞋底了，他甚至讓自己身體下陷吃到沙子。

——會死會死會死會死會死會死！

大狗臉色青白渾身打顫，眼看腦中就要浮現跑馬燈時，黑格瓦的聲音劃破夜空。

「紅拂，到此為止。」

黑格瓦起身離開機甲的腳掌，慢慢走向大狗與顧玫卿道：「踩碎睪丸雖然不影響生命，但是會影響戰力。」

「是。」

顧玫卿收回右腳，兩手交握低下頭緊張地道：「主人對不起，我做過頭了，我第一次給別人懲罰，不懂得拿捏分寸。」

「分寸拿捏是有待加強，但沒到需要道歉的程度。」

黑格瓦站在大狗的頭側，藍瞳微眯，嘴角略挑，凝視顧玫卿沉聲道：「話說回來，對於即時糾正主人的錯誤的寵物，我該賞什麼呢？」

顧玫卿心頭一顫，感覺龍人沉厚的嗓音順著耳道滾過頭殼與脊髓，酒醉般的酥麻隨之擴散，讓他雙頰泛紅道：「主人決定就好。」

「可我想讓你決定。」

黑格瓦前進幾步來到顧玫卿身旁，伸手扣住對方的下巴，抬起臉龐輕聲問：「我可愛的花姬，你想要什麼獎勵？」

醉麻感隨黑格瓦的低語增強，顧玫卿喉頭滾動，仰望龍人雙眼濕潤地道：「請讓我吻您的靴子。」

「可以。」

黑格瓦放開顧玫卿，後退三四步再將右腳略微前挪，注視顧玫卿用眼神示意對方動作。

顧玫卿跨過大狗的腳，跪上沙地折腰靠近黑格瓦的靴子，垂下眼睫虔誠、渴望、愛慕地吻上靴尖，再側臉將面頰貼上靴面。

這一切都映在大狗的眼底，他無法理解眼前的景色，只理解一件事：前方翹著圓臀磨蹭黑靴的人類，絕對不可能是傳說中血管裡裝機油，每天要吃十斤獸人肉的聯邦暴君！

◆◆◆

顧玫卿對大狗的驚駭毫無所知，帶著燙熱的幸福感站起來，隨黑格瓦緩緩走出機甲的包圍圈。

不過隨步伐累積，顧玫卿胸中的激情也漸漸淡去，待兩人返回懸浮遊艇的主控室時，先前被憤怒和嫉妒踢出腦袋的理智已完全回歸。

「啊啊——」

黑格瓦瞇著眼打哈欠，拖著龍尾走到折疊床前坐下，弓著背脊沙啞地道：「我接下來可能……不，一定會睡到明天傍晚，你能一個人支撐十五到十六小時嗎？」

「……」

「顧上將？」

黑格瓦望向顧玫卿，這才發現Omega面色發白、渾身僵硬地站在樓梯口，睏意瞬間被警覺蓋過，站起來問：「怎麼了？」

顧玫卿張口但沒發出聲音，在黑格瓦滿是關切的目光下站了足足一分鐘，低頭才雙手掩面顫聲道：「主、主主殿下，我剛剛……我不是、對不起……嗚哇哇哇！」

黑格瓦眨了眨眼，愣了兩三秒才明白，顧玫卿是後知後覺地感到羞恥，噗哧一聲笑出來道：「別在意，那非常符合紅拂設定。」

「我沒有、當下只是……很生氣就、就……沒有在演戲就……對不起！」

「我知道，你出手的動機不是演繹假身分，是真心實意地想踩爆那隻狗的蛋蛋。」

「嗚嗚嗚——」

「別吼了，傷喉嚨。」

黑格瓦走到顧玫卿面前，彎下腰、偏著頭由下而上注視對方被手掌遮住的臉龐道：「你做得很好，那隻狗完全被你嚇住了，接下來肯定不敢輕舉妄動，也不會懷疑你的身分。」

「沒、沒有……」

「沒有什麼？」黑格瓦輕聲問。

「沒有——」顧玫卿拉長語尾，停滯好一會才咬牙搖頭道：「做好，我……完全、全部都沒做好。」

「我不覺得。」

「我嫉妒、生氣，然後失控了。」

顧玫卿曲起手指，十指按進額頭和臉頰中，顫抖著雙唇細聲道：「這裡是敵陣……在敵陣中要冷靜。主人不是屬於我，我不應該……沒有被允許嫉妒和生氣，但我卻……搞砸了，我忘記自己的身分……搞砸了。」

黑格瓦拉平嘴角，深藍眼瞳對著不在此處，卻深深綑綁顧玫卿的某些人類泛起怒火。但他很快就閉上眼瞳深呼吸，再次睜眼時，眼底已不見半點情緒，直起腰桿沉聲道：「蘿絲，把手放下。」

顧玫卿不想讓黑格瓦看見自己的模樣，但近兩年的調教讓他本能地服從，鬆手放開自己的臉。

而在他雙手垂回身側的同時，黑格瓦將 Omega 攬入懷中。

顧玫卿腦袋空白一秒，渾身僵硬地驚叫：「殿下！」

黑格瓦抬手撫上顧玫卿的後腦杓，讓對方靠著自己的胸膛輕聲道：「你知道為什麼我會要你安靜、喊叫、緊繃或放鬆身體，卻一次都沒命令你生氣、喜悅與悲傷嗎？」

「因為……我做不到？」

「你是做不到。」

黑格瓦感覺懷中的身軀猛然一縮，輕拍顧玫卿的背脊接續道：「任何人都做不到。」

「如果是殿下……」

「我也做不到。」

黑格瓦輕柔也強勢地阻斷顧玫卿的發言，抬起頭淡漠地仰望玻璃天窗道：「我可以假裝高興、隱藏怒氣，用笑容遮住傷心，但那只是演技，不是真正的情緒。人的心上沒有裝開關，沒辦法靠自我控制喜怒哀樂，你不用為自己的情感道歉。」

顧玫卿心頭一暖，可是下一秒腦中就猛然浮現少年時家庭教師嚴肅的面容，胸口的溫暖散去，小幅度搖頭，「但是……但是人和野獸的差別，在於人有理智，可以不受情緒和慾望左右。」

他繼續陳述道：「而人和機械的差別，則在於人不是全然理智，會哭會笑會失落，需要關心也會關心他人。」

黑格瓦停頓片刻，稍稍加重擁抱的力氣道：「我之所以不要求你生氣或開心，是因為你需要的不是控制情緒，而是展露情緒。」

「展露情緒？」

「開心就笑，火大就罵，悲痛就哭。你太壓抑了，雖然這份壓抑讓你強大，但也是你的枷鎖，會束縛你的未來。」

黑格瓦鬆手後退半步，捧起顧玫卿的臉龐，直視Omega茫然又混亂的灰瞳，認真更真誠地道：「我相信，只要你拋開這束縛，接受也正視自己的需要，那麼不管是星星、月亮還是太陽，你都能隻手摘下。」

顧玫卿緩緩抬起睫羽，望著眼前深邃、堅定、柔和得像要將自己吞沒的藍瞳，張口想說什麼，但腦中卻一片空白，停滯好一會才低聲道：「但我……我怕我會失控，我差點踩碎那個狼人的睪丸。」

「那麼我會阻止你，或陪你一起踩。」

黑格瓦微笑，再放開顧玫卿的面頰道：「你的行動在我的意料外，但結果是好的，而且是極好，所以別再說自己搞砸了。」

顧玫卿點頭，接著便看見黑格瓦輕晃兩下，倏然閉眼屈膝跪倒在地上，連忙往前接住對方的上身，攙著結實且沉重的身軀急促問：「殿下，您怎麼了！」

「……」

「殿下？主人！主人……」

「唔……」黑格瓦緩慢地拉起眼皮，對上顧玫卿寫滿驚恐的灰瞳，微微一愣再按著對方的肩膀站起來道：「我沒事，只是一放鬆就……睡著了。」

「我扶您去床邊。」

顧玫卿扶著龍人的腰小心翼翼地走向折疊床，直到對方躺平蓋上被子陷入夢鄉，才鬆一口氣回到主控臺前的椅子坐下。

不過他坐不到十分鐘就手癢難耐，躡手躡腳地回到床邊坐下，伸手偷偷碰觸黑格瓦的尾巴。指掌下的觸感光滑且微涼，但顧玫卿的胸口卻如剛起鍋的糖漿，燙熱又甜蜜，看著黑格瓦的睡顏，回想龍人的撫觸和輕語，一個問題緩緩浮現。

為什麼黑格瓦不打算結婚呢？

◆ ◆ ◆

黑格瓦這個當事人已沉沉睡去下，顧玫卿得不到解答，只能動腦自行尋找答案。而這一找，他就從單純的迷惑轉為好奇，接著開始憂慮黑格瓦是否不能人道或有其他不為人知的內傷。

當太陽沉入地平線時，顧玫卿的心思已經跑到有沒有可能說服黑格瓦去首都星第一醫院來個全面體檢上，拜此之賜他錯過龍人眼睫的顫動，直到對方掀開被子打哈欠才驚覺 Alpha 醒了。

顧玫卿急急將搭在龍尾上的手收回，迅速從地上站起來，對著瞇眼伸懶腰的黑格瓦問：「您睡飽了嗎？」

「飽了……」黑格瓦話聲含糊，下床伸展手腳和尾巴，走到主控臺前注視雷達問：「我睡著時有狀況嗎？」

「沒有。」

顧玫卿快步來到黑格瓦身旁，手指投影雷達報告：「機甲隊和戰鬥艇與我方的距離比先前大，但除此之外沒有其他改變；紫眼巨蜥部分，不管是我方、機甲戰鬥艇還是路途中遭遇的商旅，都沒有捕捉到牠的蹤跡。」

「正常，我圈出路徑會避開巨蜥。」

「原來是殿下有意避……避開？」

顧玫卿語尾拔高，望向黑格瓦錯愕問：「我們的任務不是尋找紫眼巨蜥嗎？為什麼要刻意避開？是不能讓賭場老闆得到巨蜥嗎？」

「全都不是。」

黑格瓦轉身倚靠主控臺，伸出手指一項一項回答：「第一，我們的首要目標不是找蜥蜴，是安全離開這個星球；第二，我沒有刻意避開巨蜥，但不管我刻意避開還是刻意不避開，我選的路線都極不可能撞上牠；第三，賭場老闆能不能得到紫眼巨蜥，都不妨礙我們達成首要目標。」

「但殿下規劃的路徑不會碰到巨蜥……」

顧玫卿蹙眉，腦中忽然閃過黑格瓦方才提的「首要目標」以及龍人的異能，抬起眼睫問：「龍人的龍視在首要目標和次要目標相違背時，會強制選擇首要目標嗎？」

「正解。」

黑格瓦拍一下手，側著頭苦笑道：「外界總把龍視當成無敵攻略本或萬能許願機，但實際上這能力的限制可多了，扣除直接將未來影像灌進腦中的特殊情況，大多數時刻都只是模糊的預感，即使做過訓練也有可能誤判。然後除了首要目標和次要目標不能牴觸這個限制外，首要目標還必須是當事人真心渴望的目標，脅迫、自欺欺人、理智上接受但情感上不認同的通通不算數。」

「脅迫我懂，但自欺欺人和理智接受情感不認同是？」顧玫卿深深皺眉。

「我用一本龍人童書的內容來說明吧。」

黑格瓦仰望天窗道：「很久很久以前，在一顆由龍人伯爵治理的邊境星系上，一名年輕的龍人在經歷嚴格的學習、磨練和眾多考驗後，從兄弟中脫穎而出，繼承爵位和領星。所有人都相信，這個星系會迎來前所未有的盛世，然而大約十年後，該星系就被鄰近星系的軍隊襲擊，資源與人口都被奪走，年輕龍人的部屬和親人全數戰死，只有他一人勉強逃出。」

「年輕龍人一夕從伯爵變成逃亡者，為了求生一次又一次遠離家鄉，自宇宙邊境來到宇宙中心，再走到另一個邊境，由挺拔的青年變成無論是部屬、親人還是仇敵都認不出的老頭子。然後，在他生命即將走到盡頭時，一名龜人占卜師來到龍人的家門前，希望用一次卜算換取住宿，龍人答應了，而他的問題是：『為什麼我的家族會覆滅？』」

黑格瓦停止述說，動手點點主控臺讓機器人給自己送一杯水，喝口水潤喉後才轉向顧玫卿問：「要不要猜一猜占卜師的回答？」

顧玫卿蹙眉，思索好一會後不確定地問：「因為敵人更強大？」

「敵人是更強大沒錯，但這不是主因。」

「敵人是更強大、更擅長運用龍視的龍人？」

「故事中的敵對星系統治者是虎人。」

「因為龍人的家族上輩子屠殺過虎人？」

「哈哈哈，你這是用人類的宗教觀念來解釋吧？不能排除這個可能，但這不是占卜師的回答。」

「沒有原因，就是該滅了？」

「獸人沒有殘酷到讓孩童從小接觸虛無主義喔。」

「唔——」顧玫卿拉長語尾，雙手抱胸，思索了好一陣子後，垂下肩膀道：「我想不到，龜人占卜師的回答是什麼？」

「龜人占卜師說……」黑格瓦忽然傾身靠近顧玫卿，壓低再放輕嗓子，模仿老者的聲調道：「『因為那正是你期望的。』」

「滅族怎麼會是……」

顧玫卿頓住，想起前面黑格瓦提過的關於龍視的限制，一個可怕的答案緩緩浮現。

黑格瓦從顧玫卿的眼神變化看出對方明白了，退回原處輕輕點頭道：「年輕龍人真正的願望不是家族或星系的興旺，是擺脫家族和星系的束縛。」

「他一直都在欺騙自己嗎？」顧玫卿話聲乾澀。

「是。其實他憎恨著奪走自己真正的夢想、真正的愛人和未來無限可能的家族，只是基於教養將這份心思藏起，並在長年自欺欺人下忘記真正的心願。」

黑格瓦偏頭注視自己昨日隨手勾出的路徑圖道：「回到我們的『工作』上，我的心願是斯達莫的繁榮，當下首要目標是帶著你平安離開魯苦。而以賭場方給我看的影像紀錄判斷，要擊殺紫眼巨蜥需要的不僅是一隊機甲，而是由老練隊長、默契十足的隊員組合成的機甲隊，我不認為大狗同學和他青澀的小夥伴符合標準。」

顧玫卿輕輕點頭道：「如果碰上紫眼巨蜥，我和殿下會有性命危險，而這直接牴觸殿下的首要目標，所以無論賭場老闆搬出多豐厚的報酬，殿下都會下意識避開巨蜥嗎？」

「沒錯，所以雖然大狗不夠聰明，但他說對一件事——我是在兜圈子殺時間，等待救援隊到達。」

黑格瓦停頓幾秒，嘴角微微一揚，直起腰桿離開主控臺，「所以，為了讓狗狗們安分點，給他們一些甜頭吧。」

「殿下要做什麼？」

「做飯。」

黑格瓦側身按下通話鍵，以冷硬的聲音命令全隊原地休整一晚。

◆◆◆

機甲隊幾乎是在黑格瓦發出指令的瞬間，就關閉引擎停在沙漠中。

這讓顧玫卿有些詫異，但想想昨日黑格瓦一秒鎮壓全場的精神攻擊，以及整個部隊已經連續數日沒有落地休息的事實，似乎也不讓人意外。

真正讓顧玫卿意外的是黑格瓦接下來的動作。

龍人動手微調食物合成機的數據，製作了左看右看都不是兩人，而是超過十人份的合成肉塊、蔬菜與穀物粉。

黑格瓦要機器人將食材、野炊臺和一捲地毯搬出遊艇，自己則拎著從自家懸浮車帶過來的香料盒，站在流理臺前切肉、醃肉、揉麵團。

顧玫卿站在一旁警戒。其實他很想幫忙，但礙於自己從小到大對於烹飪最多的貢獻就是按下「選擇菜單」、「確定製作」兩個按鍵，為防食物中毒還是別動手比較安全。

而顧玫卿戒備的對象——機甲隊隊員們以遊艇為中心散開，有的打開駕駛艙透氣，有的坐在沙漠或戰鬥艇的頂端啃合成口糧，也有人在稍遠的沙地上躺成大字。

但隨龍人將肉塊串起放上火爐，甘醇的肉味裹著醃料的辛香飄上夜空，顧玫卿很快發現獸人們的視線脫離天空或手邊的乾糧，聚集到黑格瓦身上。

困惑的視線、好奇的視線、戒備的視線……機甲隊隊員們的目光交疊在黑格瓦身上，最後通通化為飢渴。

顧玫卿垂在身側的手指微微曲起，轉向專注於攪拌湯鍋的黑格瓦，靠近對方用氣音道：「殿下，機甲隊……」

「我知道。」

黑格瓦同樣以氣音回答，拿起發好、揉光的麵糰，扯成拇指大小的疙瘩，一個一個扔進鍋中。

當麵疙瘩全數浮起時，包圍黑格瓦的視線已經從單純的飢餓，惡化到嫉妒甚至憎惡的地步了。

顧玫卿下意識握住腰間的光束槍，展開精神力瞄準每一臺機甲，正在考慮是否要先下手為強時，一股涼風忽然包圍他的身軀。

那是黑格瓦的撫慰素，龍人不動聲色地釋放信息素，並將擴散範圍控制在顧玫卿的嗅聞範圍內，無聲地告訴 Omega 放心，一切都在掌控中。

顧玫卿撤回精神力，但沒把手從槍柄上挪開，掃視周遭的獸人們，直到聽見黑格瓦的聲音才將目光拉回。

「這裡的光害太嚴重了，把星星都遮住了，換個地方吃吧。」黑格瓦從野炊臺下方的櫥櫃拿出托盤和兩個隔熱碗，將烤肉串、蔬菜麵疙瘩湯裝進碗盤中，仰頭望向被食物香氣折磨得面露凶光的機甲隊，敲了下湯鍋和烤爐道：「這些，在我回來前解決掉。」

機甲隊員們先是呆滯，彼此互看一陣後，由最靠近黑格瓦的機甲隊副隊長開口問：「解決掉的意思是……」

「這鍋湯和肉，賞你們了。」黑格瓦將托盤和湯碗交給搬運機器人，側身瞥向機甲隊員們笑道：「別浪費了，我可不會天天開伙。」

副隊長吞下口水，而後才猛然回神大罵：「誰、誰稀罕你的東西！我們不缺吃的，不會給你下毒的機會！」

「我要殺你們，還需要下毒？」

「你……」

「咕嚕嚕——」

複數的咕嚕聲打斷副隊長的聲音，他扭頭瞪向完全不給自己面子的隊員，還沒發話就聽見自己的肚子也咕了一聲。

沙漠瞬間陷入寂靜，機甲隊員們你看我我看你，陷入尊嚴和飢餓的對峙中，直至笑聲打破寧靜。

大笑的人是黑格瓦，他輕敲擺放剩餘烤肉的托盤，望向糾結的機甲隊員，「為了接下來的旅途，我們還是好好相處吧。想吃肉喝湯的過來排隊，但動作快點，我做的分量只有你們人數的一半。」

起初，機甲隊員們全待在原地，一動也不動地瞪著黑格瓦，直到副隊長突然跳下座機奔向野炊臺，其餘人才嚎叫著追上，踢倒跑在前頭的人，在野炊臺前扭打成一團。

這讓顧玫卿呆住，再反射動作掏槍站到黑格瓦面前。

黑格瓦伸手按下顧玫卿的槍，找了個保溫罩罩住肉與湯，走到野炊臺前看狼人互毆。

在十多分鐘的混戰後，近半數的獸人躺在沙地上呻吟，而副隊長頂著瘀青走到黑格瓦面前，對龍人伸出手。

黑格瓦從爐子上拿起烤肉串放到副隊長手上，以及之後每一個拖著腳走過來的狼人，直至爐架上的肉串全數清空。

黑格瓦轉身背對機甲隊，走向顧玫卿和搬運機器人道：「湯你們自己分掉。我和我的花朵要到別處用餐，除非必要，不准打擾我們。」

回應黑格瓦的是一連串的奔跑聲，機甲隊員們拋下同伴情誼，通通抓著自己的杯子或碗衝向野炊臺。

顧玫卿站在湯鍋後，若不是黑格瓦經過他身旁時，用眼神示意要他跟上，他差點朝隊員開槍射擊。

不過顧玫卿雖然沒攻擊這群餓狼，注意力卻始終擺在背後，甚至暗中連接遊艇尾端的監視鏡頭，嚴密監視機甲隊員的舉動。

而畫面中是另一場大亂鬥，手中有烤肉的機甲隊員一邊護肉一邊搶湯，早就吃完的既搶湯也搶肉，再加上從戰鬥艇中走出來想調停卻一秒捲入戰局的其餘人，在沙地上掀起一場人型風暴。

這令顧玫卿看得兩眼瞪直，在滿腦子都是「這群人在做什麼」的念頭下，一頭撞上黑格瓦的背。

黑格瓦伸手扣住顧玫卿的手臂將人拉住，見 Omega 驚愕中帶著幾分茫然的臉色，微笑問：「那邊又打起來了？」

「是……殿下怎麼知道？」

「因為我和他們一樣，都是 Alpha 獸人。」

黑格瓦聳肩，將地毯從搬運機器人的儲物格中取出，抖開鋪上沙地道：「獸人比人類強的不只有直覺和體能，慾望也是──特別是性慾與食慾。」

「就算有種族影響，但為了搶食毆打夥伴，而且還打兩次也太……」顧玫卿深深皺眉，若不是現場沒有擅長精神入侵的人類或電腦專家，他絕對會認為自己看到的影像是假造的。

「這我也有些訝異，大概是伙食太差，組隊時間也短，還沒培養出同伴意識。」

黑格瓦坐上毯子，偏頭看向顧玫卿笑道：「更何況，那可是我做的菜，難道不值得暴力搶奪嗎？」

顧玫卿抬起睫羽，眸中的困惑迅速被冷酷所取代，沉下臉問：「殿下，我可以回遊艇一趟嗎？」

「有東西忘記拿？」

「把您做的湯和烤肉拿回來。」

顧玫卿轉向機甲隊的方向，灰瞳中充滿怒意：「那些毫無建樹、不懂禮貌的野狗沒有資格享受您烹飪的佳餚，請容許我回去將菜餚奪回。」

黑格瓦眨眨眼，愣了兩三秒才明白顧玫卿是對自己的玩笑話認真了，既頭疼又憐愛地笑起來，「別去，我已經說了，那是要賞他們的。」

「他們沒有貢獻，怎麼有資格領賞！」

「因為那不是真正的獎賞，是名為獎賞的誘餌，目的是要讓對方從此飢渴難耐，為了求取獎勵服從我。」

「我認為這只會讓他們得寸進尺。」

「不會的，獸人——特別是目前正在打架的那群人——比你想像得更遵從本能……」

黑格瓦停頓片刻，仰望顧玫卿淺笑道：「不，就算是人類，也很難抵抗這招喔。」

「殿下對人類做過同樣的事？」顧玫卿問，眼中的殺氣瞬間濃重一倍。

黑格瓦將顧玫卿的情緒變化完全收入眼中，晃著龍尾愉快地道：「是啊，不過我當時用的不是食物，是身體。」

「身體是……」

顧玫卿愣住，總算發現龍人眼底蔓延的笑意，想起自己在對方掌下洩精的記憶，面色霎時轉紅，再緊繃著臉高聲道：「這、這不一樣！我當時沒有傷害您的意思！」

「所以他們每人只能分到一碗湯、一串肉，你則有我的貼身服侍。」

黑格瓦上身後傾，雙手撐在毯子上搖尾巴，「雖然當時我已經透過連線人偶確認過，但容我再問一次——我的花姬，你滿意嗎？」

顧玫卿的喉頭微微滾動，黑格瓦刻意壓低末兩句話的聲調，沉厚的問句繞著耳廓滾入Omega的身軀，讓他的下腹快速泛起搔痲感。

「回答呢？」黑格瓦輕而沉地催促。

「……非常滿意。」

顧玫卿語尾微顫，燙紅著臉細聲道：「那是我……第一次高潮，美妙得不可思議。」

「那就好。」

黑格瓦笑了笑，將視線拉回前方，望著輕緩起伏的地平線，斂起藍瞳低聲道：「我衷心期盼，你之後會有更美妙的經驗。」

顧玫卿蹙眉，黑格瓦的口氣乍聽下與平時無異，但他總覺得其中攙著幾分惆悵，還沒來得及細想，龍人就用尾巴拍了拍右側的空位，催促他坐下用餐。

儘管有經過微調，但合成肉的肉質仍不如巨蜥細嫩有滋味，但黑格瓦透過調味補足風味，再以直火把肉塊烤得外脆內多汁，讓顧玫卿不知不覺一口接一口啃完三串肉。

而在吃完醇厚中略帶辛辣的烤肉後，顧玫卿捧起麵疙瘩湯，蔬菜的清甜滋潤了沾滿辛香料的口舌，令他在喝乾一碗湯後反射地仰頭長舒一口氣。

幾乎在他闔上嘴的下一秒，一顆流星掠過兩人的頭頂。

一顆後是第二顆，接著是三、四、五、六十顆、七十顆……黝黑的天空下起星星之雨，將所有仰望者的眼瞳染上金輝。

「不許願嗎？。」

黑格瓦將顧玫卿的注意力拉回地上，側頭望著Omega道：「我記得人類的習俗是在看到流星時許願吧？」

「是。獸人不是嗎？」

「獸人把單顆流星當成斯達神的恩賜，會在瞧見時許願，至於流星雨……」

黑格瓦仰頭注視夜空道：「對我們而言，流星雨是斯達神的眼淚，見到時不許願，而是頌唱慰神謠。」

「慰神謠是？」

「慰藉斯達神，以及一切美好卻逝去的事物的歌謠。」

黑格瓦放下手中的湯碗，遙望滿天星雨張口吐出顧玫卿全然陌生的歌謠。

那是一首和黑格瓦低沉的嗓音極為相配的歌曲，歌詞使用顧玫卿完全聽不懂的斯達莫古語，韻律特殊的語言恍若裹上軟布的小槌，隨悠揚、散發些許哀愁的曲調一槌一槌輕輕將聽者筋骨的敲鬆敲軟。

CHAPTER.03

第三章

所以你們睡了
不只一次？

In a BDSM VR game, fall in love with an enemy general.

當黑格瓦吐出最後一個音節時，流星雨也落盡了，他低下頭發現顧玟卿失神地注視自己，挑眉笑道：「你這表情……應該不是難聽到靈魂出竅吧？」

「不是，完全不是！」

顧玟卿搖頭強調，將手放在胸口垂首道：「殿下的歌聲和歌都很……閒靜舒適，像躺在溫泉水中一樣，讓人不知不覺放空腦袋。」

「喜歡嗎？」

「喜歡。」

「那你要拿什麼回報我？」

黑格瓦的發問讓顧玟卿瞬間僵住，龍人看著被自己一句話凍結的Omega，愉悅地搖晃黑尾，「你剛剛不是說，沒有貢獻的人不該領賞嗎？我賞了你一首歌，你要怎麼貢獻我？」

顧玟卿張口又閉口，額上冒出汗珠，沉默了好一會才回答：「在救援隊到達前，我會盡全力保護殿下的安全。」

「這不夠。」

「接下來到明日日落為止，都由我守夜。」

「我的清唱這麼廉價？」

「只要殿下需要，我的信息素和精神力都能為您所用。」

「還有呢？」

「還有——」顧玟卿拉長語尾，回憶近一個月的旅程，試圖尋找其他能為黑格瓦做的事，然而思來想去把腦袋和記憶翻過兩輪三輪，所得卻仍是一片空白，低下頭挫敗地握緊手中碗筷，「我……接下來我自己做飯。」

「……」

「對不起，這不算貢獻，這我本來就該自己……」

「噗哈哈哈！」

響亮的笑聲打斷顧玫卿，顧玫卿看著笑到尾尖打顫的龍人，皺眉不解地問：「殿下在笑什麼？」

「沒、沒什麼。」

黑格瓦笑著擺手，深呼吸好幾次才壓下笑意道：「你真是……為什麼沒有追求者？完全沒道理啊。」

「我有追求者，是沒有 Alpha 追求者。」

「聯邦的 Alpha 啊……算了。」

黑格瓦將盤起的腳打直，朝顧玫卿招手道：「你把餐具放下，坐過來一點。」

「是。」

「前進一些。」

「這樣可以嗎？」

「向左轉九十度。」

「我轉……唔！」

顧玫卿睜大眼瞳，他剛完成轉向，就看見龍人的尾巴掃過來，下一秒眼前的景色就從沙丘轉成夜空，隔著髮絲和褲管感受到另一人的大腿線條。

同時，黑格瓦垂下手，既是安撫也是壓制地碰觸顧玫卿的肩膀，俯首迎上滿是錯愕的灰眸，微笑道：「這才夠付。」

顧玫卿思緒停滯，盯著黑格瓦的笑臉五六秒才雙頰脹紅，混亂地揮手道：「殿、殿殿下，這個太……太、太羞恥了！請讓我起來！」

「只是膝枕罷了，哪裡羞恥？」

黑格瓦把顧玫卿壓回腿上，挑眉拍尾巴道：「你可以趁我睡覺時偷摸我的尾巴，我不能在你清醒時強迫你躺我身上？」

顧玫卿雙手停滯，微微縮起肩膀問：「您發現了？」

「隱約有感覺。」

黑格瓦放開顧玫卿的肩膀撫上頭顱，展開五指梳理人類的紅髮，仰首遙望星空道：「你不用保證我的安全、連續守夜四十八小時或自己做飯，只要這樣躺一會就夠了。」

「躺著是休息，不算貢獻。」

「你好好活著就是貢獻了。」

黑格瓦輕揉顧玫卿的頭皮，沉下眼瞳呢喃道：「沒錯，你好好的、完完整整的、快樂健康的活著，就是很大的貢獻。」

顧玫卿抬起眼睫。自從母親過世後，他就不曾再獲得如此純粹的肯定，胸口、眼眶迅速發燙，在被無邊暖意所包圍之餘，也想起了那個讓自己百思不得其解的問題。

「殿下為什麼不打算尋找伴侶呢？」顧玫卿先聽見自己的聲音，然後才意識到他把心底話說出口了，看見黑格瓦滿臉錯愕地低下頭，只能硬著頭皮解釋：「因為……殿下無論人品、能力、出身還是外貌都沒有缺點。」

「……」

「而且殿下不僅比大多數 Alpha 都強悍，也比大多數 Alpha 溫柔敏銳，我覺得不管是

Omega、Beta 還是 Alpha 都會被殿下吸引。」

「……」

「很多……不少條件沒有殿下好的 Alpha 都有伴侶，我不明白為什麼殿下沒有，殿下明明具備讓任何人幸福……」

「顧上將。」

黑格瓦平靜地截斷顧玫卿的發言，嘴角掛著淺笑，眼中卻一片幽暗，「謝謝你的讚美，但你看錯我了。」

顧玫卿的指尖微微一顫，從黑格瓦的注目中感受到壓迫，但他沒有退縮，反而迎向視線堅定地道：「我不認為有。」

「你有。」黑格瓦輕柔地否定，抬頭凝視滿天星斗道：「你，還有整個宇宙都是。我不是帝國的傳奇，我是帝國的災星。」

「您怎麼會是帝國的災星？」顧玫卿蹙眉。

「……」

「殿下？」顧玫卿輕喚。

黑格瓦雙唇微啟，停滯片刻才開口道：「說到我，不管是斯達莫還是聯邦，最常提起的想必是龍王奔襲吧？」

「是，聯邦這邊把這件事視為人類在宇宙中的最大恥辱。」

「對我而言也差不多。」

「我覺得這有些自……您剛說什麼？」顧玫卿睜大眼瞳。

「對我而言也是恥辱。」

黑格瓦的回答輕如微風，他凝視閃閃爍爍的星子，不帶感情地述說：「在我取回斯達莫政權，以攝政王身分輔佐小夏的第三年，斯達莫的首都星迎來一場萬人遊行，遊行者中近八成是戶籍與現居地相去甚遠的人，而他們的訴求是回家。」

「他們沒辦法自己回去？」

「沒辦法，這些人所在的當地政府不承認他們的戶籍。」

「怎麼會不承認……」

顧玫卿頓住，猛然想起龍王奔襲的起因——聯邦政府拒絕與斯達莫討論星系劃分，眉頭一皺問：「這些人的家鄉脫離斯達莫加入聯邦了嗎？」

黑格瓦點頭，「政變後，斯達莫就一直處於動盪狀態，特別是邊境星域，宇宙海盜根本傾巢而出，這種狀態下有不少星系或星球選擇加入聯邦尋求庇護。但抗議者們居住的星域不是這類。」

「不是這類還有哪類？」

「在未獲得大多數居民的同意下，基於部分人或團體的私慾，決定脫離斯達莫成為聯邦的一員。」

「這是不可行的，聯邦對於入邦國有審核程序，首要條件就是必須舉辦公投，並且獲得至少七成的同意票。」

「那正是他們失去戶籍，無法回家的原因。」

「公投為何會是原因？」顧玫卿愣住。

「因為這些人大多是當地政府不好掌控的人物。」

黑格瓦的目光轉為悠遠，凝視千萬光年外的星子道：「他們清一色是青壯年，為了求學或工作離開貧瘠偏僻的星球，和留守家鄉的長輩或幼兒相比，這些人更精明、具備一技之長和學識，不是能用幾包食物合成粉或釀造酒就能收買的對象。」

顧玫卿緩緩睜大眼，下意識握起拳頭嚴肅問：「殿下口中的『收買』是買票的意思嗎？」

「是啊。」

黑格瓦平靜地回應，深藍眼瞳映著遠方的星光，輕柔也沉重地道：「在窮困的星球上，對留守家園的老弱婦孺收買與威脅，再製造一兩場火災水災毀掉儲存這些難搞人士戶籍的伺服器，別說七成同意了，九成九的同意票都投得出來。」

顧玫卿兩眼睜至極限，下意識撐起上半身，「這……這種事，聯邦政府不會容許的！」

「聯邦默許了。」

「不是默許，是不知情！只要蒐集好證據，就算若干極端仇視獸人的政黨反對，民眾一定也會支持重新審核。」

「那不符合聯邦的利益。」

「利益不能建立在不義上！」

顧玫卿的聲音拉高近八度，看見黑格瓦嘴角掛著苦笑，胸口一緊問：「殿下不認為？」

「我也這麼認為，只是……」

黑格瓦垂下頭，眼瞳籠在自身的陰影中，輕柔而哀傷地道：「所謂的『不義』，會因人，更會因國而異。」

顧玫卿微微一愣，但馬上就開口道：「就算有差異，也不會差太……」

「會有很大的差別喔。」

黑格瓦再次拉高視線，仰望夜空面無表情地道：「聯邦的義與不義，和斯達莫的義與不義，是時而重疊時而完全相悖的，因為聯邦的『義』是保護自己的人民，並為其爭取最大利益，斯達莫亦然。那些加入聯邦的星系雖然貧瘠，可是有些具備戰略位置，有些可能有未開採的資源，有些沒資源也沒特殊位置，但在年老的原住民死去後，也能騰出空間容納聯邦人。站在這個角度，聯邦為了讓自己的人民更加安全富裕，漠視這些星系的不法操作並不算不義。」

「那就是不義！聯邦不需要做這種事，也能讓人民獲得安樂！」顧玫卿厲聲道。

黑格瓦的嘴角微微上揚，再迅速降回原本的高度，維持平靜到近乎冷漠的口吻道：「也許吧，但當時聯邦的高層並不這麼認為，毫不遲疑地拒絕我方重新劃定邊界的要求。」

「在已知公投存在買票和脅迫下？」顧玫卿沉聲問。

「在已知公投存在買票和脅迫下。」

黑格瓦輕輕點頭，感覺腿上的人因憤怒而緊繃，輕撫顧玫卿的頭顱道：「不要責怪聯邦的決策者，他們只是做出符合國家利益的選擇，而這選擇並沒有錯。」

「這怎麼沒有錯！斯達莫都有百萬人上街遊行了！」

「因為錯的是斯達莫。」黑格瓦停頓兩秒，話聲轉為乾澀：「是擔任斯達莫統治者的我，以及我逝去的家人們。」

顧玫卿雙眼圓睜，再迅速撐起上身，抓住黑格瓦的上衣道：「不是！這不是殿下的錯，是造假的人和接受這結果的政客的錯！」

「是斯達莫皇族的錯。」

黑格瓦搖頭，深藍眼眸迎著星光，看上去卻無比幽暗，「因為我們做了錯誤的選擇，讓國家分崩離析，給覬覦斯達莫領土的人出手的機會；因為我的無能和蹉跎，花了十年才拿回政權，導致斯達莫的國力衰弱到被聯邦蔑視的地步，失去坐上談判桌的資格。」

「談判和國力……」

「有直接關係。」

黑格瓦截斷顧玫卿的否定，沾染星輝的臉龐看上去比平時更白也更冷，乍看之下恍若石雕：「國與國的互動，和人與人是截然不同的。在世上不存在宇宙刑警，星際法院的判決也僅供參考下，國家都是依據自身利益行動，頂多在行動當下找個冠冕堂皇，或起碼上得了檯面的理由。」

黑格瓦嘆口氣道：「聯邦面對徒有銀河系兩大國之名，政治、經濟、文化實力都不足以威脅自己的斯達莫，拒絕上談判桌是理所當然的，同意我才意外。」

顧玫卿張嘴想反駁，但他同時憶起當年黑格瓦率軍突襲前，聯邦從政府、媒體到主流輿論的論調——加入聯邦的星系是逃離暴政、棄暗投明，而斯達莫的主張不過是貪婪、不甘心與自大的產物，根本無須理會。

「所有國家都渴望擁有尊嚴，但弱國不配有，斯達莫也不例外，僅此而已。」

黑格瓦淡然地作出結論，垂下眼睫回到歷史中道：「我方與聯邦交涉接近一年，聯邦從簡短回應轉為已讀不回，終至不讀不回。於此同時，遊行者們在預未宮——斯達莫的皇宮——外紮營，天天盼望返家的那一天。」

「……」

「在遊行滿周年時，我以攝政王的身分召遊行者的領袖進預未宮，原打算告訴他們，我方與聯邦交涉失敗，目前只能讓他們暫居在鄰近星系，等大約五到七年斯達莫重拾繁盛，足以拉聯邦上談判桌後，再送他們回家。」

黑格瓦停下話聲，閉上眼靜默近半分鐘才睜眼接續道：「遊行者的首領是一名中年人，他在我開口前問我，能不能給我看一些紀錄？我同意了，於是他和他的同伴拿出個人處理器，於謁見廳中播放他們珍藏多年的影像。」

「珍藏多年的影像是……」

「是滿臉皺紋的老奶奶，坐在斑駁的院子裡笑著向要遠行的孫子揮手；那是剛會走路的孩子在客廳中跌倒，哭著喊要媽媽和爸爸；是一對健康和病弱的戀人站在百年大樹下，承諾其中一人學成歸星就要結婚；是陪某個人從少年走到成年的寵物，在主人的房間搖尾巴伸展手腳。」

黑格瓦再次停頓，這回他沒有閉眼，他花了一些時間整理思緒，但開口時聲音已不見平時的沉厚，而是如砂礫般乾澀：「那一瞬間，我什麼話都說不出口，斯達莫可以休生養息五到七年再開啟談判，但他們不能，他們的長輩、孩子、愛人和寵物不能，時間於這些人而言不是滋養，是迫近的訣別。」

「殿下……」

黑格瓦嘆息道：「如果當時主政的是母皇，想必能讓斯達莫迅速恢復國力，不至於讓聯邦輕視；倘若在位的是皇長兄，憑藉他的人望和仁慈，一定能安撫遊行者，並透過自身名望迫使聯邦同意談判。」

黑格瓦仰起頭，儘管極力壓制情緒，肩膀仍控制不住地細顫，話聲也染上哽咽：「但我不是父皇或皇長兄，我是被謀逆者利用，愚蠢地打開預未宮的門，導致皇族近乎全滅的不肖皇子。」

顧玫卿睜著眼，直到眼瞳乾澀發疼才回過神，滿臉驚愕地問：「殿下，您剛剛……」

「當年謀逆者之所以能輕易殺進預未宮，和我相信對方『想給皇帝和皇太子一份驚喜』的拙劣謊言，歡歡喜喜地替對方開門有直接關係。」

黑格瓦垂下眼睫，撐在地毯上的手收緊，掐著毯子與砂礫低聲道：「我愚蠢又無能，既被逆賊欺騙，也無法想出足以說服遊行者等待的方案，更不能將聯邦拉上談判桌。」

顧玫卿地胸口猛然緊縮，坐起來面向黑格瓦，按著對方的肩膀道：「殿下有！您用自己的武勇，讓聯邦同意重新劃分領土，不是嗎！」

「是啊，但那是最糟糕的做法。」

黑格瓦低頭望向顧玫卿，暗藍眼瞳中既有疲憊更有恐懼：「聯邦以為，我是單憑一支部隊就突進到聯邦的首都星系，但實際上，如果我們敗了，聯邦單憑中央軍團的一兩支軍隊就能殺進預未宮。」

「什麼意思？」顧玫卿蹙眉。

「『龍王奔襲』是賭上斯達莫全數精銳的虛張聲勢，聯邦以為斯達莫僅靠部份力量就打進自己的心臟，但其實那是當時斯達莫的全力，精銳中的精銳。」

黑格瓦苦笑，垂首看著自己的雙腿，單手緊揪地毯道：「靠著這份誤解，聯邦同意領土談判，但也和斯達莫締結血仇，我完全是斯達莫的災星啊。」

「用災星形容太……」

「並不過分喔。」

黑格瓦輕聲接續顧玫卿的低語，苦澀地道：「沒有國家會永遠強盛，所以要避免與他國結下難以化解的仇恨，以免某天國家衰敗時遭遇猛烈的報復。我的做法相當於拿未來的安全，換取此刻的利益。」

顧玫卿拉平嘴角，望著黑格瓦弓起的身軀，拉平嘴角道：「對聯邦而言，殿下不只是仇人，也是恩人。」

「我不記得自己對聯邦有……」

「您在無蹤者現身時，毫不猶豫地以身為盾掩護聯邦軍撤退。」

顧玫卿將黑格瓦的手從地毯上拉起，按上自己的胸口認真道：「我，以及當時在場的所有聯邦軍民，以及這些軍民的至親好友，都會永遠記住殿下的恩惠。」

黑格瓦緩緩睜大眼眸，藍瞳先是一陣濕潤，再咬牙強行壓下淚光，低頭苦笑道：「你真是……無論在地表還是宇宙，都是名符其實的暴君。」

「您在說什麼？」

「說你是無敵的。」

黑格瓦將手輕輕抽回，轉向黝黑無邊境的夜空，恢復平靜道：「回到你一開始的問題——為什麼我不尋求伴侶？原因很簡單，我沒有尋求的資格。」

「……殿下目前應該是未婚吧？」顧玫卿認真問。

「我所謂的資格不是法律上的資格。」

黑格瓦笑了笑，屈膝沉聲道：「人類對伴侶的稱呼只有兩種，根據男性或女性分成丈夫和妻子。但在斯達莫語中，伴侶的稱呼有四種，擁有生育能力的女性稱為歌拉維娜，翻譯過來是『孕姬』，男性稱為歌拉維尤，意味『孕君』；而擁有播種能力的女性是庫斯陀娜，意譯『衛姬』，男性是庫斯陀尤，同上是『衛君』的意思。」

「孕君、孕姬，衛君、衛姬……這叫法好文雅。」

「你想要通俗一點的話，也可以翻成孕婆孕公、衛婆衛公。」

黑格瓦聳肩，再收起輕鬆道：「衛君的『衛』，是護衛的衛，而護衛對象則是孕姬或孕君，而我沒有保護自己的孕君的自信。」

「怎麼會沒有？殿下是能支撐一個國家的人，保護一個人當然也沒問題。」

「我單是維持一個國家就精疲力盡了，而且……」

黑格瓦話聲漸弱，垂下頭將面容藏進陰影中道：「我肯定會把我的伴侶當棋子利用。」

顧玫卿偏頭道：「統治者或政治人物的另一半中，幫助伴侶處理政務或爭取民眾、盟國支持的不在少數。」

「那是協助，不是利用。」

「要說利用也是有，例如有些聯邦議員是靠妻子的名望獲得選民支持。」

「我所謂的利用，是更殘酷、傷害性的利用！」

黑格瓦將頭壓得更低，看著自身的陰影道：「在我心中，最重要的是斯達莫，其次是小夏，為了這兩者的安全，我會犧牲我的歌拉維尤，因此我沒有資格成為某人的庫斯陀尤。」

「我不認為殿下會……」

「你把我看得太美好了。」

黑格瓦截斷顧玫卿的反駁，壓著地毯的左手緊緊握起，垂首咬牙道：「如果我是個合格的親王，應該毫無猶豫地選擇對斯達莫、小夏最有利的伴侶，但我做不到，我可以演出對某人戀慕痴狂的模樣，但我不想和我不愛的人成親。倘若我是個合格的庫斯陀尤，我應當將一切奉獻給我的歌拉維尤，可是我同樣不能，我放不下斯達莫和小夏，我的心底永遠裝著其他人事物，還會為此拋棄我的歌拉維尤。」

黑格瓦的自剖無論是內容還是赤裸程度都超乎顧玫卿的意料，他望著龍人蜷縮的身影，直直盯著對方的側臉反應不過來。

「我是個愚蠢、半吊子又任性的龍人。」

黑格瓦輕語，轉向顧玫卿，深藍眼瞳中有愛慕有渴望但更多的是痛苦，勾起 Omega 的手，親吻手背再抬頭道：「顧上將，我衷心希望你能找到全心疼愛、照顧、守衛你的庫斯陀尤，或庫斯陀娜，如果你找著了，我會萬分高興，也萬分嫉妒。」

顧玫卿雙眼睜大，前傾上身想要說什麼，可腦袋卻一片空白，只有胸中的熱流具體如岩漿灌體。

「剛剛對你說的話，要保密喔。」

黑格瓦放下顧玫卿的手，掛上一貫的淺笑道：「畢竟我對外是用別的理由拒婚。」

顧玫卿張口又閉口，反覆好幾回才擠出聲音問：「什麼理由？」

「這容我……」

黑格瓦猛然頓住，收起笑容轉向左側，片刻後該方向就響起腳步聲。

製造腳步聲的是機甲隊的副隊長，他大步奔向黑格瓦和顧玫卿，剛看到人影就揚起尾巴吶喊道：「老大！」

「『老大』？」顧玫卿用氣音問。

黑格瓦笑了笑，輕拍顧玫卿的肩膀暗示對方別在意，站起來掛上不悅的表情問：「我離開前說了什麼？」

「沒必要不准打擾兩位。」

副隊長立正回答，再手指著正前方道：「但是有未知隊伍接近，請立刻回到部隊裡！」

黑格瓦順著副隊長的手臂看去，於遠方起伏的沙丘上看見複數的光點，瞇起眼瞳道：

「我沒感覺到危險。」

「隊上的雷達員覺得有，他認為隊伍中有足以威脅我們的東西。」

「……」

「老大，請馬上歸隊。」

「……」

「老大！」

副隊長伸手想拉黑格瓦，顧玫卿一個箭步插入兩人之間，扣住副隊長的手一扭一扯一掃腿，屈膝將人面部朝下死死壓制在沙地上。

「你……呸！你做什麼！」副隊長吐沙怒問。

「未經主人的允許，不准碰主人。」

顧玫卿冷聲宣告，將副隊長的手腕壓得更緊，在對方的哀號中抬頭望向黑格瓦。

黑格瓦依舊沉默地注視著光點，藍瞳專注中又帶點茫然，似乎在捕捉著某種現實中不存在的事物。

光點則在黑格瓦的凝視中靠近三人，從指節大小的黃光，慢慢轉為細節模糊的機甲和懸浮艇。

同時，黑格瓦肩頭一抖，忽然拔足奔向兩者。

顧玫卿立刻放開副隊長跟上，抽出光束槍再將精神力捲成長槍，對準數百公尺外的不明隊伍。

對方也注意到顧玫卿等人，走在最前頭的那臺機甲放慢速度轉動肩砲，接著再驟然加速衝向龍人。

這讓顧玫卿馬上將精神力捅出去，不過在他觸碰到機甲前，機甲先是急煞車，再打開駕駛艙跳出一名女貓人。

「阿格叔！」

女貓人滿臉笑容地吶喊，躍進龍人張開的手臂中，抱住對方呼嚕呼嚕地磨蹭。

「凱蒂。」

黑格瓦輕拍女貓人的背脊，眼角餘光捕捉到僵住的顧玫卿，露出笑容道：「別緊張，是熟人。」

「哪裡的熟人？」顧玫卿話聲冷硬，兩眼直直盯著女貓人。

「是……」

黑格瓦注意到顧玫卿斜後方站著機甲隊副隊長——狼人在重獲自由後也追過來，瞬間撤下微笑道：「你回去，告訴其他人不明隊伍是我的朋友，不用警戒，原地待命到我回來。」

副隊長愣了兩秒才意識到黑格瓦是在對自己下令，本想說這安排太不安全，但嘴巴剛動就感覺前方的Omega渾身寒氣，瘀青的手腕和後背頓時抽痛，掉頭往回跑。

黑格瓦看著副隊長的背影，直到對方完全消失在黑暗中，才恢復笑意朝顧玫卿道：「這是我們曾經拜訪，但撲空的地方的熟人。」

「我不記得我們有撲空……」

顧玫卿越說越小聲，腦中浮現寂靜、黯淡、僅存彈孔和白骨的廢鎮，抬起睫羽問：「她是安蒲的居民？」

黑格瓦點頭，將女貓人輕輕推開，正要問對方其他人在哪時，另一臺機甲與三艘懸浮艇也來到龍人面前，默契十足地止步、打開艙門，跳出十多名獸人與異形人。

這些人嚎叫著奔向黑格瓦，用手臂、觸手或觸鬚環抱龍人，又叫又跳又扭動了好一會才將人放開，轉身回懸浮艇搬矮桌、毯子、食材酒水、樂器……眾多器物下來。

片刻後，沙丘間便出現了一個不精緻但絕對熱情的營火晚會。

晚會的中央是中大型野營爐與黑格瓦，龍人面對成堆的蔬菜肉塊，嘴上抗議眼底卻滿是笑容；外圍則是由大大小小的毯子組成的大圓圈，從年長到剛成年的獸人、異形人席「毯」而坐，拿出樂器擺開酒水晃腦高歌。

顧玫卿也坐在毯子上，他原本跟在黑格瓦左右，然而跟沒兩三步就被其他人半推半拉地帶到毯子區，手中不知不覺多了一個鈴鼓，腿前則放著合金酒杯和一小碟乾果。

他聽不懂周圍人唱的歌謠，也不大能跟上歌曲節拍，但無人對 Omega 的沉默或跑拍表達不滿，甚至跟著錯誤的鼓聲唱下去。

這讓顧玫卿先是驚訝，再漸漸感到新鮮，終至放心地搖鈴鼓，含糊不清地跟著哼唱。

這齊中有亂的合唱持續了十多分鐘才停歇，顧玫卿看著左右獸人、異形人拿起酒杯一口灌下，猶豫片刻後也端起酒啜飲一口潤喉。

而酒水剛滾過喉頭，一隻手臂就由左側搭上顧玫卿的肩膀。

手臂的主人是一名男犬人，他舉著酒杯燦爛地笑道：「我第一次見到你呢！是阿格的新朋友？」

「喂，不要騷擾我的旅伴。」黑格瓦一面給烤餅翻面一面警告。

「我才沒有騷擾他，我們是在友好交流！」

男犬人挺起胸膛強調，再將視線擺回顧玫卿身上問：「告訴我你跟阿格怎麼認識的，我拿他二十年前的糗事跟你交換！」

「我聽見了。」黑格瓦道。

「啥？你說什麼太吵了我聽不見！」

男犬人把手搭在耳朵上故作耳聾，再期待地望著 Omega。

「我們是……」

顧玫卿話聲漸弱，考量到此處都是黑格瓦信賴的人，應該不需要謊稱彼此是主人和寵物，甚至考量到龍人的名譽，這麼回答反而會招來問題。

但若是誠實回答，自己的身分就會立刻曝光，而顧玫卿不確定此處的獸人、異形人對緋紅暴君是友善還是仇視。

他不介意被人仇恨，但此處坐著的都是黑格瓦的朋友，他很介意龍人是否會因此與友人產生裂痕。

男犬人見顧玫卿遲遲沒有回答，湊近對方加碼道：「除了阿格二十年前的糗事，我還能告訴你他最常講的夢話。」

「你最好是知道我最常講什麼夢話啦！」黑格瓦在火爐邊低吼。

「我怎麼不知道！你跟我都擠在一張床上睡過多少次了！」男犬人回吼。

「你們一起睡過？」

顧玫卿的話聲突然插入，這音量不大卻異常認真的發問讓黑格瓦、男犬人乃至周圍人通通愣住。

兩秒後，黑格瓦下意識轉開視線道：「只是躺在同一張床上罷了，當時旅館房間不夠，而且那隻死狗半夜就把我踢下去。」

「然後隔天不到半夜你就踢我！」男犬人比出宇宙通用罵人手勢。

「禮尚往來罷了。」

「你那是偷……」

「所以你們睡了不只一次？」

顧玫卿截斷男犬人的怒吼，俊麗的臉龐上沒有一絲情緒或溫度，看黑格瓦和男犬人都沒有回應，放在腿上的手緩緩收緊。

——不行，不可以，冷靜下來！

顧玫卿聽見自己的理智如此吶喊，但黑格瓦和男犬人共臥一張床的想像太過具體，在他胸口砸出一個大洞，將理性之聲一口吞沒。

不，吞噬理智的不只有同床的想像，還有黑格瓦與男犬人言語中的親暱，顧玫卿與龍人相處二十多天，而對方與黑格瓦的交情卻是二十多年。

羨慕、不甘、寂寞、嫉妒……種種負面情緒在顧玫卿心上堆疊，最後融合成一個強烈的企圖。

他要讓在場所有人知道，即使沒有相識二十年，黑格瓦對自己、自己對黑格瓦的重要性一點也不比這些人輕。

黑格瓦遠遠看見顧玫卿臉色轉白再轉紅，直覺對方快失控了，立刻嚴肅強調：「我們只是躺過同一張床，除此之外什麼都沒做。」

「不只啦，我們還一起洗……」

「你再亂講話，待會的菜就沒你的份。」

「怎麼可以！你現在手中的肉是我獵到的啊！」

「不滿我可以還你生肉。」

「阿格你……」

「我和黑格瓦殿下第一次接觸是在十二年前。」

顧玫卿又一次打斷男犬人，以毫無起伏的聲音道：「我為了掩護自己的同僚撤退，駕駛機甲獨自挑戰殿下，一番纏鬥後險勝，但殿下的部隊也同時抵達戰場，而殿下阻止屬下開火，我才有命坐在這裡。」

男犬人睜大眼瞳，靜默一兩秒才開口道：「那真是……你們現在不是敵人吧？」

「不是，而且之後殿下又救了我兩次。一次是無蹤者首次現身銀河系時，殿下毫不猶豫地保護我與我所屬的部隊撤退，另一次則是……」

顧玫卿望向黑格瓦，口氣依舊冷淡，但灰瞳中卻盪著焰光，「大概二十天前，我乘坐的船艇在黑洞中發生爆炸，我搭乘單人逃生艙墜落魯苦，快要被巨蜥殺掉時，殿下駕駛太空艇撞擊巨蜥，從巨蜥口中救出我。」

男犬人張大嘴巴，轉向黑格瓦問：「你拿太空艇對巨蜥做自殺攻擊？」

「那個不是重點吧！」

坐在顧玫卿正前方的女豹人站起來，盯著Omega渾身緊繃地道：「十二年前……不，在阿格成為親王後，機甲戰上贏過他的只有一個人啊！」

「誰？」男犬人問。

「聯邦的緋紅暴君。」

女豹人身旁的男兔人回答，同樣僵硬地注視顧玫卿問：「你……不，請問閣下是……」

「只是被殿下救助過的人類。」

顧玫卿起身，向眾人微微點頭道：「大家好，我是顧玫卿，地球聯邦軍宇宙軍的軍人，目前在中央軍團第三軍團擔任總司令，軍階為上將。」

如果說先前顧玫卿幾次發言製造的效果是寂靜，那麼此刻就是死寂，在營火和懸浮艇大燈的光線範圍內別說談話聲．連呼吸聲都聽不見，僅有湯水咕嚕聲輕敲沙地。

令人窒息的寧靜持續了將近半分鐘，直到一名女貓人失手將杯子摔到盤子上，眾人才解除凍結，喊著七八種髒話撲向黑格瓦。

黑格瓦瞬間弓起龍尾，後退著大叫：「你們瘋了啊！這裡有火和滾水！」

「恭喜啊啊啊！」

「哭嚕，哭哭啾、啾咪……嚕！」

「你居然是認真的！我還以為那是藉口！」

「嗚嗚嗚，我還以為沒望了……我是沒望了。」

「阿巴阿巴阿巴！」

「小夏知道嗎？」

「喝！今晚喝到掛喝到吐！」

「呃喔喔喔嗚嗚啊啊啊——」

顧玫卿兩眼圓睜，看著十多名獸人、異形人時而尖叫時而哭泣時而揮拳捶龍人，通用語、地方方言和意義不明的嚎叫堆疊在一起，讓他困惑不已。

「顧上將，我可以坐這裡嗎？」

年邁且沙啞的聲音將顧玫卿的注意力拉回身邊，轉頭看向右手邊，這才發現一名龜人老婦站在毯子前，連忙點頭道：「請，這裡沒人坐。」

「那我就不客氣了。」

龜人老婦緩慢地坐下，望著爐火後的喧鬧，揚起嘴唇笑道：「好久沒見到孩子們這麼開心了，真好。」

顧玫卿望著龜人老婦的笑臉，遲疑片刻才開口問：「他們很開心？」

「上將不覺得？」

「我也覺得。」

顧玫卿將目光移回那些叫叫跳跳的獸人、異形人身上，蹙眉道：「但我不懂他們為什麼會這麼開心。」

「為什麼不會？」

「因為——」顧玫卿拉長尾音，想起賭場餐廳中露骨的敵意，垂下肩膀道：「我以為獸人大多不喜歡我。」

「是有不少獸人厭惡緋紅暴君。」

龜人老婦輕笑，眼角餘光捕捉到顧玫卿肩頭顫動一下，放軟聲調道：「但不包括阿格的朋友，起碼不包括我與這群孩子。」

「為什麼？」

「因為上將是宇宙海盜的敵人，而我和這些孩子不是海盜，我們是兼營護衛隊的運輸隊，對我們來說，海盜少些比較好做生意。」

龜人老婦稍稍挪動身體，靠上坐墊，「而且，我們都知道阿格的求偶條件。」

「殿下的求偶標準是？」

「首先必須是Omega，第二要在一對一的機甲戰中勝過他。」

龜人老婦瞥向顧玫卿笑道：「當初阿格開出這個條件時，所有人的反應都是『你沒有結婚的打算就直說』。直到上將橫空出世，將阿格一刀斬於機下。」

顧玫卿兩眼睜至極限，愣了好一會才快速搖手道：「我、我並沒有一刀解決殿下，我弄壞了快五十臺機甲才戰勝殿下。」

「總之，上將贏了。」

「只是險勝！」

「險勝也是勝。」

龜人老婦輕拍顧玫卿的手臂，低頭苦笑道：「不過即使上將完成這項壯舉，我們也不認為阿格會和上將在一起，畢竟斯達莫和聯邦距離太遠，況且大多數 Omega 都喜歡比自己強的 Alpha。」

「殿下比我強。」顧玫卿一秒糾正。

龜人老婦忍不住「噗」一聲，仰起頭注視顧玫卿問：「上將喜歡阿格嗎？」

老婦的發問超乎顧玫卿意料，他先是呆滯再迅速脹紅臉頰，張口閉口好一會才結巴道：「殿下是……是我遇過的 Alpha 中，最溫柔體貼又美好的一位。」

「上將喜歡溫柔體貼又美好的 Alpha 嗎？」

「……喜歡。」

「那我就放心了。」

龜人老婦微笑，注視被眾人拉來扯去的黑格瓦，斂起笑容輕聲道：「有上將相陪，那孩子應該能活過一百歲。」

顧玫卿皺眉道：「我記得獸人的平均壽命是一百五十歲，殊貴種甚至能活到兩百歲。」

「上將的記憶沒錯，只是……」龜人老婦目光轉沉道：「阿格為了保護我們、小夏和斯達莫，會毫不猶豫地使用龍見。」

「龍見？龍人的特殊能力不是龍視嗎？」

「龍視是每個龍人分化後都具備的能力，龍見則是在獲得龍視後，經過艱難的訓練，再面臨多次生死危機後，有機會覺醒的力量。」

龜人老婦垂下眼道：「它是對龍人未來清晰、不會改變的觀測。阿格沒有受過正統訓練，但他極有天賦，又……承受了太多，因此不僅可以發動龍見，威力還遠勝正常覺醒者，能以秒為單位連續觀看未來。」

「以秒為單位」、「連續觀看」這兩個描述勾動顧玫卿的記憶，想起先前在輪盤賭桌上黑格瓦連續押中數字的神技，以及之後龍人在僕人房中蒼白虛弱的模樣，心弦一緊問：「發動龍見會傷身嗎？」

「會折壽。」

「折、折壽！」

顧玫卿的聲音猛然拔高，但黑格瓦那方也同時響起歡呼，蓋過了Omega的驚恐。

「會折壽。」

龜人老婦平靜也哀愁地重複，十指交握道：「根據阿格的說法，斯達莫皇室有祕藥能抵消耗損，但我不認為單憑吃藥就能無損發動龍見。」

顧玫卿雙唇緊抿，他記得黑格瓦在進賭場前吞過不明藥物，如果那就是所謂的祕藥，那麼這藥物顯然是吃心安的，因為十多小時後龍人就冒著冷汗昏倒在床上。

當時包圍顧玫卿的冰寒、緊繃與焦慮再次湧出，他緊掐掌心壓下情緒，看向龜人老婦認真問：「有我能做的事嗎？」

龜人老婦抬起眼睫，灰濛眼瞳浮現一絲笑意，仰望星空道：「我的姑母曾是斯達莫皇族的侍女，我對龍見的了解都是從她口中聽來的，不過姑母畢竟只是僕人，無法接觸到祕典，但她曾偶然聽見御醫和皇太子的對話。皇太子問御醫，關於龍見，除了祕藥沒更好的方法嗎？御醫回答：『除了藥，唯有命定之人。』」

「命定之人是什麼？」

「傳說，每個獸人都有一個命中注定最適合自己的伴侶，如果能找到這個伴侶，就能獲得無上的幸福。」

龜人老婦低下頭，先握住顧玫卿的雙手，再望向對方的眼瞳，懇切、希冀、乞求地道：「顧上將，請好好照顧阿格，別讓那孩子把自己折磨至死。」

顧玫卿愣住，隔了五六秒才明白龜人老婦在說什麼，慌張地抽回手道：「我不是……我不可能是殿下的命定之人，我不是獸人，是人類！」

「命定之人不限種族。」

「就算不限種族，也不一定是我啊！」

「但阿格喜歡上將，而上將也喜歡阿格，不是嗎？」

「很多人都喜歡殿下，然後殿下也……」顧玫卿停滯許久才咬牙接續道：「殿下也喜歡很多人！」

「……阿格這麼花心？」龜人老婦偏頭問。

「不是那種喜歡，是……呃！領導者對子民、朋友和朋友間、親情還有……總之不是那種喜歡！」

「那如果是『那種喜歡』，阿格最喜歡的應該是上將吧？」

「這個、這……我不清楚，我不熟殿下的感情生活，殿下是說過喜歡我，可是……可是……」可是他不打算和任何人結為伴侶。

顧玫卿將後半句話含在口中，理由一方面是他答應過黑格瓦要保密，另一方面是一思及此，他的胸膛、喉嚨乃至舌尖就抽痛不已。

這是對龍人的憐惜還是哀傷？顧玫卿不明白，只知道當他回想黑格瓦的自剖，特別是當對方親吻自己的手背，吐出哀傷又溫柔的祝福時，他的心臟就疼得恍若粉碎了。

龜人老婦看著顧玫卿的嘴唇開開合合，灰濛眼瞳轉柔，收起促狹溫和地笑道：「其實我也不確定上將是不是阿格的命定之人。」

「我不認為自己有可能是……」

「我很希望上將是。」

龜人老婦見顧玫卿瞬間呆住，瞇起眼瞳輕笑道：「畢竟在與上將交談後，我很確定在阿格面前，緋紅暴君的紅是羞紅的紅。」

顧玫卿抬起睫羽，接著雙頰迅速由白轉紅，舉起手結巴道：「羞、羞羞紅什麼的……我沒有、我只是……不知該怎麼回答。」

「看得出來。」

龜人老婦笑著站起來，斂起笑靨向顧玫卿躬身道：「顧上將，無論你是不是阿格的命定之人，都請多多照顧那孩子。」

顧玫卿先是一愣，再立刻正坐低頭道：「我會盡全力保護殿下。」

「有上將這句話，我就放心了」

龜人老婦直起腰，對顧玫卿微笑點頭後，轉身慢慢走回自己的座位。

在龜人老婦離開後，營火邊的喧鬧也告一段落，男犬人坐回顧玫卿右手邊的位子，而片刻後黑格瓦帶著熱湯來到 Omega 的左側。

黑格瓦將湯碗遞給顧玫卿，龍尾同時在毯子拉出弧線，輕輕靠上 Omega 的大腿。

這讓顧玫卿睜大雙眼，然而在黑格瓦本人與左右獸人都十分自然地說話、碰杯或嘻笑下，他只能強作鎮定，端起湯碗一口一口用熱湯壓驚。

溫熱、帶有安神效果的熱湯順著喉嚨滾入胃袋，喚醒顧玫卿遺忘的睡意，雖然拚命告訴自己身為護衛不能睡著，然而當黑格瓦涼風般舒適的撫慰素飄入鼻腔時，他的眼皮還是逐漸沉重，終至完全落下。

◆◆◆

當顧玫卿再次睜眼時，身下已不是地毯和沙地，而是遊艇寢室中的雙人床；身上穿的也不是斯達莫風的長袍，而是乾淨柔軟的仿絲睡衣；床邊矮櫃上兼具薰香和照明的小夜燈替代星子，散發香氛也提供最低限度的照明。

顧玫卿掀開棉被下床，沒在房中看到黑格瓦，蹙眉連上遊艇的監視鏡頭，在主控室找到龍人的身影，這才鬆一口氣走進浴室。

不過安心歸安心．顧玫卿還是以最快速度梳洗更衣，離開寢室前往主控室。

主控室的感應門一滑開，顧玫卿就瞧見黑格瓦站在主控臺前，夕色穿過玻璃罩，黑色龍尾在主人的陰影中一下一下地輕敲合金臺。

這是 Omega 從未見過的動作，直覺這不是象徵好心情的反應，邁大步走到龍人身旁問：「有異狀嗎？」

黑格瓦肩頭一抖，這才發現顧玫卿進了主控室，轉過頭略帶僵硬地問：「睡飽了？」

「是。發生什麼事？」

「……」

「殿下？」顧玫卿輕喚。

黑格瓦雙唇微啟，停頓片刻才開口道：「昨天你睡著後，我向其他人問起安蒲變成空城的原因，他們回答這幾年一直有盜匪集團覬覦安蒲，但是礙於我的師父以安蒲為根據地才不敢下手。然而大概三個月前，師父在執行運輸隊的護衛任務時被巨蜥襲擊，雖然成功擊退巨蜥，但他也當場身亡。安蒲的居民知道我師父一死，盜匪集團一定會攻擊安蒲，因此提前收拾家當轉移到附近的城鎮。」

「所以殿下的朋友都還活著？」顧玫卿抬起眼睫問。

「扣除幾名得了絕症，或是無論如何都不想離開安蒲，大多數都還會呼吸。」

黑格瓦露出笑容，但這抹笑容很快就消散，他將視線轉至主控臺，碰觸控制面板道：「可魯——昨天坐在你旁邊的犬人的兒子——給我看師父臨終交代遺言的影像，以及他們處理死亡巨蜥時拍的照片。」

主控臺上彈出數個投影視窗，視窗中是巨蜥各個角度的照片。

顧玫卿由左向右掃視視窗，在中間偏右的視窗裡看見巨蜥頭部的近照，照片中的巨蜥雖然雙目混濁，但那鍋蓋大的眼瞳毫無疑問是紫色的，他瞬間愣住，再警覺道：「殿下，這隻巨蜥……」

「是紫眼巨蜥，但不是戎珀想抓的那隻。」

黑格瓦伸長手臂，將最右側的視窗拉到顧玫卿面前，嚴肅道：「然後這是巨蜥腦殼裡的照片。」

顧玫卿看向視窗，巨蜥的頭顱躺在視窗中央，約三分之一的皮膚和頭蓋骨已被人取下，但本該生著大腦的空間卻僅有懸空的血管與神經，詭異得宛若科幻驚悚片的劇照。

顧玫卿雙眼圓睜，望向黑格瓦問：「紫眼巨蜥有無腦症？」

「牠應該有腦子，只是被人取出後塞進其他東西。」

「什麼東……」

顧玫卿僵住，扭頭瞪向視窗，盯著如同藤蔓般旋繞空氣的血管、神經，想起某群科技產品無法捕捉的生物。

「巨蜥的腦中有改造過的無蹤者。」

黑格瓦證實顧玫卿的猜測，深藍眼瞳中鑲著冰冷的敵意：「可魯不認得無蹤者，他拿個人處理器拍照，但處理器是舊式的，沒有加裝無蹤者感知器，所以只拍到巨蜥的組織。」

「被拍到的無蹤者呢？」

「燒掉了。無蹤者似乎是在破頭前就死亡，要不然以它們酷愛自爆攻擊的習慣，可魯早就去陪師父了。」

黑格瓦停頓幾秒，轉向顧玫卿略帶沙啞地道：「計畫改變，接下來我的首要目標不是離開魯苦，是找到紫眼巨蜥。」

「……」

黑格瓦繼續說明：「可魯和凱蒂在運輸隊安全抵達貝綠後，會駕駛機甲過來與我們會合，加入搜捕行列。」

「……」

「抱歉，我知道即使增加兩臺機甲，戰力還是稱不上充足，但我會盡全力保障你的安全，等救援隊到後馬上讓你撤……」

「我要留下。」

「離……喂！」

「殿下，那是無蹤者。」

顧玫卿垂在身側的手緩緩握起，腦中閃過無數破損、染血、消失在己方雷達上的戰艦與機甲，微顫的嗓音沉聲道：「那是屠殺上億聯邦軍民，將數個星系化為廢墟的無蹤者，我作為聯邦的軍人，不能放任不管！」

「我會處理，你……」

「我會和殿下一起處理。」

顧玫卿打斷黑格瓦，表情沒有變化，但灰色眼瞳中閃著刀刃般的寒光道：「在查清楚無蹤者在哪裡、為何會出現在邊境行星前，我不會離開。」

黑格瓦拉平嘴角，望著既如冰山也似烈焰的顧玫卿，輕嘆一口氣道：「如果你堅持要留下，必須答應我一件事。」

「什麼事？」

「倘若發生需要有人斷後，你必須讓我來。」

「這怎麼……」

「我是獸人 Alpha，不管面對哪種型態的攻擊，都比人類 Omega 有機會活下去。」

黑格瓦甩動龍尾嚴肅地道：「這部分我不會退讓，你若是不接受，我有至少三個方法能讓你昏迷到救援隊到達。」

顧玫卿將手指掐進掌心，承受黑格瓦的視線壓迫，認真道：「我不是您的子民，您不用保護我。」

「我是基於政治考量，你要是有三長兩短，在最糟糕的情況下，聯邦和斯達莫就要開戰了。」黑格瓦在顧玫卿回應前，伸手挑起對方的下巴，近距離注視 Omega 的灰瞳低沉地道：「這是命令，蘿絲。」

顧玫卿眼睫一顫，望著忽然轉換為法夫納的龍人，雙頰先染上紅暈，再猛然抿緊雙唇，聲音沙啞地道：「殿下……主人這樣是犯規。」

「我一向為達目的不擇手段。」

黑格瓦微笑，再斂起笑容沉聲道：「回答呢？我的花姬。」

顧玫卿沉默，和黑格瓦對視近一分鐘後，才垂下眼細聲道：「是，主人。」

「乖孩子。」黑格瓦放下手後退。

「但我會極力迴避。」

顧玫卿的宣告讓黑格瓦停住，他握拳迎向龍人的注目道：「殿下若是出事，聯邦和斯達莫仍會有戰爭危險，且像您這樣優秀正直又溫柔優秀的人應該活下去。」

黑格瓦的表情微微扭曲，張口又閉口幾回，最後抬手抹臉再次嘆氣道：「這部分先按下，先完成下一步準備。」

「什麼準備？」

「如果紫眼巨蜥能和我師父戰到兩敗俱傷，那麼大狗和他的小夥伴肯定不是對手……除非我接手指揮。」

「殿下要取代大狗成為隊長？」

「不這麼做我們會全滅。」

「但要怎麼讓大狗交出指揮權……」

顧玫卿停頓，靈光一閃握拳問：「需要我再把他揍一頓嗎？揍到聽話為止！」

黑格瓦嘴角一挑差點笑出聲，搖著頭道：「不用，我要親自揍他，順便摸清楚機甲隊其他人的戰力。」

「您要獨自和他們打群架？」顧玫卿的目光驟然轉寒。

「是，但放心，過程中他們碰不到我一片鱗片。」

黑格瓦自信地淺笑，先動手發出全隊停止前進原地休整的訊息，再轉身走出主控室。

CHAPTER.04

第四章

他從未見過如此真誠
又令人不悅的鼓勵

In a BDSM VR game, fall in love
with an enemy general.

顧玫卿不知道黑格瓦要做什麼，抱著三分好奇七分擔憂跟在龍人身後，看著對方操作食物合成機製作約二十人份的食材，再將野炊臺與食材一同拉下遊艇。

遊艇左右的兩臺機甲首先捕捉到黑格瓦的行動，駕駛艙立刻打開，跳出雙眼亮光頻吞口水的狼人；接著稍遠處的機甲、更遠處的戰鬥艇駕駛員們也透過鏡頭看見龍人與堆積如山的菜肉，一個個拋下手邊的壓縮乾糧、綜合營養液跑出來。

而這帶著飢餓與殺意的衝刺，讓顧玫卿反射動作掏槍，瞄準跑在最前頭的狼人就準備要扣下扳機。

「全部停下！」

黑格瓦怒吼，吼聲定住顧玫卿的手指，也讓跑第一的狼人先止步再被同伴撞倒，然後一同絆倒位在第三的虎人，最後堆成一座不遜於食材的小丘。

而黑格瓦冷漠地掃了虎狼之丘一眼，低頭將香料蔬菜剁碎道：「別在我面前打架，今天的分量夠所有人吃。」

虎人與狼人們聽了皆整齊地嚥了一口口水，再猛然意識到這不正常，盯著黑格瓦一人一句叫起來。

「真的嗎？」

「為什麼？」

「是夠吃一口還是夠吃……」

「吵死了。」

黑格瓦的聲音不大，卻帶著讓一丘虎狼窒息的壓迫感，他將剁碎的蔬菜放進鍋中，一邊翻炒一邊面無表情地道：「當然是真的，至於為什麼……如果不讓你們吃飽，待會絕對會拿這個當藉口賴帳。」

「賴什麼帳？」疊在狼人之丘中層的機甲隊副隊長問。

「我接收到一些和紫眼巨蜥相關的預示，近日牠會來拜訪我們，但如果戰鬥時指揮機甲隊的人不是我，我們會全滅。」

「我不會把指揮權交出！」

趴在最上層的大狗揮拳，三兩下跳下虎狼丘，手指黑格瓦的鼻子道：「別以為你是龍人，精神力比我們強，我們就會無條件信你！想拿指揮權先……」

「這些機甲有裝模擬對戰系統嗎？」

「有沒有關你……」

「都有，戰鬥艇中還有兩個訓練用模擬艙。」

副隊長的聲音壓過大狗，後者立刻扭頭怒瞪叛變的屬下。

「別擔心，我沒打算讓你無條件交出指揮權。」

黑格瓦彎腰拿出一瓶酒，朝炒鍋潑灑酒水，傾斜鍋身讓火焰滾進鍋內道：「我用模擬艙和你們打一場，我贏，指揮權歸我；我輸，接下來的伙食全由我負責。」

這發言既出乎大狗的意料，他先是一愣再欣喜若狂。

隊上兄弟在得知他被 Omega 痛毆，又嚐到黑格瓦烹飪的餐點後，對大狗的忠誠就直線墜入谷底。

但如果自己戰勝龍人，那麼不僅能重獲尊嚴，還能告別和厚紙板沒兩樣的壓縮乾糧，美好到作夢都會笑醒。

大狗揚起尾巴，盯著黑格瓦捏拳頭道：「我接受挑戰，吃飽後我……」

「我挑戰的不是你，是你們全部。」

黑格瓦截斷大狗，注視鍋內逐漸熄滅的火焰，拿起水壺注入清水道：「我得弄清楚你們的實力，不然很難指揮。」

如果說先前黑格瓦的要求帶給眾獸人的感受是尚能理解的狂妄，那麼此刻就是匪夷所思的找死了，虎人狼人們張著嘴巴繃緊尾巴直瞪龍人，近二十張嘴吐不出一個字。

不過顧玫卿的感受與獸人們截然不同，在一片寂靜中，他清楚聽見自己的心跳聲，先前的憂慮此刻完全轉為興奮，緩緩舉起手問：「主人，我可以加入嗎？」

「我不認為模擬艙會有后式機甲的數據，更何況二打八打贏了，會有人不服氣。」

「是一打九。」

顧玫卿的糾正讓黑格瓦愣住，他迎向龍人詫異的注目，雙手緊握難掩興奮地道：「我一直很想和主人再戰一場，而模擬戰無論打得多激烈都不會有傷亡，可以盡情廝殺！」

野炊臺周圍陷入連風聲都聽不到的死寂，黑格瓦一動不動，大狗與堆成山丘的屬下則陷入強烈的混亂中——Omega 的發言近乎叛變，但口氣與眼神卻飽含愛意。

在整整一分鐘的寧靜後，黑格瓦的目光從顧玫卿轉移到桌子上，拿起湯勺攪拌蔬菜道：「不行。」

「主人……」

「你若是下場，不管是二打八還是一打九，都會把這夥人嚇到喪失戰意。」

黑格瓦用湯勺指正前方的虎狼之丘，再放下勺子用氣音道：「你要是想打，等回去後我們再約。」

「可以嗎！」顧玫卿兩眼放光。

黑格瓦的嘴角微微上揚，憐愛與苦惱同時懸在嘴邊，他將聲音壓得更低道：「只要時間允許就可以，不過如果用的是我這邊的模擬艙，你大概只能開普通后式甲，我沒有你專用機的詳細數據。」

「沒關係！只要主人能出全力就好。」

「你真是……」黑格瓦苦笑，再收起笑容望向眾獸人，以正常音量冷淡地道：「我一人對你們全部，同時來，不用分批。有意見嗎？」

大狗在黑格瓦的注視中緩緩回神，喜悅重新降臨，狼尾一甩咧嘴猙獰地笑道：「沒有，記住你的賭注，開始想菜單吧！」

「先把作戰計劃擬好，再來擔心我會不會違約。」

黑格瓦將爐火轉至最小，蓋上鍋蓋拿起香草扯成碎片道：「一個半小時後開飯，給你們半小時吃飯，一小時休息，然後就開始模擬戰。」

「沒問題，好好享受你最後三小時的大爺時光吧！」

大狗挺胸宣告，翹著尾巴正要轉身離去時，眼角餘光發現顧玫卿正看著自己，先前被痛毆的記憶瞬間復甦，強忍捲尾巴的本能瞪向 Omega 問：「你看……看什麼！」

「沒有幾個人能得到主人的親自指導，所以……」

顧玫卿於說話同時繞過野炊臺，望著比自己略高的獸人誠懇道：「好好珍惜，不要浪費，否則你會遺憾終生。」

Omega 的聲音、手掌甚至眼神都稱得上溫和，卻讓大狗一陣顫慄，為了不讓屬下看出自己的恐懼，粗暴地甩開顧玫卿的手扭頭往後走道：「要被教育的人是你的主人！洗好脖子等著吧！」

顧玫卿先是愣住，再抬起眼睫帶著幾分驚喜問：「你在跟我下戰書？機甲戰的？」

大狗瞬間止步，回頭脹紅著臉吼道：「不是！我講的是你主人，不是你！你給我乖乖待在模擬艙外！」

「如果你有意，我可以……」

「不可以。」

黑格瓦截斷顧玫卿的發言，掃視大狗和眾獸人冷淡且厭煩地道：「一分鐘內從我眼前消失，否則待會每個人減一塊肉。」

堆疊的獸人與大狗一秒瞪大眼，接著手腳並用往機甲、戰鬥艇或自己的野營爐狂奔，連根毛都沒落下。

◆◆◆

雖然狼人與虎人們遵從黑格瓦的命令，乖乖地跑得不見獸影，但骨子裡並不認為龍人有能力一打八——即是對方具備秒殺己方全體的精神力。

因此，無論是大狗還是其餘機甲駕駛員都沒花心思討論戰術，而是各自用攝影鏡頭窺探黑格瓦，並在認出龍人準備的是名為「獵人之宴」的斯達莫宴席菜後，所有人腦中都塞滿口水，全然都忘記吃飽後要幹什麼。

一個半小時後，由酥炸什錦菇、莓果布丁、香草囊餅、野菜香芋濃湯、蔬菜醬汁佐煎烤肉排組合成的獵人之宴出現在每個獸人餐盤上，讓這些平日多享用商用食物合成機料理的獸人吃得近乎痛哭流涕。

我想天天吃這個！獸人們在內心嚎叫，但這個渴望仍然沒有驅使他們認認真真開一場作戰會議。

為什麼？理由之一是他們從不開作戰會議，理由之二是扣除大狗外，所有人都因為口中的美味決定待會下手要輕，點到為止有贏就好。

拜此之賜，一個小時的休息時間成了名符其實的休息，狼人、虎人駕駛員悠哉地回到自己的機甲中，毫無危機感地等待模擬戰開場。

然後他們開場約三十秒就被黑格瓦全數擊斃了。

「這場不算數！」

大狗在自己的機甲中吶喊，死亡的衝擊力讓他語尾打顫，瞪著駕駛艙左上角的投影螢幕內的黑格瓦，咬牙切齒道：「系統分配的位置對你太有利了！前方有沙丘擋著，後面還有兩架落單的機甲，我方大部隊離你兩百公尺遠，這不公平！重來！」

顧玫卿在模擬艙外，從投影視窗同步聽見看見大狗的控訴，立刻開口道：「這種位置對主人並不……」

「紅拂。」

黑格瓦低喚，在瞧見顧玫卿闔上嘴後，望向大狗所在的視窗道：「重來我沒意見，反正結果不會改變。」

「這話等你再贏一次再說！」

大狗怒瞪黑格瓦，向所有連線者發出十秒後展開第二場模擬戰的通知。

而第二戰的結果與第一戰不同，這回八臺機甲只撐了二十七秒就全數失去戰力。

「不……不可能！」

大狗在球形駕駛艙中咆嘯，面容猙獰地瞪著黑格瓦，「你……你肯定調過參數，不！是利用那個人類使用人工智慧控制機甲，否則反應怎麼可能這麼快！」

黑格瓦支著頭冷漠地道：「你不知道『識人不識殺人法則』嗎？人工智慧不可習得殺人能力，否則我們和人類早就抱在一起和電腦打仗了。」

「那你就是有改參數，肯定有！要不然怎麼可能靠肩砲、尾砲與光束槍，一次擊毀四臺位置距離都不同的機甲！」

「精神力夠強就行。」

黑格瓦見大狗張口又要怒吼，厭煩地靠上座椅道：「別廢話了，不服就打第三場。」

「你我的機甲數據要對調！」

「隨便你。數據調整好再叫我。」黑格瓦閉上眼睛。

大約五分鐘後，雙方進行第三次模擬戰，這回機甲隊的生存時間突破四十秒，但身為隊長的大狗在開場不到五秒就陣亡了。

「你、你算計我！」

大狗怒摔連線頭盔，滿目血絲地指著黑格瓦吼道：「搞小手段讓我以為你的機體數據比較好，騙我對調數據後，讓我開到故障的機甲！」

黑格瓦支著頭道：「那不是故障的機甲，只是沒根據你的個人資料做微調，開慣專用機的人忽然回去開原場設定，或多或少都會感到不順手。」

「但你就沒有！」

「我有，但你們的反應更慢。把數據換……」

黑格瓦頓住，不耐煩地擺手道：「不只數據，把你有意見的東西和要求全都列一列，要不然一場抗議一件事，打到天亮你都不會服。」

「我提，你就敢接受嗎！」

「只要你別賴帳，或是在我的機體內部放炸彈，什麼條件我都接受。」

「記住你的話！」

大狗怒視黑格瓦一眼，再轉進只有自己和屬下的聊天室，將黑格瓦獨自留在幽暗的模擬艙中。

同樣被踢出對話的還有在戰鬥艇中旁觀戰局的獸人與顧玫卿，獸人們毫不猶豫地將此當成休息時間，一個個離開練習去找零食酒水或上廁所，只有顧玫卿還守在模擬艙外，一臉嚴肅只差沒有立正站好。

「不去走一走，喝口水或坐下休息？」模擬艙傳來黑格瓦的聲音。

「我是來保護主人，不是來休息的。」

「這裡沒有危險，你可以輕鬆些。」

「統帥……一位我很尊敬的長者說過『智者尚能預測，愚者難以想像』。為防萬一，我不會離開模擬艙。」

顧玫卿停頓片刻，將聲音壓得極低道：「我已經完全掌握戰鬥艇的系統。」

「不愧是我的花姬。」

黑格瓦輕笑，在模擬艙活動活動肩膀問：「以你的標準，大狗和他的小夥伴放在聯邦軍是哪個等級？」

「大狗是準下士，其他人一等兵。」

「比我想像中高呢，我以為你會說：『全部滾回軍校重讀。』」

「他們之所以不堪一擊，是因為對手是主人，又欠缺和強敵對戰的經驗，單論反應速度、精神力和求勝心，在下士或一等兵中算優秀了。」

顧玫卿目光一沉，「即使輸得很慘，他們還是反覆挑戰主人，三……我的部隊中的新兵在跟我打過一場後，每個都拒絕再來一場。」

「因為你的打法太駭人了吧？」

「並沒有！我的打法和主人差不多，都是一擊斃命！」

「我的一擊斃命和你的一擊斃命不是同一種，我習慣打加速器、能源匣、彈藥或感應器，但你……」

黑格瓦回想兩人的初見面亦是初戰，偏頭笑道：「你是瞄準駕駛艙猛轟吧？」

「轟掉駕駛艙是最快速保險的作法，打加速器、能源匣和彈藥都會引發爆炸，且在爆炸波及駕駛艙前，駕駛員還有機會反擊。」

顧玫卿認真回答，接著猛然意識到自己的回應太可怕，趕緊補充道：「不過以上僅限不會死人的模擬戰，或不能活著放走的對手，假如是拘捕或攔阻任務，我會避開駕駛艙。」

「……」

「然後模擬戰部分我後來也改了！學長說，我這種打法無法讓新兵成長，所以我改打手腳、感應器或彈藥，而且盡可能一次只打一隻腳一隻手或一部分彈藥，確保每個人都有反擊機會！」

「然後新兵就更怕你了？」

「但大家還是……主人怎麼知道？」顧玫卿微微睜大眼瞳。

「因為一隻一隻拆掉機甲的手腳本來就很嚇人啊。」

黑格瓦苦笑，在模擬艙中伸展雙手道：「而且我猜你八成是耐著性子慢慢打，這對新兵……不，對老兵而言也是，活像撞見貓的小蟲，只能無助地被對方玩弄至死。」

「如果他們反擊成功……」

「不可能，他們技術上辦不到，而你也沒有靈巧到能把自己調整成能被新兵打中的程度，對吧？」

「……是。」

顧玫卿垂下頭，回憶著眾新兵驚恐的眼瞳、蒼白到發青的臉龐，注視自身的陰影低聲問：「主人，我是不是沒有訓練新兵的才能？」

「應該是沒有。」

「唔……」

「但那又如何？」

黑格瓦的聲音拉起顧玫卿的頭，龍人隔著模擬艙平靜地道：「如果『訓練新兵』是人人都具備的能力，那它就不叫才能，是本能了。每個人都有擅長或不擅長的事，你不擅長教新兵，但你極度擅長把敵人往死裡打，這樣就足夠了。」

顧玫卿緩緩抬起眼睫，再肩頭一抖垂眼道：「但我是指揮官，這樣的人不擅長帶新兵，不是很糟糕嗎？」

「如果你沒有其他部屬，那是有點不妙，但你不是。而且你雖然不擅長帶新兵，卻很能保護新兵，不是嗎？」

「是，但是……」

「紅拂，」黑格瓦溫和也強勢地截斷顧玫卿的反駁，隔著模擬艙的黑色合金玻璃罩仰望

Omega問：「你會因為我怕看鬼片，就看不起我嗎？」

「您不敢看鬼片？」顧玫卿不自覺地拉高聲音。

「不敢到想把第一個製作沉浸式投影鬼片的人處死。你會因此覺得我很糟嗎？」

「不會，沒有人是完美的，每個人都有不擅長的事，主人也是。」

「你也是。」

黑格瓦沉聲道，等了片刻沒聽到顧玫卿回應，勾起嘴角苦笑道：「你沒想到自己？」

「有，是有，可是……」顧玫卿張口又閉口，感覺喉中壓著一顆大石，將言語與情緒通通堵在胸中。

黑格瓦聽見顧玫卿的支吾難言，默默拉平嘴唇，再開口問：「可是你是顧家的長孫，不應有缺點？」

「是。您怎麼知道？」

「作為斯達莫的情報頭子，不可能不關注對聯邦軍方有龐大影響力的家族吧？」

黑格瓦挑眉，再收起玩笑之色道：「我沒有完全掌握顧家對子女的教育內容，但就我個人的觀察，你最大的缺點，就是習慣要求自己沒有缺點。」

「這怎麼會是弱點？」

「當然是，你自己剛剛都說了，世上沒有完美的人，把心力砸在不可能達到的標準上，除了讓自己身心俱疲外會有其他結果嗎？」

黑格瓦眼中閃過一絲厭惡，翹起腳接續道：「更別提你所謂的『缺點』，還包含不能與不良家人決裂，或拒絕上級的加班要求。」

「我有拒絕過，然後我和父親與弟弟已經很疏遠了。」

「還不夠……」

黑格瓦透過眼角餘光瞄到訓練室的自動門滑開，兩名獅人砲手走進室內，立刻改變口氣冷淡地道：「把『家裡』該處理的東西處理掉，別給人撿破爛的機會。」

顧玫卿先是困惑地抬眉，再想起方才兩人的閒聊，立刻明白黑格瓦的暗示，將方才訓練室內的對話音檔刪除。

於此同時，大狗的作戰會議終於結束了，他回到模擬艙和訓練室的投影螢幕中，指著黑格瓦的鼻子列出兩項要求：第一，第四戰的機甲位置不採電腦隨機分配，而是由大狗全權指定；第二，黑格瓦全程不得使用肩砲、尾砲、光束槍或投擲彈等遠距離武器。

此要求一說完，即使是立場上偏向大狗的戰鬥艇乘員也變了臉色，甚至有人直接問「這是不是太過分？」、「你這樣打贏還算贏嗎？」

「是他自己說，除了裝炸彈外什麼條件都可以。」

大狗扭頭回應戰鬥艇乘員，視線掠過站在模擬艙旁的顧玫卿，發現 Omega 灰瞳圓睜地望著自己，馬上衝著對方叫囂：「看什麼？你有意見啊！」

「沒有，只是……」顧玫卿認真且誠懇地問：「你確定要限制主人使用遠距離武器？」

大狗被顧玫卿看得微微發毛，不過他很快用憤怒代替心慌，捶座椅的扶手道：「你這哪叫沒意見！條件是你的主人定的，你不滿去找他！」

「我沒有不滿，我是……」顧玫卿停滯了好一會才單手握拳朝大狗道：「加油！」

大狗嘴角抽動，他從未見過如此真誠又令人不悅的鼓勵，惱怒地轉頭看向另一側的投影視窗，對窗中的黑格瓦厲聲問：「你呢？接受還是反悔？」

「我沒意見。一樣十秒後開打？」黑格瓦靠上駕駛座的懸浮椅背，神情坐姿都與前面幾次相同。

「一樣！」

大狗回答，望著螢幕中平靜中散發一絲厭煩的黑格瓦，嘴角抽搐兩下，碰觸倒數計時鍵惡狠狠地道：「別以為這回也可以僥倖獲勝！做好一開場就被炸死的心理準備吧。」

「好好好。」黑格瓦閉目道。

大狗兩眼瞪大，盯著右上角的倒數計時器，恨不得馬上歸零好把龍人一砲轟飛。

好在大狗也只需要等待三秒，三秒後他和其餘機甲隊員同時進入虛擬環境，分別降落在盆地型沙原的東西南北四方，所有機甲的槍口都正對位於盆底的黑格瓦。

大狗迫不及待地鎖定黑格瓦，光束砲、實體彈、電漿砲、機槍……各式砲彈如雨點般掃向龍人的機體，很快就將盆底炸出驚人的沙塵暴。

而在沙暴之中，大狗透過光學鏡頭捕捉到一抹紅光，熱感應裝置也回報駕駛者該處有溫度變化，心想肯定是黑格瓦的機體爆炸了，露出笑容下令停止射擊。

他期待在沙塵落下後看見黑格瓦的機甲碎片，然而在砲彈之雨結束的瞬間，雷達上的己方機甲光點就滅去兩點。

大狗先是愣住，再趕緊舉起臂砲朝光點消失處射擊，然而子彈僅穿透空氣和沙子，而代表我軍的白點又瞬間消失一點。

「老、老大這是……」

「光學鏡頭看不到，熱感應也……整片都是紅的啊！」

「雷達呢？雷達應該……哇啊啊！」

「為什麼雷達也抓不到啊！」

大狗聽著部屬的哀號，看著雷達上的幾個光點一個一個滅去，雖然不明所以，但果斷側身由高處滑進盆底。

盆底仍舊沙塵紛飛，但起碼已能看見模糊的機影與火光，大狗將各類感應器的敏感度調到最高，忍著訊息超載的頭痛警戒四方。

於此同時，雷達上最後一個我軍白點也消失，大狗的心絃繃至極限，心一橫咬牙將注意力從大大小小的螢幕上挪開，不再倚靠機甲的感應器，而是訴諸食肉種獸人的獵捕直覺。

然後，他嗅到現實中不存在，可是的確飄進鼻腔的血腥味，本能地將槍口轉向該處，在送出射擊指令的同一秒，被黑格瓦一刀貫穿駕駛艙。

正確來說，是在模擬環境中遭人捅穿駕駛艙，劇痛順著感應頭盔灌進大狗的腦內，一秒清空他的意識，直至黑格瓦開口才回過神。

「應該不用再打一場了吧？」黑格瓦在大狗正前方的投影螢幕中問，呼吸平穩臉上一滴汗都找不著。

大狗瞪著看上去連散步都沒散的龍人，背脊先是竄起一陣顫慄，再掐住搖搖欲墜的自尊，渾身緊繃地問：「你……你做了什麼？對我們使用幻術？還是入侵模擬系統？」

「我是龍人，不是九尾狐人或人類。」黑格瓦冷聲回答，摘下感應頭盔，「我只是預測你們的行為，然後做出相應的判斷罷了。」

「你竊聽我們的作戰會議？」

「我不用竊聽就猜得到你們會排出哪種陣形。」

黑格瓦瞪了大狗一眼，將頭盔放到艙壁的掛鉤上，輕敲駕駛座的扶手道：「首先，從你們限制我使用槍砲來看，應該是想待在光束劍或鋼刀的攻擊範圍外，用砲擊的方式安全地解決我，是吧？」

大狗的手指微微一顫，強作鎮定道：「是又如何？這誰都看得出來吧！」

「的確，而這會生出下個問題：你們該離我多遠？」

黑格瓦側頭冷笑，繼續敲著扶手分析說道：「砲擊的威力和距離成反比，不過考量到你們是八對一，完全能用數量彌補，所以你們大概會踩在有效射擊範圍的邊緣，而且所有人與我的距離都相同，畢竟如果我躲過第一波射擊，肯定會攻擊最靠近我的機甲，而誰也不想第一個陣亡。而在所有人與目標等距、以砲擊為主要攻擊手段下，不難猜到你們會選擇盆地當戰場。」

「都說中了……」副隊長在螢幕中低語。

「閉嘴！」

大狗朝副隊長怒吼，再看向黑格瓦道：「你是怎麼躲過砲擊還讓雷達失靈的？命令你的人類入侵模擬系統嗎？」

「這不需要入侵系統。你們早就知道我的座標，然後也肯定下達一進場就針對該座標狂轟濫炸的命令，因此我只要朝任一方向移動，你們就會打偏。」

「在你移動前，我們就會打中你！」

「如果你們的準度和速度夠，那是有機會，但可惜你們不夠準也不夠快。」

黑格瓦聳肩，接續道：「為了減輕重量和欺敵，我在移動同時卸下彈藥包和光束砲的能源匣，你們的砲擊打在這兩者身上引發爆炸，爆炸和電漿砲混合干擾雷達系統。」

「雷達系統要是被干擾，應該會影響所有機甲，怎麼會只漏掉你！」

「你們是同一個部隊，而我不是。」

黑格瓦見大狗一臉茫然，嘆一口氣道：「你們是獸人，獸人在共同作戰時或多或少都會和隊友產生精神鏈結，間接使雷達系統能更準確地捕捉自己人。」

「我第一次聽說這種事……」一名機甲隊員呢喃。

大狗的臉色一陣青一陣白，僵直好一會才出聲道：「即使、即使你有猜到我們的陣型，還丟掉彈藥減輕重量，但位在低處的機甲要不靠槍炮突襲在高處的機甲也……」

「辦得到喔。」黑格瓦平靜地截斷大狗的發言，單手支頭輕甩龍尾道：「我是開近戰衝鋒甲的駕駛員，不管這敵人在高處還是低處，頂著火炮中逼近敵人都是我們的職責。」

大狗乃至整個機甲隊、戰鬥艇乘員通通陷入沉默，所有人全都呆滯地注視螢幕中的黑格瓦，直至戰鬥艇的虎人砲擊手跳起來打破沉默。

「你、你那種準度是打近戰的？」

「不只準度，瞄準和開炮的速度也不正常啊！」

「龍人好可怕……」

「我不信！你如果是近戰型，為什麼前面幾場都只開砲不砍人！」大狗滿眼血絲地指著黑格瓦。

「為了讓你們以為我是遠距型駕駛員，然後做出禁止我開砲的愚蠢決定，至於準度和速度……」

黑格瓦拉長語尾，透過投影螢幕瞥了顧玫卿一眼，明亮地笑道：「那是因為你們沒見過真正打中遠距離的高手，這類駕駛員中的佼佼者甚至能把砲擊打成狙擊。」

「砲擊當狙擊哪有可……」

「閒聊到此為止。」

黑格瓦壓過大狗的聲音，在眨眼間將精神力捻成巨槌，準確地壓在機甲隊員的胸口，「全員，和機甲解除連接後立刻去睡覺，明天早上七點在遊艇前集合。」

「集……集合做什麼？」副隊長問。

「特訓。」黑格瓦擺動龍尾，咧嘴萬分凶惡地笑道：「在我的朋友從貝綠回來前，我會把每分每秒都用在打磨你們上。」

機甲內和戰鬥艇中的獸人不約而同捲尾巴、壓耳朵，在一片恐慌、不安與混亂中，只有顧玫卿不受影響，因為環繞他的情緒是羨慕和渴望。

相較於十二年前兩人首次也是至今唯一一次對戰，黑格瓦的動作更加精準、快速、散發掠食者的致命和優雅，刺激著顧玫卿身為戰士的戰鬥慾。

而當龍人支著頭與大狗說話時，那不耐與輕蔑兼具的眼神、和緩卻威壓十足的口吻，以及不自覺散發的尊貴感，則使他做為男奴的那面躁動又飢渴。

——好想與黑格瓦盡情廝殺！好想被主人嚴厲責打！

顧玫卿在內心嚎叫，望著能同時獲得兩者的機甲隊員，握拳將指甲深深掐進掌心。

好在，顧玫卿的嫉妒並沒有延續多久，因為他在隔天清晨迎來久違的發情期。

◆◆◆

最初，顧玫卿壓根沒意識到自己進入發情期。

他像過去幾晚一般坐在折疊床旁，一邊偷看黑格瓦的睡顏一邊守夜，雖然感覺身體有些燥熱，但並沒有多想，僅是將衣領拉鬆，袖子捲起。

太陽在顧玫卿捲袖子時爬出地平線，一波熱流捲上肌膚，他蹙眉正在思索要不要降低玻璃窗的透光率時，面前的黑格瓦忽然呻吟著睜開眼。

這把顧玫卿嚇一跳，立刻站起來問：「太熱了嗎？」

「不是熱，是有股氣味……」

黑格瓦瞇著眼掀開被子，動了動鼻子轉向顧玫卿，望著雙頰白裡透紅的 Omega 片刻，眼中的茫然瞬間消散，一個箭步奔向主控室左後方的置物櫃，將櫃門扯開東翻西找。

顧玫卿先愣住，接著走向黑格瓦問：「殿下，您在……」

「別過來！」

黑格瓦在櫃子內厲聲制止，扔出一堆瓶罐棍棒後，翻出寫有「AO急用」大字的方箱，打開箱蓋拿起濾氣面罩戴上。

顧玫卿看著黑格瓦手忙腳亂地繫緊面罩的綁帶，再抓起注射劑往自己手臂上扎，蹙眉問：「您易感期了？」

「是你發情期了！」

黑格瓦按著注射劑，直到裡頭的抑制劑全數流入體內才鬆手，轉過頭發現顧玫卿一臉茫然，錯愕問：「你沒發現？」

「我的發情期應該還有六個……大概七個或九個月。」

「到底是幾個月？」

「我的發情期間隔不大固定，但最短不會少於九個月，最長大概一年。」

顧玫卿見黑格瓦一動也不動地盯著自己，想靠近關心，又憶起對方方才的嚇阻，只能待在原地問：「您還好嗎？」

「你還問我……」

黑格瓦語塞，面對真心困惑更真心擔憂著自己的 Omega，深吸一口氣站起來問：「我記得人類 Omega 的發情期比獸人略長，大致是三到四個月一次？」

「是。」

「你是人類吧？」

「我是。」

顧玫卿點頭，而後才理解黑格瓦的明示，舉手解釋道：「我的周期是比普通 Omega 長一點，但每年的健康檢查中，我的各項數值都沒有紅字，殿下不用擔心。」

「四個月和一年差得可不只……罷了這不是重點。」

黑格瓦帶著灰方盒來到主控臺前，將盒子放到臺上，碰觸控制面板道：「盒子裡的抑制劑是針對吸到催情素的 Alpha 或 Omega，對自然進入發情期的 Omega 來說藥效太差，我找看看有沒有你能用的抑制劑。」

「如果沒有抑制劑，止痛藥或麻醉藥也可以。」

「止痛和麻醉藥怎……」

黑格瓦看見顧玫卿上身一顫忽然屈膝，緊急蹬地衝到折疊床旁，驚險地接住 Omega。

顧玫卿靠在黑格瓦的胸口，張口深呼吸兩次才道：「抱歉，我突然……」

「不用解釋。」

黑格瓦將顧玫卿抱起來，放上折疊床再朝主控臺喊道：「系統！語音檢索模式，搜尋藥品庫存，列出所有人類 Omega 可用的抑制劑！」

「系統搜尋中……搜尋結果如下。」

投影視窗隨同合成語音一起在黑格瓦面前展開，龍人盯著僅有兩行字的視窗，龍尾一甩直接飆出斯達莫髒話。

顧玫卿聽過這句髒話，那是斯達莫人最常用的髒話之一，意思大致是「菌菇生的無腦廢物」，他望向視窗問：「沒有可用的抑制劑嗎？」

「沒有，只有我剛剛打的，還有抑制抑制劑的抑制劑。」

「抑制抑制劑的抑制劑？」

「能讓打過抑制劑的 Alpha 或 Omega 發情的藥劑。真是……救急的藥沒有，犯罪的藥倒是很充足！」

黑格瓦揮手關閉視窗，按著下巴思索道：「問戰鬥艇那邊……那裡不但全是獸人，還沒有半個 Omega，八成也沒有藥；聯絡凱蒂和可魯……就算聯絡上了，最快也要一天半才能把藥送來；我們直接回貝綠……這時間跟找凱蒂可魯送藥一樣；通知凱蒂可魯同時折返，這樣可以把時間縮到半……」

顧玫卿等了一會沒聽到後續，只見黑格瓦失神地看著地板，腦中閃過先前對方察覺機甲隊叛變時的狀態，立刻撐起上半身問：「又有變故了？」

「……」

「殿下？主人！」顧玫卿拉扯黑格瓦的手臂。

黑格瓦肩頭一顫總算回神，先吐出斯達莫語的「幹」字，再抬手抹臉道：「沒狀況，只是龍兆忽然發動。」

「龍兆？」

「龍視的加強版。」

黑格瓦放下手道：「龍兆是對未來的預知，比龍視清晰，但無法自主發動，而且有更改的可能。」

「可更改……意思是如果做出不同決定，龍兆就會落空嗎？」

「是，你可以把龍兆當成以此刻的行動或決定為依據，對未來的推估，因此只要改變行動，未來也會改變。」

黑格瓦停頓片刻，拉平嘴角道：「我剛剛看見五天後，紫眼巨蜥會來到我們現在駐紮的位置。」

顧玫卿抬起眼睫道：「那不是好消息嗎！殿下為何不高興？」

「龍兆是以此刻的行動為依據，對未來的推估。」

「所以……」

顧玫卿緩緩抬起睫羽，突然明瞭黑格瓦飆髒話的原因。

此刻兩人的首要目標是找到被無蹤者控制的紫眼巨蜥，而龍兆在黑格瓦動念折返時發動，理由恐怕不是要告訴龍人「安心折返，巨蜥五天後才會來」，而是「不能離開，離開就遇不到紫眼巨蜥」。

這也解釋了為何警告會以龍兆而非龍視的形式顯現，畢竟光憑模糊的預感，攔不住黑格瓦的行動力。

「……你忍耐一會。」

黑格瓦垂著頭，瞪著地板面色陰鬱地道：「我先連絡凱蒂和可魯，要他們買到發情期Omega適用的抑制劑後，立刻趕過來。」

「好的。」

「同時，我們全速折返，盡快與他們會合拿藥。」

「好……什麼？」顧玫卿睜大眼瞳。

「這是理所當然的吧！」

黑格瓦抬起頭，聲音比平時高上幾度，弓著龍尾緊掐主控臺的邊緣，「如果不折返，至少得等一天，甚至一天半才能拿到抑制劑！」

「但折返的話，紫眼巨蜥……」

「改天再去抓牠，先處理你的發情期！」

黑格瓦厲聲回答，轉身面向主控臺，向凱蒂與可魯的隊伍發出通訊要求。

顧玫卿望著黑格瓦的背影，發情期特有的燙熱緩緩爬上神經，但更清晰、幾乎蓋過發情期不適感的，是無邊的暖意。

打從墜落到魯苦的第一晚，顧玫卿就從黑格瓦的言行、視線、神情、決擇……方方面面中感受到對方的關心，對此他一次次手足無措，也一次次受寵若驚，但沒有一次的感受像此刻一樣強烈。

先前黑格瓦透過繪本故事說明過，龍人無論知道或不知道自己真正的心願，都會下意識走上達成心願的道路，而從龍兆顯示的影像是紫眼巨蜥來看，「找到腦內有無蹤者的紫眼巨蜥」仍是黑格瓦的目標，但對方卻在短暫的掙扎後，無視龍兆的警告選擇折返。

這要不是黑格瓦對顧玫卿的關心強烈到足以違逆龍人的本能，就是在他心中，Omega的安危是比無蹤者更優先的事項。

無論是哪個可能，都是顧玫卿不曾獲得的珍視，溫暖與回應這份關切的渴望在胸中滋長，按在折疊床上的手緩緩收握，無視逐漸增強的抽痛緩緩站起來。

黑格瓦沒注意到顧玫卿的行動，對著投影螢幕中的貓人、犬人道：「對，人類 Omega 發情期抑制劑，買最貴的，錢之後我再給。那我們約在……」

「我們在現在的座標等你們。」

顧玫卿插入對話，他的出現不僅打斷商討，更讓螢幕內外三個人瞬間僵直。

三人中首先回神的是黑格瓦，他臉色瞬間脹紅，一把扣住顧玫卿的肩頭，強迫對方面向自己道：「你在說什麼！不折返的話，最快也要一天，或者一天半才能拿到抑制劑啊！」

顧玫卿點頭微笑道：「我知道，不過是一天或一天半，忍一忍就過去了。」

黑格瓦臉上暴出青筋，重甩龍尾，左手一揮，「過去你個尾巴毛啊！你這說法騙其他 Alpha 還可以，騙我想都別想！我可是把 Omega 從嬰兒手把手帶大的 Alpha，Omega 發情期時沒有抑制劑會有多煎熬，我比你還清楚！」

「那是其他 Omega，我的情況比較特別……」

「周期特別長嗎？這個我知道，然後我還知道 Omega 的發情周期越長，發情期就會越虛弱難受！小夏最長的那次吞了兩倍抑制劑還是難受到哭，我抱著他哄了整整一晚，才勉強讓他入睡！」

「好羨……呃！不是，我的特別不是指周期，是訓練，我受過抵抗發情期的訓練。」

「我沒聽過有這種訓練。」黑格瓦沉聲道，投影螢幕中的貓人、犬人也睜大眼瞳。

「這算是……顧家的獨門訓練，目的是讓 Omega 對 Alpha 的催情素有抵抗力，並且在不使用抑制劑下獨自度過發情期。」

「我沒聽過有這麼方便的訓練。」黑格瓦皺眉，貓人與犬人則跟著點頭。

「這個訓練有些嚴苛，而且不是所有人都能完成，所以沒有對外公開。」

顧玫卿苦笑，再拍胸強調：「但我有完成，而且在受訓者中還是成績特別好的一個，只是留下一些後遺症。」

「例如周期變長嗎？」

「這是其中之一，但主要是我發情期時……」

顧玫卿的腹部猛然收緊，疼痛如長槍般貫穿神經，但他立刻靠意志力控制住身體和臉部肌肉，僅是輕吐一口氣道：「不會渴望 Alpha，而是感到疼痛。」

黑格瓦直直盯著顧玫卿，兩眼先是茫然，接著迅速轉為驚愕，最後猛然繃緊嘴唇，一百八十度轉身背對顧玫卿。

顧玫卿懂黑格瓦為何轉身，但他看見龍人的肩頭微微顫抖，馬上傾身靠近對方問：「殿下身體不舒服嗎？」

「……」

「您哪裡不……」

「讓我靜一靜！」

黑格瓦以介於正常和大吼的音量打斷顧玫卿，仰起頭吸氣吐氣，龍尾與肩膀不僅僵硬，還時不時抽抖兩下。

顧玫卿愣了兩三秒才看出黑格瓦在壓抑怒氣，而龍人發怒的原因、克制的理由通通是自己，暖意和愧疚一同籠罩心頭，輕聲道：「殿下，那個訓練沒有您想像中糟……」

「這肯定糟透了好嗎！」

黑格瓦扭頭怒吼，一拳捶上主控臺，弓著龍尾顫聲道：「什麼樣的訓練是具備嚴苛、成功率不高，能將 Omega 的發情期扭曲成發痛期？我不用蒐集情報就能回答，八成是能總結成『嚴刑拷打』四個字的訓練吧！」

顧玫卿愣了一下回道：「沒有到嚴刑拷打那麼嚴重，而且訓練雖然痛苦，卻也讓我在面對 Alpha 時不會那麼無力。」

「你再幫加害者說話，我就要控制不住情緒，開始計劃如何讓顧家覆滅了。」

黑格瓦的話聲不僅低沉，還帶著濃重的殺氣，瞧見顧玫卿的臉色瞬間轉白，尾尖一顫，冷汗驚醒，別開頭掩面道：「不是……我沒有指責你的意思，我是……你沒有任何錯，不是你的錯！」

「殿下……」

「是我，還有你家那幫人的錯！為什麼讓你遭遇這種鬼事？為什麼沒有人……」

「殿下！」

顧玫卿的手和聲音同時扣住黑格瓦的上臂，臉色依舊蒼白，可是眼中卻鑲著純粹的喜悅，「謝謝您這麼生氣，我第一次見到有人為我氣成這樣。」

黑格瓦僵住，望著掛著冷汗但也掛著笑靨的顧玫卿片刻，伸手將人抱進懷中。

那是一個與情慾無關，僅有憐惜的擁抱，顧玫卿先嚇一跳，再生澀地抬手攀上黑格瓦的背脊，枕著龍人的胸膛低聲道：「我很高興……所以足夠了。」

「哪裡足夠了……」黑格瓦細聲道。

「各方面。」

顧玫卿臉上的笑容擴大，閉眼享受黑格瓦的體溫、支撐與涼中帶甘的氣息幾秒，再抬起頭嚴肅道：「不過就算沒通過訓練……我也反對折返。」

「你……」

「我是……聯邦的軍人。」

顧玫卿緩緩揪起黑格瓦的衣衫，仰望龍人堅定地道：「殿下顧慮我，是殿下的溫柔……和我的榮幸，可是因此失去抓捕無蹤者的機會……是聯邦軍人的恥辱。」

「我不認為這是恥辱，這只是正常應對。」

「對我而言是。」

顧玫卿二度微笑，垂下再抬起手臂，輕輕碰觸黑格瓦的面罩，忍著再次衝擊神經的痛楚道：「而且，我想成為……不負殿下青睞的人。」

黑格瓦藍瞳放大，接著迅速染上水氣和火氣，握住顧玫卿的手急切道：「不用！你什麼都不用做就、就……」

「我知道。」

顧玫卿輕聲回應，再收起笑容陰沉更憤怒地道：「但是我不允許……有幸得到殿下垂青的人……搞砸殿下的計劃！」

黑格瓦愣住，還沒將顧玫卿的言語消化完，耳邊就響起怯生生的呼喚。

「呃、那個……」

可魯在投影螢幕中舉起手，微微壓著犬耳小心翼翼地問：「阿格叔，所以我們是要在半路上會合，還是照原計劃定點會合？」

黑格瓦馬上回答，望著氣息不穩卻仍舊一步不退的顧玫卿，輕輕嘆了口氣道：「照原計劃，但一完成採買整修就動身，我有其他工作要交給你們。」

「是！」可魯和一旁的凱蒂同時行軍禮，關閉投影視窗。

顧玫卿懸在喉頭的心放下，身體因此放鬆，被貫穿腹部的刺痛殺得措手不及，重心不穩地往後倒。

黑格瓦攬住顧玫卿的身軀，但沒有扶著對方站好，而是直接把人打橫抱起。同時，他最大程度地釋放撫慰素，涼爽、略帶甘香的氣息瞬間包圍兩人。

拉扯顧玫卿的疼痛隨之減緩，他眨了眨眼回到現實，這才發現自己雙腳騰空，反射地攀住黑格瓦的衣衫問：「殿、殿下您這是做什麼！」

「帶你去臥室。」

「我待在主控室就好，只要有止痛藥……」

「駁回。」

黑格瓦穿過主臥室的自動門，將顧玫卿放在雙人床上，側身坐上床沿嚴肅道：「我要跟你商量一件事。」

「什麼事？」

「遊艇上的止痛藥和麻醉劑雖然適用於人類，但畢竟不是針對發情期調配，我不想讓你用，但此刻我們手中又沒有適合你的抑制劑，所以我想……」

黑格瓦拉長尾音，停頓了好一會才別開眼沙啞道：「要不要考慮用……更原始的物質處理你的發情期？」

「更原始的物質是？」

「Alpha 的信息素，或者說，精液。」

「跟止痛藥和抑制劑相比，精液是挺原……欸欸欸！」顧玫卿的聲音飆高八度，張大嘴巴注視著黑格瓦。

黑格瓦壓下嘴角，盯著地板低聲道：「一般 Omega 的發情期是五到七天，但如果給予大量、高濃度的 Alpha 信息素，可以壓縮到三至四天結束。紫眼巨蜥預計五天後才會出現，勉強趕得上。」

「……」

「當然，Omega 在發情期與 Alpha 無套性交，就算沒有做永久標記，受孕率也有五成，但獸人與人類的受精成功率本身就只有人類和人類的三成，我是殊貴種還會更低，大概是一成。」

「……」

「我保證不會趁機永久標記你，然後也會要可魯及凱蒂他們除了抑制劑也帶避孕藥過來，所以如果你願意……」

黑格瓦越說頭垂得越低，聲音也一字比一字輕，終至完全沉默，再驟然甩尾站起來道：「抱歉，這是個爛出銀河系的混帳主意，完全是趁人之危，對不……」

「我願意。」

「起，我再想其他……你剛剛說什麼？」黑格瓦轉頭看顧玟卿。

「我願意。」

顧玟卿顫著嘴唇重複，滾動喉頭細聲道：「和殿下……主人整整三天……交換體液這種事，我……我作夢都不敢想！」

「這不是假面舞會的遊戲，我真的會進入你體內喔！」

「請務必這麼做！」

顧玟卿的眼瞳明亮如焰，再猛然想起自己近乎於零的性生活，十指交握低頭道：「只是我沒有經驗……和人或人偶都沒有，所以、應該……沒辦法做得很好。」

黑格瓦望著認認真真擔心自己會拖後腿的Omega，嘴角泛起苦笑，彎腰靠近對方道：「別擔心，那是Alpha的工作，你只需要放鬆享受。」

「但我希望……殿下也享受到。」

「天底下有比和心上人瘋狂做愛三天更享受的事嗎？」黑格瓦挑眉問，見顧玫卿先是呆住再張著嘴滿臉不知所措，偏頭笑道：「你忘記我對你抱持何種心思了？」

「記得！記得，可是……怎麼說？我、我……」

「沒有實感？」

「是。」顧玫卿點頭。

「我保證，接下來會讓你很有實感。」

黑格瓦低沉也輕柔地宣告，直起上身瞄了牆上的電子鐘一眼道：「我有些事情要交代大狗、可魯和凱蒂，必須離開十幾分鐘，你可以等我嗎？」

「可以。我需要做什麼準備嗎？」

「什麼都不用。」

黑格瓦深吸一口氣，再次釋放撫慰素填滿房間，確認每一分空氣都染上甘涼後，才轉身走出主臥室。

CHAPTER.05

第五章

在這裡……這幾天就好，做我一個人的花朵

In a BDSM VR game, fall in love with an enemy general.

雖然黑格瓦說顧玫卿什麼都不用做，但在龍人離開後不久，他還是走進浴室沐浴。

如果時間和身體允許，顧玫卿希望能像登入假面舞會前一樣，將自己從頭頂到腳尖仔細清理一番，然而踏入淋浴間不到兩分鐘，痛感就如藤蔓般盤繞四肢軀幹。

他咬牙勉強洗去身上的塵埃汗水，抖著手穿上深紅色的絲綢睡袍，手扶牆壁慢慢走出浴室，張嘴貪婪地吸食龍人的信息素。

甘涼的香氣讓顧玫卿不再疼到冒冷汗，但也僅止於此，當顧玫卿爬上雙人床時，手腳、腹部和後頸都是近乎抽筋的狀態。

他側身蜷曲在床鋪中央，藉由吐息和回憶過去與黑格瓦的遊戲內容來撫平痛楚。

拜此之賜，顧玫卿完全沒發現黑格瓦走入主臥室，直到龍人上床將他抱起來，才肩頭一顫抬頭道：「殿、殿下？您什麼時候進來的？」

「剛剛。」

黑格瓦身穿黑色睡袍，抱著顧玫卿坐上床鋪，把 Omega 側放在自己腿上，右手和龍尾撐著對方的後背，左手則抓起袖子，貼上懷中之人的額頭，將上頭的冷汗輕輕拭去。

顧玫卿近距離看著黑格瓦低垂的眼睫、挺直的鼻梁和刀削似的薄唇，遲了兩秒才意識到自己與龍人之間毫無阻隔，倒抽一口氣驚叫：「殿殿殿殿下面面面面罩！」

「我拿下來了。」

黑格瓦放下左手，將顧玫卿從頭到腳掃過一輪，望著還帶有幾分水氣的髮絲問：「我不在時，你去洗澡了？」

「是，雖然您說什麼別做，但我還是……」

顧玫卿停頓幾秒，身體因抽痛和緊張而微微僵硬，但還是抬頭直視黑格瓦，「讓殿下……主人抱未清洗的身體，實在太失禮了。」

黑格瓦的目光轉沉，凝視既堅持也惶惶不安的顧玫卿片刻，低頭親吻對方的眉心，「居然忍著不適獨自完成清潔，太不容易了。」

顧玫卿心頭一顫，明明只是簡單的安慰之語，卻讓他眼眶瞬間發熱，帶著顫音問：「殿下沒生氣？」

「我為什麼要生氣？」黑格瓦抬起頭，發現顧玫卿眼眶泛紅，心頭一沉，撫上對方的眼角，「洗澡時很難受嗎？」

「沒……」

淚水在顧玫卿回答時滑過臉頰，他愣住半秒才意識到自己居然哭了，抬起手混亂地擦拭，「對不起，我不是……不知道怎麼了！」

「沒關係，我知道。」

黑格瓦握住顧玫卿的手腕，將手放回自己腿上後，再次抓起袖口擦拭，「發情期的Omega藏不住情緒，這是正常現象，你想哭就哭，不用克制。」

「我以前的發情期沒有這樣……」

「你以前的發情期不正常。」

「可是……」

黑格瓦見顧玫卿雙唇緊抿不語，便挑起他的下巴，「別試圖把眼淚逼回去。」

「沒有可是。」黑格瓦截斷顧玫卿的話語，斂起藍瞳，以法夫納的口氣道：「『不得對我隱瞞真實感受』這項規定你出了遊戲室就忘了？」

顧玫卿睜大雙眼，顫慄感自脊髓竄上腦門，輕易輾過羞恥，讓他凝視黑格瓦細聲道：

「記得……記得但剛剛忘了，主人對不起。」

「看在你即時想起的份上，這次不罰，但下不為例。」

黑格瓦放開顧玫卿的下巴，右手稍稍收攏將人攬向自己，左手則放上 Omega 的腹部，隔著睡袍輕輕按摩。

同時，黑格瓦再次釋放信息素，但不同於離開房間時沒有指向、只求濃度的釋放，此刻他將信息素鎖在顧玫卿周圍，如棉紗般覆蓋 Omega 全身。

這幾乎立刻減輕顧玫卿的疼痛，肌肉由緊繃轉為鬆弛，腺體抽搐的頻率與強度雙雙降低，腹部也在按摩中脫離僵硬，恢復柔軟。

「感覺有好一點嗎？」黑格瓦右手五指張開，厚實的手掌和修長的指頭一同輕揉顧玫卿的下腹。

「好多了……」顧玫卿放鬆地回答，靠在黑格瓦胸前張嘴吸氣，感覺有某個東西抵上自己的腿側，低頭一看發現黑格瓦的腿間有一座規模不小的帳篷。

他愣住，接著猛然意識到包圍自己的清涼信息素中沒有一絲甜味，是純粹的撫慰素。不，不只是信息素，黑格瓦的擁抱與按揉都不帶一絲情慾，彷彿半小時前宣告要與心上人瘋狂做愛的 Alpha 是另一人。

這讓顧玫卿混亂又錯愕，抬起頭問：「殿下，為什麼……」

「等你不疼了，我們再開始。」

黑格瓦輕拍顧玫卿的背脊，藍瞳燙熱如火，聲音卻毫無波瀾：「我追求的是兩人的歡愉，不是一人的快樂。」

顧玫卿心頭一縮，搭上黑格瓦的左手，「我已經不……」

「我剛剛說，不能對我隱瞞什麼來著？」

「……只剩一點餘痛，很快就會散盡。」

「那麼就等痛楚散盡。」

黑格瓦吻上顧玫卿的額頭，貼著 Omega 髮絲道：「然後心癢難耐時再開始。」

「是。」

顧玫卿垂下頭，望著黑格瓦被睡袍罩住的陰莖，頭一次強烈希望自己盡快被情慾擄獲。

黑格瓦從顧玫卿的視線落點猜到 Omega 的心思，不禁勾起嘴角，稍稍擁緊對方，「別在意，這對獸人而言是情趣。」

「您不會疼嗎？」

「稍微，但適當的疼痛能讓我維持理智，況且現在有多疼，待會就有多爽。」

「那麼我也……」

「不准。」

黑格瓦低聲打斷顧玫卿，右手由拍轉撫，抬起頭望著天花板道：「不要急，待會有得是你受的。」

顧玫卿聽不懂黑格瓦的暗示，而對方也沒有解釋的打算，只能枕著龍人的上身等待疼痛退去。

大約五分鐘後，抽痛與絞痛總算完全脫離顧玫卿的身體，他處在無邊的安適中，直到下腹湧出騷熱。

顧玫卿不曾和人性交，但數次被黑格瓦的手指、口舌、馬鞭、腿足挑逗到高潮，但此刻湧現的熱潮與過去的手淫口交足交等截然不同，跳過醞釀，眨眼間就點燃 Omega 的身軀。

他感覺自己變成沙漠中被烈日燒烤的迷失者，喉嚨、肌膚、大腦……身體從裡到外都乾渴難耐，願意為了獲取清水出賣任何事物。

好在，他的「清水」除了Omega的自身外別無所求。

黑格瓦吻上顧玫卿的唇，左手下滑，隔著睡袍碰觸Omega胯下半勃的性器，配合唇舌的吮吻上下撫弄。

顧玫卿貪婪地吞食黑格瓦的吐息，甘泉般清涼甜美的信息素隨熱吻灌入喉中，在緩解了飢渴之餘，也讓他想索討更多。

這個吻持續了將近兩分鐘，兩人短暫地分離換氣，然後立刻開始第二、第三、第四個吻。當兩人親到第五回時，黑格瓦將顧玫卿按上被褥，跪在對方張開並曲起的腿間，一隻手撫摸結實也優美的大腿，一隻手握住對方的後腦杓，吻吮著Omega直到氧氣耗盡才抬起頭，細喘著問：「還記得我們的安全詞嗎？」

「記得。」

「那個詞也適用於現在。」

黑格瓦放開顧玫卿的髮絲，撫上對方的面頰，煎熬也堅定地道：「如果你不想……有任何不舒服的地方，就用它，我就算咬碎牙齒也會停下來。」

顧玫卿心頭一燙，握住黑格瓦的手腕，貼著龍人掌心細聲道：「是，但我不會用，因為我希望殿下盡情享用我。」

黑格瓦拉平嘴唇，靜止兩秒後俯身抱住顧玫卿，張嘴貼上Omega的頸間。

顧玫卿肩頭微顫，黑格瓦的牙齒在咽喉與腺體邊遊走，換作平時，就算是李覓這種身兼摯友和Beta身分的人伸手碰這位置，也會被自己的反射動作摔出去，然而此刻別說攻擊了，他連一絲恐懼都沒有，只有隨啃吮滋長的甜蜜。

這就是發情期……不，是被心儀且信賴的 Alpha 擁抱的感覺嗎？顧玫卿恍惚地自問，拱起腰貼近黑格瓦，沉醉在清涼甘美的信息素中。

黑格瓦的回應是扯開鮮紅睡袍的衣襟，龍尾捲上顧玫卿的右大腿，雙手扣住對方的後背，低頭啃咬 Omega 挺拔與優美兼具的肩膀，種下一個又一個紅印。

「呃啊！」

顧玫卿仰頭短喊，黑格瓦綿密的咬吻、強勢的揉抓與圈捲讓他清楚感覺到對方牙齒、嘴唇、手掌與尾巴的形狀，肉體雖然略微發疼，精神上卻無比滿足，雙腿忍不住主動靠上龍人的身軀。

黑格瓦的目光轉沉，放開顧玫卿的肩膀，改為沿著鎖骨向下啃咬至左胸，放肆吮舔結實的胸脯。

這使顧玫卿的雙眼瞬間渙散，上身隨著黑格瓦的吸吮而細細顫抖，後穴也在舔咬中濕潤。胸部不但是顧玫卿的性感帶，還是黑格瓦親自開發的，過去在遊戲室中他一次又一次遭龍人的口、手、皮鞭逗弄到高潮，但這些經驗沒有一次比得上此刻。

此刻他不僅被黑格瓦本人擁抱著，還浸淫在對方的信息素中，每次吸氣、每寸肌膚都能感受到龍人的占有欲。

——我保證，接下來會讓你很有實感。

黑格瓦離開房間前的宣告在顧玫卿腦中迴盪，當時不能理解的發言，此時清晰到幾乎刻入骨髓，他感覺自己像裸身躺在巨龍的舌頭上，從髮絲到腳尖都籠罩於龍息中。

「我的花姬啊……」

黑格瓦貼著顧玫卿的胸口呼喚，音量不大卻沉得讓 Omega 頭殼發麻。黑格瓦左手留在對方背上，右手下滑隔著睡袍握住身下人的臀股，掐抓臀肉，吸含乳頭。

「哈！主人……殿下！」

顧玫卿摟著黑格瓦的脖子喘息，雙腿將龍人夾得更緊，挺胸將胸脯往對方嘴裡送，本能地釋放催情素追求 Alpha。

這讓黑格瓦捏揉與吮吸的力道猛然加大，雖然心底有個聲音要他輕點，可是累積十二年的渴望太過龐大，充斥鼻腔的玫瑰香也過於馥郁，令他光是不去咬 Omega 的腺體就幾乎耗盡理智。

不過如此強力的索求正是顧玫卿想要的，他在黑格瓦的抓咬中亂了呼吸，痛感、快感、被心儀之人渴求的滿足感不斷沖刷著神經，他踮起腳尖拱背呻吟，偏白的身軀泛起潮紅，最後雙腿一顫射精。

黑格瓦沒看見顧玫卿高潮的瞬間，可是感覺有什麼濺上自己的身體，先是一愣，再透過噴濺感的位置驚覺那是 Omega 的精液。

如果問有什麼比能和戀慕的 Omega 共度發情期更令 Alpha 喜悅，那就是該名 Omega 在未插入或碰觸性器下就高潮了，因為這不是單靠技巧就能達成的事，還涉及 Omega 的心情——只有滿心期待交媾的 Omega 會有這種反應。

當黑格瓦鬆開手與口，直起上身注視顧玫卿時，Omega 的身姿也印證了這點。

顧玫卿還處在高潮中，雙頰嫣紅一片，灰色眼瞳朦朧失焦，玫瑰色的嘴唇微微揚起，勾出陶醉又放鬆的笑；鮮紅睡袍衣襟敞開，露出滿是吻痕的肩膀、沾上唾水的胸脯，以及肌理分明淌流精液的腹部；修長也結實的腳足左右張開，軟下的性器、微濕的臀股在睡袍衣襬間若隱若現。

黑格瓦纏在顧玫卿腿上的黑尾緩緩捲緊，即使是以法夫納的身分與 Omega 互動時，對方都不曾露出如此煽情、無防備的模樣。

他忍不住將眼前的豔色，與媒體影像中身著軍裝，淡漠嚴肅的聯邦英雄放在一起，伸手掠過顧玫卿的胸脯，那鏡頭前承載眾多勳章的胸膛不僅酥軟脹大，還烙著自己的痕跡。

這令黑格瓦的心弦震顫，雖然顧玫卿同意和自己度過發情期，但他始終認為這份同意是理智大過情感，因此當踏入主臥室時，心中其實環繞著濃烈的不安。

此刻不安轉為欣喜，再化為回應心上人的渴望。

他要用顧玫卿最喜愛的方式，給對方最極致的性愛。

黑格瓦閉上眼，再次睜開眼睛時，眼底已沒有任何情緒，以法夫納低沉、強勢中略帶慵懶的口氣呼喚：「蘿絲。」

顧玫卿的手指微微一顫抖，雙眼找回焦點看向黑格瓦。

黑格瓦刮起顧玫卿腹上的精液道：「我不記得有允許你射精。」

顧玫卿先瞪大眼睛——他現在才發現自己射了，再羞紅了臉道：「對不起！我太高興了，一不留神就……」

「夠了，我對解釋沒興趣，這次原諒你，但下不為例。」

黑格瓦鬆開龍尾，後退些許道：「抱住然後張開大腿。」

顧玫卿馬上動作，左右手分別勾起一隻腿，這個動作讓既讓雙腳朝天，也令未著內褲的臀部暴露在光線下，羞恥感幾乎立即襲上心頭，下意識把視線從黑格瓦身上挪開。

此舉直接導致黑格瓦扣住他的臀瓣，傾身舔上臀縫時，顧玫卿是先捕捉到舌尖的濕軟，然後才明白發生什麼事，抬起頭驚叫：「主主主主人！那裡……那裡……」

「嗯？」

黑格瓦挑眉，收回舌頭平靜地道：「我又不是沒舔過，激動什麼？」

「是有，雖然有，可是當時是、是……」

「透過連線人偶？」

「是……」

顧玫卿轉開頭，渾身僵硬地道：「那裡太……雖然有清潔過，可是只有洗四次……沒有清足夠，所以……請不要舔那裡！」

黑格瓦拉平嘴角，直起腰，輕擺龍尾道：「你今天意見特別多呢。」

「主人……」

「決定要或不要的人是我，不是你。」

黑格瓦沉聲強調，伸手撫上顧玫卿的小腿，「不過看在你情況特殊，我就寬容點，只要你完成接下來的指令，我就同意你的請求。」

「謝謝主人。」顧玫卿微微放鬆身體。

「你高興得太早了。」

黑格瓦收回手，「接下來五分鐘我不會碰你，你維持現在的姿勢，熬得過就如你所願，熬不過就……到時候就知道了。有意見嗎？」

「沒有。」

「那麼就開始吧。系統，倒數計時，時間設定三百秒，開始。」

倒數計時器的投影視窗彈出，顧玫卿望著視窗中握緊大腿，他對黑格瓦的指示沒有意見，卻深深感到困惑，畢竟龍人不可能不知道，以自己的體能別說維持五分鐘，維持一百分鐘都不成問題。

是把發情期的影響考慮進去了嗎？畢竟發情中的 Omega 會強烈渴望 Alpha 的碰觸與信息素，但在顧玫卿身上與口中還殘留龍人的唾液——信息素含量僅次於精液的體液，空氣中也淨是對方的氣息，又剛剛發洩過一回，已不像最初接吻時那麼飢渴難耐。

那麼是單純優待他嗎？顧玫卿腦中冒出這個讓他欣喜又微微有些失望的猜測，還沒做出判斷，就感覺到有什麼半溫半涼的液體滴上臀口。

快意如箭矢般貫穿顧玫卿，於眨眼間清空他的思緒再戛然而散，留下無盡空虛和錯愕。

「你的手快鬆開了。」

黑格瓦的聲音將顧玫卿喚醒，他趕緊抓緊自己的大腿，視線掠過頭上的倒數計時器，發現時間才過不到十五秒。

然後，幾乎在他收回注目的同一秒，微涼的液體再度落至臀上。

「嗯啊！」

顧玫卿整個人猛顫，如果前一回的感受是箭矢貫身，那麼此刻就是宛若雷擊，快感自臀穴穴口打上生殖腔腔口，他下意識收捲穴壁想抓住這份歡快，卻只捕捉到難耐的騷癢。

「你的反應比我想像中大呢。」

帶著笑意的低語傳進顧玫卿的耳朵，他微微抬頭望向黑格瓦，看見對方伸出比人類尖上幾分的舌頭，雙唇一抿自舌尖擠出晶瑩的水珠。

水珠落進顧玫卿的臀縫，他撈之不得的快意再次降臨，Omega 大喘一口氣，自臀口滲出一絲蜜水。

黑格瓦望著裹上水光的肉口，輕擺龍尾慢條斯理地道：「在獸人之中，殊貴種的腺體分布和強度都比一般獸人高，可以直接從舌頭分泌純粹的信息液。」

顧玫卿張口再閉口，反覆三四次才組織出語言問：「信息液是……」

「你可以想像成未稀釋的醫療用信息素。」

黑格瓦傾身再次來到顧玫卿的腿間，和Omega四目相交笑道：「對此刻的你而言，大概是和春藥沒兩樣的東西。」

「春……呃哈！」

顧玫卿的臀部乃至雙腿一陣抽抖，黑格瓦的信息液——全為催情素組成——滑過臀瓣沒入股間肉縫，過度強烈也過度短暫的歡愉四度降臨，而這回殘留的除了空虛與癢，還有蔓延全身的飢渴。

「喜歡嗎？」黑格瓦收起舌頭微笑道：「這是假面舞會中的連線人偶，或是種族登記為人類的Dom法夫納都無法提供的甘露喔。」

顧玫卿沒有回應，他盯著黑格瓦的嘴唇，唇間隱約能瞧見略尖的舌頭，腦中忽然冒出一個念頭：如果對方一面分泌信息液，一面舔拭自己的後穴……

這個想法先讓顧玫卿後穴濕潤，再猛然自情慾中驚醒，明白為什麼黑格瓦定的時限是五分鐘。

只要自己撐過五分鐘，黑格瓦就不會舔他的臀穴，但如果顧玫卿希望龍人舔呢？那麼這五分鐘就不是寬鬆的優待，而是急迫的掙扎。

「拿不定主意？」黑格瓦挑眉，見顧玫卿咬著唇仍舊沒有回話，靠近對方的臀股道：「那麼就讓你再嚐一次。」

「不要！主……嗯啊──」

攔阻的話語被珠液化為嬌喘，當顧玫卿回過神時，已經挺起臀部追逐黑格瓦的舌頭，並在舌尖掠過臀肉時渾身顫抖。

黑格瓦的嘴角微微上揚，抬頭望向顧玫卿，「看你的反應，應該是喜歡？」

顧玫卿張口卻發不出聲音，「怎麼能讓主人舔沒有經過充分清潔的部位」與「想要被主人舔濕舔軟」兩個念頭在腦中對抗，讓他看著上方跳動的數字，既期待歸零又恐懼歸零。

而黑格瓦不用與自己對抗，動動舌頭滴下第五滴信息液。

顧玫卿十指掐進大腿中，歡愉如巨浪般將他淹沒，再留下燒灼血肉的乾渴，想要再次得到滴灌、恐懼再次遭到浸染，Omega咬牙處在夾縫中，抖著臀部流出愛液。

「顧上將，」黑格瓦以輕柔、優雅同時也色情的低音問：「你是喜歡，還是討厭？」

「……」

「不回答？」

「……」

「那麼再……」

「喜、喜歡！」顧玫卿破碎地呼喊，掐緊大腿以疼痛對抗慾念，痛苦地搖頭道：「喜歡得不得了，所以……不要再滴了！要不然我要、要……快忍不住了，一定會忍不住！」

黑格瓦雙唇微抿，向後靠上堆疊的枕頭，慵懶地道：「你真的是出了遊戲室，就把規矩忘得精光。」

「我沒……」

「你有。」黑格瓦截斷顧玫卿的辯解，藍瞳斂起，故作冷峻地問：「我給你下的規矩除了『不得隱瞞真實感受』、『要或不要由我定奪』、『未經允許不得射精』外，應該還有一項吧？」

「主人……」

「是什麼？」

「是……」顧玫卿停滯了好一會才接續道：「除非我要求，否則不得忍耐。」

「那麼，你剛剛說自己要怎麼了？」

「要、要忍不住了。」

顧玫卿話尾打顫，雖然黑格瓦停止滴下信息液，纏繞後穴蔓延全身的騷意、空虛和焦熱卻不減反增，讓他的臀部不時抽動，只能將指甲掐進腿肉中對抗。

黑格瓦將顧玫卿的掙扎全收入眼中，嘆一口氣道：「我給你選擇的機會，但前提是這個選擇基於你真實的慾望，不是什麼無聊的顧慮或矜持。」

「我不是……」

「如果你提出逾矩的請求，我會否決；而我若沒有說『不』，就是允了。」

黑格瓦停頓片刻，低沉而清晰地問：「此刻你心中渴求的事，我有說『不』嗎？」

「沒有……雖然沒有，可是……」

「你的主人是我，還是虛無縹緲的禮教規範？」黑格瓦沉聲問。

顧玫卿眼睫一顫，在強勢的質問中感受到熟悉的寵溺，向心愛主人撒嬌，獲得對方寵愛的渴望一瞬間壓過羞恥與不安，他放開大腿握住自己的臀肉，扳開臀瓣露出濕潤的花穴，滿臉羞紅地喊道：「主人，蘿絲想要……好想被主人舔穴！」

黑格瓦勾起嘴角，前傾上身扣住再按下顧玫卿的雙腿，俯首伸舌觸上 Omega 的穴口。

「哈啊……」

顧玫卿舒爽地吐氣，黑格瓦的舌頭裹著信息液抹過臀口，不僅將先前消散的快意帶回，還多了濕軟的撫慰。

而當黑格瓦將舌尖探進臀縫中，戳、勾、按、舔敏感的穴壁時，快感與舌頭的存在感雙雙加劇，令顧玫卿險些抓不住自己的臀部。

黑格瓦握住再取代顧玫卿的雙手，一面揉掐圓翹的臀肉，一面將舌頭往穴內伸，於舔拭同時將信息液抹上肉徑。

「嗯哈、哈！主人……主人……」顧玫卿拱背呻吟，兩手搭在黑格瓦的髮絲上，身體隨信息液的滴流一抖一顫，自穴心湧出熱烈的愛液。

花蜜般的水液包圍黑格瓦的唇舌，他停頓一秒後將顧玫卿的臀肉扳得更開，將雙唇貼上濕濡的肉縫，大力勾舔軟嫩的內壁。

這讓顧玫卿的叫聲拉高近一倍，他的呼吸迅速紊亂，十指緊貼黑格瓦的頭皮，腹中的快感迅速堆積。

但也僅止於此，龍人舌頭僅能照顧穴口與穴頸，更深處雖有信息液滋潤，但液體的刺激遠不及實體，導致顧玫卿卡在高潮邊緣進退不得。

卡頓的時間一拉長，快樂就成了煩悶，顧玫卿先是收緊花穴捲吸舌頭，接著主動將臀口挺向黑格瓦，尋求更深、更多、更強烈的安慰。

黑格瓦的舌頭、鼻腔都浸泡在濃郁的玫瑰香中，胯下性器傳來脹痛感，靜止半秒後抽出舌頭，起身再俯身壓上顧玫卿的身軀，吻住 Omega 半開的嘴唇。

顧玫卿立刻回吻，宛若清涼、甜蜜、宛若甘露的深吻令人心神蕩漾，但失去照顧的後穴也發出抗議。

好在抗議馬上就被撫平了，某個光滑、微涼的物體取代舌頭探入顧玫卿的臀口，裹著兩人的體液向內蠕動。

同時，黑格瓦左手扣住顧玫卿的後腦杓，右手握住對方半軟半硬的陰莖，將自己的肉根靠上去。

那是比顧玫卿大上不只一號的巨物，他透過半身清楚捕捉猙獰的輪廓，背脊竄起一陣顫慄，花徑隨之湧出春水。

這使插入顧玫卿後穴的物體得到潤滑，推進的速度加快，也開始小幅屈伸。

顧玫卿正被黑格瓦吻著，想叫卻無法出聲，只能揪著龍人的衣襟發洩，感覺到對方一面聳動腰桿磨蹭兩人的性器，一面將五指伸進他的髮中，先是渾身酥軟，接著對後穴中的物體感到疑惑。

黑格瓦的手在顧玫卿的腦後與陰莖上，在龍人沒有第三隻手的情況下，此刻擴張自己的不可能是對方的手指，那會是什麼？

「在想什麼？」

黑格瓦稍稍抬起臉，從顧玫卿的灰瞳中讀出困惑，愛撫彼此的半身問：「人類和獸人的差別，只有腺體嗎？」

顧玫卿微微一愣，想起先前圈捲自己大腿的龍尾。

「正解。」

黑格瓦微笑，同時將物體——尾巴的前端——往內推，壓上顧玫卿的前列腺。

快感瞬間籠罩顧玫卿的腦袋，張嘴想呻吟，但黑格瓦先一步封住他的口，同時勾含唇舌、撫磨性器、屈伸黑尾。

顧玫卿拱腰貼上黑格瓦的身軀，龍人的吻、碰觸與填滿解渴的甘露，升級成叫人身心融化的甘蜜，他拉扯對方的睡袍，於換氣時喘息淫叫，感覺龍尾的尖端觸上生殖腔。

黑格瓦抽動龍尾，輕戳顧玫卿的腔口，聽著Omega逐漸拉高的悶叫，掌中屬於另一人的性器緩緩脹大。

顧玫卿看不見自己的變化，只知道每次與黑格瓦莖柱交磨，舒爽感就會竄上心頭，很快就讓他主動拱背搖臀摩頂龍人。

此舉讓龍尾與花穴的摩擦幅度增大，快意自內外一同夾擊顧玫卿，令他很快就從半勃轉為全勃，無意識地收攏穴壁吸吮黑尾。

黑格瓦將左手從顧玫卿的後腦杓挪到背上，擁著Omega向下吻啄，含住未被自己挑逗過的乳首，感覺右手一陣濕潤，意識到是對方開始流精了，抬起頭輕聲問：「我有說你能射精嗎？」

顧玫卿肩頭一顫，從無邊歡快中找回一絲理智，緩慢地搖頭再咬緊下唇，希望用痛楚壓制奔騰的慾念。

「乖孩子。」

黑格瓦親吻顧玫卿的胸口，接著重新含吮Omega的胸乳，張開十指揉捏背肌、愛撫硬挺的陰莖，擺動龍尾繼續擴張。

顧玫卿倒抽一口氣，先前的撫弄摩擦有多甜蜜，此刻就有多折磨人，他放開黑格瓦的頭，雙手握拳把指甲捅進掌心，射精的衝動減緩，但立刻就被龍尾一個屈伸打回原形。

——按到了……最麻最舒服的地方，然後胸部也……感覺好強烈！

顧玫卿渾身顫抖，感覺每次黑格瓦壓上自己，下一秒精液就會噴流而出，歡快與痛苦一同洗刷神經，讓他雙眼很快就籠上淚光。

黑格瓦一鬆口就看見顧玫卿雙眼濕潤，嘴唇滲血，胸口猛然緊縮，上前先親吻對方的眼角，再釋放撫慰素。

顧玫卿張口吞嚥黑格瓦的氣息，感到龍人的尾巴退出臀徑，接著雙腳便被對方架到肩上。黑格瓦握著自己的陽具，對準顧玫卿的臀縫道：「在我插到底後，你就可以射了。」

「是……」

顧玫卿點頭，看著黑格瓦沉下身軀，臀口先傳來龍人龜頭粗硬的觸感，接著先前僅透過半身捕捉形貌的巨物便一吋一吋挺進花徑。

發情期的Omega對Alpha的插入有很強的耐受力，更別提黑格瓦花了不少時間做擴張，但當龍人推進性器時，顧玫卿還是湧起脹痛。

不過這也讓顧玫卿鬆一口氣，只要痛感持續，他就能壓制射精的衝動，不用擔心會讓黑格瓦失望第二次。

而在將近一分鐘的緩慢插入後，黑格瓦的龜頭貼上顧玫卿生殖腔的腔口，輕輕按壓緊閉的腔門，稍稍後退後迅速撞上去。

顧玫卿的雙眼猛然瞪大，歡愉如潰堤般淹沒他，腿間緊繃的陰莖上下一顫，將精液澆上主人的身軀。

同時，黑格瓦將肉根退出半截，再一次又一次快速插入。

「啊……啊哈！哈、呵……嗯喔喔……」

浪蕩的喘叫在主臥室中迴盪，顧玫卿隔了兩三秒才認出那是自己的聲音，羞恥感頓時湧上心頭，但下一秒就被龍人的深插所搗碎。

黑格瓦壓著顧玫卿的雙腿反覆擺動腰臀，看著身下滿臉緋紅淫叫不止的 Omega，陰莖脹大些許，對著生殖腔的腔門一陣快搗。

顧玫卿的雙眼再次泛淚，從穴口到生殖腔的腔口都被黑格瓦所填滿，內壁既承受肉刃的碾磨，也浸泡在龍人的信息液中，不遜於高潮的快感源源不絕地流出，讓他破碎地喊叫：「喔唔——主人！太、太快了，請……嗯！好深……要壞了！」

黑格瓦的回應是更大力的抽插，身體壓著對方的腳足，雙手分別扣住 Omega 的手腕，將人牢牢釘在床上。

顧玫卿雙腳大張，承接黑格瓦的占有，每當龍人壓上生殖腔的腔門時，他的身體都會一陣抽顫，穴壁隨之收攏，吐出帶有玫瑰香的蜜水。

「你……」黑格瓦將肉具整個抽出，再裹著自己刮出的水液突入，感受 Omega 內壁的捲纏，深吸一口氣沉聲笑道：「緊得讓人陶醉。」

「主、哈！主人……又碰到了……好粗好熱！」

顧玫卿恍惚地喘氣，黑格瓦將龜頭壓在生殖腔腔口上，渾圓粗硬的觸感烙上腔門，信息液順著莖身流下，在令 Omega 酥軟燙熱之於，也使緊閉的腔門開出一條縫。

黑格瓦的喉頭微微滾動，吻上顧玫卿的頸側，小幅但快速地頂撞 Omega 的生殖腔。這立刻使顧玫卿腳趾捲曲，他不知道自己的生殖腔正一點一滴地向 Alpha 敞開，只清楚黑格瓦每次抽挺都會掀起熱浪，意識在浪潮中溶解，除了對方的碩大外什麼也感知不到。

黑格瓦的狀態也相同，陰莖的每寸皮膚乃至毛孔都浸淫在花香中，隨自己進出而抽搐的窄徑、綿軟煽情的喘聲，以及一轉眼就能看見的秀麗容顏——昔日清冷高貴的面容，此刻正被無邊媚意所籠罩，讓他的嗅覺、觸覺，聽覺、視覺都被同一人占滿。

「玫卿……」龍人以僅有自己能聽見的音量呼喚，將陽具完全插進顧玫卿體內，壓著呻吟不止的Omega道：「在這裡……這幾天就好，做我一個人的花朵。」語畢，黑格瓦再次大力且快速地擺動腰臀，一次又一次挺入、充盈、占有身下人的花穴。

被褥摩擦的細響、重疊的喘息、綿密的拍聲與淫靡的水音敲打主臥室的牆壁，一同充盈空氣的還有艷麗的花香與甘涼之氣，兩者一起包裹Alpha與Omega。

在拍聲累積到二位數時，顧玫卿的生殖腔徹底被頂開，龜頭領著溝冠貫穿腔口，歡愉如電流般竄過神經，令Omega又一次高潮。

但這次高潮他沒有射精，取而代之的是自穴心湧出蜜水，花香濃重的水液澆上黑格瓦的肉具，令龍人靜止兩三秒後，一把扣住對方的腰大力抽刺。

顧玫卿眼中頓時出現重影，登頂的快感和抽差的舒爽重疊，腳尖在半空中一抖一顫，腔口與臀口共同咬吮黑格瓦的肉柱。

「啊哈！喔、喔啊——」

顧玫卿雙腳纏上黑格瓦的腰，肌膚在深刻的捅幹中泛紅，生殖腔的腔口被黑格瓦磨得又濕又軟，感覺到龍人性器的根部似乎脹大了一些，先是一陣騷麻，才察覺這是成結的前兆。

同時，這也代表他即將迎來有生以來第一次臨時標記。

不，這不是臨時標記那麼簡單，腔內射精所造成的標記雖不會永久存在，但持續時間與對Omega的影響也遠大單純咬頸，且若在標記完成後一到兩週內被同一名Alpha咬破腺體，還會直接升級成永久標記。

儘管早有覺悟，恐懼與不安瞬間還是襲上顧玫卿的心頭，他反射動作推開黑格瓦，再回過神僵住道：「殿、主……對不起！我不是……」

「我知道。」黑格瓦輕聲打斷顧玫卿，停在Omega的生殖腔前，抬手撫摸他的面頰，「你知道獸人是母系社會吧？」

「知道……」

「所以……」

黑格瓦一手撐在顧玫卿耳邊，一手拉起對方的左手，親吻修長的手指道：「不要覺得只有你會受影響，我也是。在肉體上被標記的人是你，但在心靈上被標記的人是我。」

顧玫卿睜大雙眼，看著黑格瓦靠近自己的臉龐，在與龍人唇舌交疊的同時，後穴也迎來和緩的抽動。

碩大的龜頭輕磨生殖腔的腔口，明明力道、深度與速度都不如先前，但在七八回摩擦後，顧玫卿卻舒爽得渾身細顫，吮著黑格瓦的舌頭與陰莖，索討更多。

黑格瓦壓在床上的手指緩緩曲起，堅持片刻後還是認不住下沉身軀，將整個龜頭插進生殖腔中，快速輾磨極度敏感的腔頸。

顧玫卿上身一抖，整個花徑乃至生殖腔都控制不住地抽搐，腦中思緒淨空，只剩下一個原始而強烈的渴望。

他想要Alpha的精液。

幾乎在顧玫卿冒出這個想法的下一秒，黑格瓦的半身完全成結，他抬起頭，肉根微微一抖，精水同時灌入生殖腔。

「喔、喔呵——呵啊啊——」

顧玫卿仰頭浪叫，燙熱精水與濃烈的信息素浸染整個生殖腔，熱潮與極樂襲捲全身，帶來前所未有的饜足。

「我的花姬啊……」

黑格瓦低語，壓住也摟住顧玫卿的身軀，一波一波朝生殖腔澆灌精液，並且感覺到自己每次射精，懷中人就會顫抖兩下。

在接近半分鐘的射入後，黑格瓦長吁一口氣，將肉根整根退出，再挺腰一口氣插入。

「呃啊！」

顧玫卿拱起背脊，生殖腔還在消化被注精的快樂，臀徑就再度被黑格瓦占有，令他先舒爽到腳趾捲曲，才驚覺龍人的陽具扣除沒有成結外，無論軟硬、粗細與長短都與先前一致。

「有些獸人沒有不耐期，龍人是其中之一。」

黑格瓦在顧玫卿耳邊輕語，擺盪著腰臀一次、一次又一次將對方高潮後緊縮的花穴插開，看著身下茫然失神，胸脯與肉根都隨自身動作晃動的Omega，揚起嘴角和龍尾道：「所以，在我清空彈匣前，別想休息。」

「主、主……嗯啊！啊啊……」

「我會把你從聯邦的英雄，操成只想對我撒嬌的Omega。」

黑格瓦既是演出，也是真心地宣告，左手勾起顧玫卿的右腳，右手勾起對方的左腳，兩手於Omega的背後交扣，從跪姿轉為坐姿的同時，也把人從床上撈到自己身上。

更精準來說，是黑格瓦的半身上，顧玫卿眼前出現重影，龍人的肉刃不僅占據整個臀穴，甚至微微穿出生殖腔的腔頸，讓他倒抽一口氣腦袋空白身體僵直。

「剛剛的姿勢我沒辦法全部進去，所以就換了一個。」

黑格瓦放下顧玫卿的腿，先撫上對方的背脊，再向下滑到臀部，握住翹實的臀瓣，輕輕揉捏問：「有意見嗎？」

「……」

「蘿絲，回答呢？」黑格瓦加重揉抓的力道，見顧玫卿還是一臉恍惚地坐著，便揮手拍打臀瓣。

顧玫卿肩頭一抖回過神，深切感受到黑格瓦的粗長硬熱，酥麻感自腹部竄起，抖著嘴唇細聲道：「主人……這太、太……請不要……這個姿勢。」

「不喜歡？」

黑格瓦挑眉，在顧玫卿回答前震動了一下身體，肉根小幅摩擦 Omega 的腔頸與肉徑，立刻引來後者的捲吮，他偏頭道：「但你的身體好像喜歡得不得了。」

「沒有……沒有不喜歡。」顧玫卿艱難地組織語句，方才淺而快的抽動讓他全身酥麻，搭著黑格瓦的肩膀緩慢搖頭道：「但就是……哈！沒有不喜歡才……好強烈，主人的肉棒……腦子裡都……只剩肉棒了。」

「你是我的奴，腦子裡不放我的肉棒，是想放誰的？」

「不是！不是……嗯啊，好深……不可以這樣做．我要、會……之後每個發情期都……都會渴望的！」

顧玫卿低頭帶著淚光呼喊，黑格瓦的精液還在自己的生殖腔中蕩漾，裹滿信息液的粗莖又完全插入花穴，即使完全不動也讓 Omega 渾身發燙，難以想像正式抽插後會帶來多強烈的快感。

——那一定是我不能品嘗的快樂。

——那一定是我萬分渴望的快樂。

顧玫卿腦中迴盪著理智與慾望的叫囂，扣著黑格瓦的肩膀，既痛苦又渴望地搖頭，「不行……饒了、哈……那樣會、會……不可以！」

黑格瓦雙唇抿起，以龍尾挑起顧玫卿的下巴，看著深受慾望和恐懼折磨的Omega道：「同樣的話別讓我說兩次，你是我的奴，發情期不和我過，想和誰過？」

「主人……」

「我允許你對我慾罷不能。」

黑格瓦以尾尖輕輕磨蹭顧玫卿的下巴，放下尾巴托起Omega的臀部再快速放下。

顧玫卿瞬間弓起腰背，感覺黑格瓦的精水先遭地心引力勾出生殖腔，再被龍人一個深插頂回腔內，無邊蜜意湧上心頭，令他本能地收縮臀穴，吸纏住體內的肉柱。

而黑格瓦的回應是再一次、兩次、三次……彷彿打樁機般的挺進與退出，一面用陰莖與雙手感受顧玫卿的細顫、吮吸、濕褥與溫熱，一面斂起雙眼，貪婪地記錄著Omega的艷姿。

「哈啊！啊、嗯喔喔——」

顧玫卿的叫聲隨兩人交疊的次數拉高，兩手仍搭在黑格瓦的肩上，但是掐抓對方的原因從忍耐，變為動情後的發洩；玫瑰色的乳首脹大一圈，上下顫晃，配上已經能用酥軟形容的胸脯，彷彿頂著櫻桃的奶酪；腰肢無意識地前後扭動，使黑格瓦插得更深的同時，也使先前射入的精液慢慢流下。

黑格瓦喉頭滾動，在將顧玫卿放下時上挺，更深、更快、更大力地抽動陽具，將懷中人刮出春潮，磨出無比浪蕩的叫喊。

「主……殿下！不行……哈、哈要融化了……會、會壞掉的……好舒服哈！喜歡……」

顧玫卿混亂地呻吟，整個花穴乃至生殖腔頸都烙上黑格瓦的形狀、氣味與溫度，灰瞳在快感下失焦，進入高潮前的恍惚。

他在黑格瓦下一次進入時，同時潮吹與射精，臀瓣、後穴與生殖腔一同收緊。

黑格瓦靜止一秒，接著粗吼一聲扣著顧玫卿的腰臀一陣快搗，直到再也壓抑不注射精衝動，深深一挺對準生殖腔噴出大股精水。

這令顧玫卿直接二度高潮，腹部微微隆起。

在被強烈的歡愉包圍之餘，他也浮現一個念頭。

——要懷孕了。

即使黑格瓦說過，發情期的人類和殊貴種獸人的受孕率只有正常的兩成，但在龍人的精水湧進生殖腔的瞬間，他的每個細胞都在吶喊四個字。

——要懷孕了。

「哈……哈啊……」顧玫卿趴伏在黑格瓦的肩上，作為一名幾十分鐘前還對標記抱持懼怕的人，懷孕應當讓自己更恐懼，然而……

「我的花姬啊。」黑格瓦低喃著親吻顧玫卿的唇瓣，同時將龍尾繞上 Omega 的腰，隔著睡袍溫柔地磨蹭對方。

顧玫卿闔上眼回吻，垂下一隻手輕輕撫摸光滑的黑尾，心底沒有一絲懼怕，只有無邊的甜蜜。

他不知道這是發情期還是其他原因，只知道此刻自己即使會懷孕，也不願離開持續注入精液的肉具。

然後，當兩人因缺氧而分開時，黑格瓦抱起顧玫卿，一個上挺再度將 Omega 操開。

CHAPTER.06

第六章

這是我經歷過最無望，
但也最幸福的戰鬥

In a BDSM VR game, fall in love with an enemy general.

顧玫卿不大清楚自己和黑格瓦做了幾次，最後的記憶是被對方壓在牆上射精，看著自己微微隆起的腹部，眼前的景色先模糊再暗去。

而當他甦醒時，意識還停留在那一刻，盯著主臥室的合金牆，先迷惑牆壁看起來怎麼那麼遠，而後才驚覺自己是躺在床上，而不是站在牆邊。

「唔啊——」

顧玫卿打著哈欠掀開被子坐起來，主臥室中瀰漫著黑格瓦恍若夏夜花塘的甘涼氣息，以及Omega自身的玫瑰香，但無論是記憶中濺上自己精液的牆與地板，還是身下的床墊被褥，全都乾淨到像剛出廠一般，半點性愛痕跡都不留。

當然，也沒有黑格瓦的人影。

「殿下？」

顧玫卿左顧右盼，在床邊矮櫃看到一個頂著投影視窗的保溫餐盒，靠近一看認出視窗中是黑格瓦的手寫字。

我有事需處理，暫離。盒內是你的午餐或晚餐——看你什麼時候醒來。找我到主控室，但吃完才能找。

顧玫卿將視窗中的文字唸完，碰觸保溫餐盒的蓋子，半透明的方蓋自動打開，露出冒著熱氣的餐點。

無論是聯邦還是斯達莫，都有販售發情期專用的營養液或能量凍，且大多數食物合成機也能直接製作類似產品，但黑格瓦顯然不打算讓顧玫卿在五分鐘內解決午晚餐。

龍人在餐盒中放了一碗蒸蛋、一盅琥珀色的蔬菜肉塊湯與一杯散發奶香與梅果香的粉色熱飲。

無論是蛋、湯還是飲品，全都滑順柔軟得不可思議，顧玫卿幾乎沒動用牙齒就將杯碗掃空，身體處在佳餚的滋潤中，心靈卻一下子飢渴起來。

他想見黑格瓦，現在就要見。

顧玫卿將空餐盒交給清潔機器人，到浴室簡單漱口洗臉後，穿著睡袍，赤腳離開主臥室，以接近百米衝刺的速度衝向主控室。

他直接用精神力打開主控室的自動門，遠遠看見黑格瓦的背影，龍人上身赤裸地坐在主控臺前，喜悅瞬間覆蓋渴求，顧玫卿放慢腳步，踏進被夕色染橙的空間。

但黑格瓦沒有回頭，依舊面向玻璃窗，背對顧玫卿。

這讓顧玫卿頗為意外，畢竟自己並沒有隱藏腳步聲，且獸人的聽力一向比人類好。

他蹙眉走近龍人，很快就發現黑格瓦無視周圍動靜的原因。

主控臺上飄浮著兩大兩小四個投影螢幕，最左側的大螢幕僅有地形和象徵機甲位置的光點；正中央的分成四塊，以不同角度播放機甲的戰鬥影像；最右側的兩個小螢幕則各自顯示「可魯（通訊中）」、「凱蒂（通訊中）」

身為機甲駕駛員與聯邦軍官，顧玫卿很熟悉這種影像配置，這是每回模擬戰結束後的復盤環節。

而黑格瓦的全副心力都放在影像與地形雷達圖上，專注到沒聽見顧玫卿的腳步聲。

如果是平時的顧玫卿，會安靜地退下，甚至對自己差點打擾黑格瓦感到不好意思，可是此刻的他不僅處在理智與自制力都相對薄弱的發情期，還是個有生以來頭一次體會到 Alpha 的擁抱有多甜蜜的 Omega。

因此，顧玫卿緩緩拉平嘴唇，看著依舊遺忘自己的龍人，抹去氣息無聲靠近對方。

黑格瓦看著螢幕中代表大狗部隊的光點全數滅去，輕嘆一口氣道：「不大妙。」

「豈止不大妙！是超級不妙！」

可魯的聲音從主控臺的喇叭傳出，他所屬的小視窗也大幅震動，「阿格叔，你確定要帶這群笨狗去打成年體巨蜥？就算你讓我和凱蒂當教官，把他們操上整整三天，以這種水平也很難打退巨蜥吧！」

「如果不急著動手，達克哥說他們忙完手上的單子後，可以過來幫忙。」凱蒂道。

「問題就是無法不……」黑格瓦眼角餘光捕捉到人影，轉過頭才發現顧玫卿來到自己身側，剛抬起眼睫就瞧見Omega一秒蹲下鑽到主控臺下。

同時，可魯出聲問：「無法不什麼？」

「無法不急著動手。」

黑格瓦盯著主控臺的臺面邊緣——顧玫卿的腳尖剛剛縮進去，決定先處理正事，望向可魯與凱蒂的連線視窗道：「另外我的『不大秒』不是指大狗的部隊，是……呃！」

「阿格叔？」

「是什麼？」

凱蒂和可魯一同發話。

「沒事。」黑格瓦鎮定地回答，剛剛說話時顧玫卿從他的雙膝間探出頭，趴在龍人的大腿上仰望對方。

這舉動讓他不用問就明白，顧玫卿是想把自己的注意力拉過來，蹙眉露出苦澀與甜蜜兼具的淺笑，抬手指指投影視窗，用唇形告訴對方等一會，再抬起頭道：「我剛剛那句『不大妙』不是給大狗部隊，是給你們兩個，特別是可魯，你不必要的動作增加了。」

「欸？有嗎！我還以為我的動作更帥氣了！」可魯聲調飆高。

凱蒂嘆氣道：「我就說你那些耍帥根本毫無意義……阿格叔，我哪裡出問題？」

「妳射擊時猶豫了。妳大概是怕誤傷友軍，所以下意識多花半秒確認目標，這不能說沒……嘶——」

「嘶？」凱蒂和可魯同聲問。

「我不小心撞到，別在意。」

黑格瓦板著臉回答，低頭瞪著顧玫卿，Omega 張嘴咬上他的胯下，雖沒用多少力氣，但此刻龍人穿的是輕薄柔軟的睡褲，被咬住的又是男性最最敏感的部位，讓他渾身一麻倒抽一口氣。

「不小心撞到……阿格叔你是在哪裡跟我們連線啊？」可魯問。

「這問題對和發情期 Omega 共處一室的 Alpha 來說很失禮。」

凱蒂在投影視窗外瞪了朋友一眼，再接續道：「你若是有事情要處理，可以處理完再指導我們。」

「那會影響到獵捕作戰。」

黑格瓦告訴凱蒂、可魯，也告訴隔著內外褲輕啣自己肉根的顧玫卿，對他無聲地說「忍一會，我交代完就陪你」後，再注視投影視窗道：「凱蒂，妳的謹慎不能說完全沒意義，但是妳若想更上一層樓，必須練到能憑直覺分辨敵我。」

凱蒂點點頭嚴肅道：「我會努力，我會把大狗部隊的機甲外型全部背起來，下次絕對不會再猶豫。」

「這不是靠記憶，是靠妳作為食肉種獸人的直覺，妳的優點……」

黑格瓦停頓，感覺有個溫熱與柔軟兼具的物體貼上自己的褲襠，麻癢感隨之竄起，他嚥了口口水才接著道：「妳的優點是理智，但缺點是太過理智，如果妳想從優秀的狙擊手，進階到頂尖狙擊手，必須適時聽從自己的本能。」

「我會……我不知道這方面該怎麼努力。」凱蒂失落地道。

「這不用努力吧！跟呼吸喝水一樣，妳需要學習怎麼呼吸喝水嗎？」可魯道。

「可魯，你的問題是進攻時過於不動腦。」

黑格瓦沉聲點出問題，語尾帶著細微的顫抖，因為顧玫卿正動著頭，由下而上輕輕咬舔他的性器。

可魯高聲道：「我有動腦！只是我是直覺派，在戰鬥時靠肌肉記憶、本能和一點靈光乍現來擊倒對手！」

「那就是沒動腦啊……」凱蒂嘆息。

「直覺是我們獸人最大的武器，但過於倚靠直覺，碰上狡詐的對手就只有被玩……玩弄的份。」

黑格瓦放在座椅扶手上的手指緩緩曲起，帶著淺淡涼意的玫瑰香飄進鼻腔，提醒更誘惑著 Alpha，在他腿間趴著一名被自己深度標記，性慾高漲的 Omega。

「但我們這次的對手只是隻蜥蜴啊！」可魯不滿地道。

「是與無蹤者有關連，狡詐巨大的蜥蜴。」凱蒂提醒。

「凱蒂說的沒錯，我們……」

黑格瓦的喉頭一陣乾澀，垂手撫上顧玫卿的頭，半是安撫半是將人推離，同時強迫自己盯著投影螢幕道：「不能大意。不過我說的這些也不是三五天內能修正，你們先記著，等撐過這次後，再讓達克或艾逢爺指導你們。」

「是……」

「是！」

可魯和凱特一沮喪一認真地回應。

黑格瓦緩緩吐一口氣，胯下的輕咬慢舔總算消失，他獎勵性地摸摸顧玫卿的髮絲，將目光轉向呈現模擬戰影像的投影螢幕，「至於大狗那邊，雖然他們遠不及你們，但進步速度比我想像中快，所以接下來……顧玫卿！」

「汪？」

「喵？」

犬人與貓人的驚呼，與顧玫卿的手同時碰觸黑格瓦的身體，但差別是前者是接觸耳膜，後者則是直接握住龍人的肉莖——Omega 趁對方說話時一把將內外褲拉下，掏出 Alpha 半勃的陽具。

黑格瓦僵硬地瞪視顧玫卿，而 Omega 一臉無辜地回望，側頭伸出舌頭舔上陰莖根部。

舔、吻、吮、吸、戳……顧玫卿重複這幾個動作，身為幫人口交次數加起來不超過二位數的新手，他的技巧與嫻熟有很長一段距離，但舔拭吮吻時散發的貪婪，以及眼瞳中的陶醉卻是老手難以模仿的。

然後最要命的是，他有一張端麗、禁慾的臉龐，這樣的臉依偎著獸人猙獰的性器，足以令宇宙中絕大多數 Alpha 瞬間勃起。

黑格瓦緊緊握住扶手，閉眼沉默幾秒後，扭頭瞪向通訊螢幕快速道：「接下來一天，你們繼續當大狗部隊的模擬戰對手，然後剩下兩天調出電腦數據中最困難的對手當靶，你們其中一人做指揮，另外一人當監督，只要有人違反指揮的命令，做監督的那人直接打爆犯規者的駕駛艙。」

「是！」凱蒂道。

「阿格叔，你剛剛為什麼喊顧上將的名字？」可魯問。

「無可奉告。」

「無可奉告？你這樣講我更……」

「凱蒂，幫我拿橡膠槍打可魯。」

「咦？欸！為什麼！」

「遵命。」

「等、等一……汪嗚嗚嗚！」

黑格瓦在可魯的哀號聲中關閉通訊視窗，推開座椅扣住顧玫卿的雙臂，下一秒就把人從桌面下拖到桌面上，右手按在對方的耳邊，俯身近距離盯著Omega道：「蘿絲，我不記得你是淘氣的孩子。」

顧玫卿雙唇緊抿，別開頭道：「我沒有淘氣，是法夫納大人不好。」

「我不好？」

「您明明是我的Alpha，卻和其他人說話！」

「我是在處理事情，處理完就……」

「您只有現在是屬於我的！」

顧玫卿以近乎喊叫的音量打斷法夫納，雙眼泛起淚光，哽咽地道：「只有這三天……三天到四天是我的！之後就不是，我不要跟別人分享，一分鐘都不要！」

黑格瓦緩緩睜大眼睛，一動也不動地望著顧玫卿。

「他們……所有人都有很多、很多時間和殿下……主人聊天，但是我……」顧玫卿眼眶發紅，淚水滑過面頰，瞪著鋼化玻璃哭喊：「我只有現在啊！為什麼、才不要……分給別人！」

黑格瓦的胸口猛然緊縮，先低頭吻去顧玫卿眼角的淚水，再雙手龍尾並用，把人牢牢攬進懷中。

顧玫卿先是一愣，再用力回抱黑格瓦，十指陷入龍人的背肌中，把頭靠在對方的肩窩上，閉著眼沉浸在涼爽微甘的信息素中。

黑格瓦一手托著顧玫卿的頭，一手輕撫對方的後背，直到懷中人停止抽泣，自己也整理好情緒，才將人放回主控臺上，前傾上身，恢復單手支桌的姿勢道：「不過你做出這種要求，應該有所覺悟了吧？」

「覺悟？」

「如果你要求我在這三到四天中完全屬於你，那麼……」黑格瓦貼近顧玫卿的臉龐，捧起對方的面頰沉聲道：「你也必須完全屬於我，做得到嗎？」

「當然！」顧玫卿凝視黑格瓦，搭上對方的手燦爛地笑道：「能成為主人的所有物，是我最大的幸福！」

黑格瓦的嘴角微微揚起，抽手拉直腰桿道：「你看起來還沒有覺悟呢。」

「我有，主人……」

「不僅是主人，也是『殿下』。」

黑格瓦糾正，看著呆住的顧玫卿，抱著十分渴望、十分妄念、十分恐懼與二十分演技咧嘴冷酷地道：「我不只要蘿絲，也要聯邦的英雄。」

「也要聯邦的英雄的意思是……」顧玫卿緩慢地眨眼。

「很難懂嗎？」

黑格瓦偏頭問。他心底有個聲音說，這要求太過分絕不可能實現，但是積壓十二年的渴望已長成滔天烈焰，叫囂著即使僅有一秒也好，想完全獨占眼前的Omega。

黑格瓦敲了敲主控臺的按鍵，繞過臺子走到玻璃窗前，背對夕陽面向顧玫卿，以熾熱的眼神、平靜如閒談地口氣道：「在這三到四天的時光中，你能不只是以蘿絲的身分，也以聯邦上將，中央軍團第三軍團總司令的身分，跪在我跟前嗎？」

顧玫卿雙眼圓瞪。

黑格瓦的要求是他想都沒想過的事，對他而言，「蘿絲屬於法夫納」既是常理也是無上幸福，但顧玫卿呢？顧玫卿也屬於法夫納——黑格瓦——嗎？

或者說，顧玫卿能屬於某人嗎？

「辦不到嗎？」

黑格瓦靠演技將失望壓在心底，轉身保持冷淡的口吻道：「那就維持原……」

「如果聯邦的英雄屬於斯達莫的攝政王，」顧玫卿打斷黑格瓦的話語，也攔住龍人的步伐，注視對方冰冷地側臉，微微抖著嗓子問：「斯達莫的攝政王也會屬於聯邦的英雄嗎？」

黑格瓦左手指尖一顫抖，靜默片刻後看向顧玫卿，「當然。」

「但僅在這三到四天？」

「僅在這三到四天。」

黑格瓦轉向顧玫卿，微微抬起下巴，緩慢地甩動龍尾問：「回答呢？」

顧玫卿張嘴但沒有出聲，看著既披著金沙般的夕色，也在地板上拉出深淵般長影的龍人，腦中響起少年時家庭教師的訓斥，以及母親墓園中興奮的傾吐。

——你是顧家長子的長孫。

——您是 **Omega** 的典範！

——你不能脆弱、無助、卑鄙或臣服於他人。

——**Omega** 自己就能打出一片天，一點也不需要 **Alpha** 照顧！

「顧上將，」黑格瓦輕柔也低沉地呼喚，站在即將殞落的雙陽前問：「你的回答呢？」

「我——」顧玫卿拉長語尾，側躺在主控臺上，注視金亮也漆黑的黑格瓦，先是聯想到無邊星空，再來到兩人初見面的太空監視站。

——對的人是？

——足以信賴，且能正視我、在乎我、了解並包容真正的我的人。

——如果知道這樣的人在何方，就算必須穿越銀河系，我也會趕過去。

顧玫卿抬起眼睫，聽著回憶中女記者與自己的對話，燙熱如岩漿的情感迸發，瞬間覆蓋一切掙扎、猶豫、恐懼與不安。

然後，他翻身滑下主控臺，小跑三四步再跪下，手腳並用地來到黑格瓦跟前，仰望背光而立的龍人，乾澀也清晰地道：「主人……殿下，請像占有蘿絲一樣，占有顧玫卿吧！」

黑格瓦的眼瞳先放大再斂起，接著掉轉尾尖貼上顧玫卿的下巴，再彎腰低頭親吻對方的唇瓣。

顧玫卿仰著頭貪婪吞吮黑格瓦的氣息，在對方退開時下意識追上，想繼續索吻，但馬上就被龍尾按回去。

「別急。」

黑格瓦以尾尖輕按顧玫卿的肩膀，向前兩步拉來一張椅子坐下道：「作為我的 Omega，可不能貪戀吻這種單薄的賞賜。」

「殿下的吻並不單薄。」

「喔？和這相比也不單薄嗎？」

黑格瓦在說話同時拉下褲頭，掏出仍保持勃起狀態的性器。

顧玫卿瞧見親身嚐過也舔過的肉具，下腹一陣騷動，吞嚥口水低聲道：「和這……和殿下的陰莖相比，吻是算單薄。」

「陰莖？我記得你昨天不是這麼喊的。」

黑格瓦一手擺弄自己的肉根，一手撐在座椅扶手上，斜支著頭問：「你昨晚是怎麼喊這傢伙的？」

「肉……肉棒。」

「什麼？大聲點。」

「肉棒。」

顧玫卿滿臉通紅地回應，羞恥與興奮一同籠罩身軀，他直直盯著尺寸驚人的肉刃，十指收捲喊道：「是殿下的……大肉棒！」

「回答得好。」

黑格瓦放開自己的半身，張開雙腿，勾勾手指，「過來，這東西賞你了，好好嚐嚐。」

顧玫卿爬到黑格瓦面前，兩手一起握住勃發的陽具，感受肉根的熱度，垂下睫羽親吻根頂。吻之後是舔，接著是含吮，顧玫卿將黑格瓦的陰莖吞進嘴中，粗壯的莖身帶來窒息感，也使信息素充斥口腔，迅速喚醒 Omega 的慾念，握著莖根笨拙地吞吐。

當黑格瓦垂手撫梳顧玫卿的髮絲時，驅動 Omega 的不僅是慾望，還有被另一人寵愛的喜悅，醉人的酥麻自腦杓蔓延自全身，令他的唇舌動得更快。

黑格瓦看著顧玫卿的嘴角溢出銀絲，表情沒有變化，但支撐頭顱的手指緩緩收緊，龍尾也一點一滴僵直。

顧玫卿看不見黑格瓦的手與尾巴，但口中的信息素濃度驟然拉升，騷熱沿著喉嚨擴散至股間，將花徑勾出一波愛液。

不，不僅是愛液，還有磨人的空虛，顧玫卿將黑格瓦的肉柱含得更深，試圖以口內的充實對抗後穴的空蕩，卻只獲得更強烈的騷意，先是難耐地扭動臀部，再垂下右手碰觸自己的臀縫。

這讓黑格瓦的眼神轉銳，凝視跪在自己腿間吸含性器、搖臀自瀆的 Omega，對方淺灰的眼瞳水氣繚繞，端正、俊俏的臉龐緋紅一片，睡袍的下襬堆積在腰與手臂之間，擋不住裏著水光的雪臀。

然後，昨晚黑格瓦親自種下的吻痕咬痕，從顧玫卿的頸側，一路蔓延到對方的大腿。

「唔！」

顧玫卿猛然瞪大眼瞳，黑格瓦的信息液滴上他的舌頭，歡愉瞬間打上頭殼，他反射動作將對方的性器含到最深處，右手的食指、中指也一同插入臀穴。

他飢渴地舔吸口中的肉刃，舌頭掃過馬眼，勾繞冠狀溝與繫帶，雙唇一次又一次刷過青筋明顯的莖身，右手兩指完全沒入臀股，在抽動間帶出晶瑩水液。

拜此之賜，吮舔和抽攪所生的水聲，輕搔著主控室的天頂與地板，並隨時間拉長，疊上細微但確實存在的粗沉呼吸聲。

顧玫卿在夕陽沉沒時迎來高潮，他的雙指插著臀徑，喉嚨沾著龍人的信息液，腦中思緒淨空，直到黑格瓦射精才回神。

只是回神歸回神，他沒能將噴進口中的精液完全嚥下，精水漫出嘴唇滴落胸膛，夜潭與甘草的香氣瀰漫整個主控室。

黑格瓦後退將性器抽出，推開椅子站起來，看著跪在地上咳嗽的顧玫卿，目光如焰地道：「系統，鏡子模式。」

環繞兩人的鋼化玻璃一秒轉為鏡面，顧玫卿眼角餘光瞄到一個近在咫尺的人影，肩頭一緊，本能地將頭轉過去，看見自己唇角淌流精液，臀股沾染愛液，睡袍綁帶鬆弛露出滿是吻痕的肩膀。

顧玫卿嚇一大跳，反射動作想把視線轉開，然而黑格瓦先一步蹲下扣住他的下顎，強迫Omega面向鏡子，「別逃避，好好看著。」

「主人……」

「殿下。」

黑格瓦糾正，左手繼續扣著顧玫卿的下巴，右手繞過對方的肩膀，沾起掛在對方唇上的精液問：「這是誰射的？」

顧玫卿雙頰充血，嘴唇開合幾下才擠出聲音道：「是殿下。」

「是殿下。」

黑格瓦點了點頭，指尖貼著顧玫卿的嘴唇往下滑，撫上肩頭的吻痕，「這是誰留的？」

「這個呢？誰咬的？」黑格子碰觸顧玫卿左胸上的紅印。

「是殿下。」

「那這裡呢？」黑格瓦輕按顧玫卿的腹部。

「也是殿下。」

顧玫卿語尾細顫，在黑格瓦面前毫無保留地展現慾望，與對著鏡子清楚看見自己的癡淫是兩回事，他花近一年的時間才做到前者，對後者則毫無經驗。

羞恥、恐懼、抗拒與不知緣由的灼熱，襲捲顧玫卿的身軀，讓他感覺自己宛如置身深海火山的裂口，同時被窒息、冰冷和燒燙感輾壓。

「……這裡，我明明還沒碰，卻已濕透了呢。」黑格瓦以指腹摩擦顧玫卿的臀縫，在對方的耳畔輕聲問：「是在為某人的插入做準備嗎？」

顧玫卿頰上的紅暈蔓延至耳尖，嘴巴開啟又閉上，反覆數次才細聲道：「是為了殿下。」

「為了我？」

黑格瓦故作驚訝地挑起眉毛，張開五指抓揉顧玫卿的臀肉，「聯邦的英雄、獨立自主的Omega的象徵，人類宇宙軍中央軍團第三軍團的總司令顧玫卿上將，想要被獸人占有？」

「不……不是獸人，是殿下……是斯達莫的第一親王，黑格瓦．貢．曜現大人。」

顧玫卿的臉頰紅到近乎滲血，望著鏡子中的黑格瓦，龍人跪立在他身後，上身緊貼自己的後背，髮絲輕觸肩膀，漆黑的龍尾圈捲著自己的大腿，一手扣住下顎，一手在鏡面照不到的地方撫摸Omega。

「這樣啊。」

黑格瓦的回應聽起來輕柔，但手指與尾巴卻一瞬間收緊，盯著鏡中的顧玫卿淺笑道：「難得收到這麼熱情的告白，我就恭敬不如從命了。顧上將，睜大眼睛，好好看著自己的小騷穴是怎麼把大肉棒吃進去的。」

「是……」顧玫卿的聲音細如吐息，看著鏡內的黑格瓦放開自己的下巴與大腿，兩隻手一左一右地勾起他的腳足，將人輕鬆托起後挺起陰莖對準 Omega 的臀股。

「顧上將……」黑格瓦側頭在顧玫卿的肩後低聲問：「準備好從高潔孤傲的聯邦軍官，變成一心只想和 Alpha 交配的 Omega 了嗎？」

顧玫卿垂在半空中的手指猛然一顫，窒息與冰寒感驟然加劇，再於轉瞬間被熱流吞噬。同時，他瞧見愛液自股間流下，牽出銀絲後落到黑格瓦的龜頭上。

黑格瓦也捕捉到相同的畫面，勾起嘴角道：「我還沒進去，你就興奮成這樣？」

「興……奮？」顧玫卿僵硬地重複，緊盯鏡子裡雙腳大開近乎全裸的自己問：「我這是……在興奮？」

「非常興奮喔。身體發燙，然後……」黑格瓦將龍尾伸到顧玫卿的腿間，輕戳 Omega 高高翹起的性器道：「在我問話時，從半勃變成全勃了。」

顧玫卿雙眼睜至極限，原來那不知來由的燒熱是興奮，自己對於拋下顧家、宇宙軍與聯邦的驕傲，徹底委身於另一人感到興奮，這實在是……

「你真是……誰說聯邦的英雄是冰之劍的？明明就色情到能讓全宇宙的 Alpha 發狂。」

黑格瓦吻啄顧玫卿的肩膀，貼著對方的肌膚細聲道：「你說，怎麼會有這麼完美的 Omega 呢？」

顧玫卿眼瞳顫動，回過頭困惑也混亂地問：「完美？殿下覺得這樣……這麼淫蕩，不知羞恥……懦弱的我，是完美的？」

「很完美。」黑格瓦再次親吻顧玫卿的肩後，抬起頭望著近在咫尺的灰瞳道：「人前強悍堅毅，床上淫蕩嬌媚，同時只對一人發情的 Omega，完美得無法要求更多，不是嗎？」

顧玫卿沒有答話，他心底有面壓制慾望、規範行為的抑止之牆，這面牆是由長輩、老師、長官與社會期待構築，再被法夫納——黑格瓦——費上兩年時間慢慢鑿挖，親手刻下蛛網般的裂痕。

如今，黑格瓦的回答成為破牆的最後一槌。

「殿下……」顧玫卿倚靠著黑格瓦的胸膛，用雙手扳開自己的臀瓣，凝視龍人深邃的藍眸柔聲道：「請您……盡情享用這具身體，直到玫卿徹底臣服於您吧！」

黑格瓦的眼瞳瞬間收斂，將顧玫卿的雙腿完全拉開，對準自己的性器緩緩放下。

顧玫卿感受到黑格瓦緩緩頂開自己的肉縫，也透過鏡面清楚瞧見猙獰的肉刃一吋一吋插入臀口，肉體上的酥麻與精神上的歡愉在腦中糾纏，讓他雙頰飛紅臀股濕濡，腿間肉根也吐出一絲白濁。

「忍住。」黑格瓦在顧玫卿耳後低語：「等我幹你的生殖腔再射。」

「是……」

顧玫卿語尾顫抖，臀口隨 Alpha 陽具的深入而本能收攏，想將肉莖吃得更深。

黑格瓦的手指微微弓起，吸吮自己的花穴、鏡中被情慾完全浸染的 Omega、空氣中散發的玫瑰香，以及 Alpha 的本能都在催促他快點將人放下，但別說一挺到底了，龍人甚至放慢速度。

懷中的 Omega 是他在這世上最珍愛也最不可得的人，他要給對方留下最甜蜜的回憶。

「嗯啊！」

顧玫卿猛然抽氣，黑格瓦的龜頭擦過他的前列腺，歡快瞬間衝上頭殼，讓他險些將精液噴上玻璃。

「再忍一會。」黑格瓦低喃，注視鏡中已經消失三分之一左右的半身道：「如果你能撐到我開始動，我就給你獎勵。你能嗎？」

顧玫卿張口閉口了兩回，才仰著頭沙啞地道：「能……能，可是……請快點……求您快點……」

「別急，越是美味的佳餚，就越需要耐心對待。」

「主……殿下……」

「沒辦法，幫你一把吧。」

黑格瓦揚起龍尾，捲住顧玫卿的性器，再以尾尖按住馬眼。

而這讓顧玫卿快樂又痛苦，快樂的地方是黑格瓦光滑、強悍、美麗的龍尾捲著自己的肉具，痛苦之處則是他一點也射不出來。

十多秒後，黑格瓦總算完全進入顧玫卿的體內，雙手愛撫 Omega 的大腿，休息片刻再倏然把人托高，鬆開尾巴，將肉具完全抽出再向上頂入。

「嗯喔喔！」

顧玫卿仰頭短喊，在黑格瓦插進生殖腔之刻射精，精液濺上地板，而他對此毫無所知，因為龍人正猛烈地抽插花徑。

高潮的極樂與莖徑交磨的快意重疊，讓他不僅將精水射出，肉莖還隨黑格瓦的頂壓一抖一顫地吐流濁液。

黑格瓦透過鏡子目睹顧玫卿射精到流精的過程，眼底冒起焰光，抱緊對方的雙腿大力而迅速地擺動腰臀。

「啊……啊哈……哈啊啊……」

顧玫卿淫叫的音調一次比一次高，嗅聞著黑格瓦清涼甘甜的信息素，背脊感受到對方體溫與肌肉輪廓，後穴乃至生殖腔皆沉浸於同一人的碩大中。

黑格瓦再度將尾巴捲上顧玫卿的陰莖，但這回沒有束緊莖身，而是配合進出的韻律上下捲動，感到對方的肉徑一陣抽搐，將頭靠在 Omega 的肩上，一面將內壁操開一面笑道：「如果、鏡子能……照到裡面……就好了，你……咬我咬得……好緊。」

「殿、殿下……」

顧玫卿渾身震顫，臀穴被黑格瓦的莖身磨得濕軟不堪，最深處的生殖腔則酥麻到讓他腳趾蜷曲，癱軟在龍人身上呢喃道：「好深……好大哈，殿下的肉棒……好舒服。」

「這才、剛開始呢。」

黑格瓦在說話與抽挺半身同時，朝玻璃緩慢地前進幾步，吻著顧玫卿的後頸低聲道：「剛剛說……忍住的話，要給你獎勵……想要什麼？」

「想要……」顧玫卿的腹部被黑格瓦頂得細顫，生殖腔清楚捕捉到龍人龜頭與溝冠的形狀，騷熱感覆蓋腔口、腔頸與整個腔體，在將他爽到神色恍惚之餘，也勾出作為 Omega 最原始的渴望。

「……懷孕。」

顧玫卿聽見自己的聲音，後穴隨回答而收縮，雙手貼上黑格瓦的手臂朗聲道：「請殿下以受孕……以讓我懷孕為前提，灌滿哈……支配我的生殖腔吧！」

黑格瓦先是愣住，再目光轉厲，將顧玫卿的雙腳放下擺成跪姿，迅速將人壓至玻璃上，兩手圈抱對方的上身，把陰莖完全退出再由下而上傾斜插入。

顧玫卿瞬間瞪大眼瞳，膝蓋被黑格瓦頂到離地，下墜的重力與龍人上挺的力道結合，帶來不遜於騎乘式的深刻占有。

同時，黑格瓦雙手抓上顧玫卿的胸脯，龍尾繼續圈弄 Omega 的半身，嘴唇吻吮對方的肩頸，同時揉躪三個性感帶。

顧玫卿眼前出現重影，乳首在黑格瓦指間脹大、酥軟、顫抖起伏，陰莖隨龍尾的逗弄搖晃，後穴一次一次又一次被對方刮出愛液，進入登頂前的緊繃。

「系統，解除鏡面。」

黑格瓦忽然下令，玻璃上兩人的身影消失，取而代之的是星空、沙丘、機甲與正在遊艇前烹飪晚餐的凱蒂、可魯與大狗部隊。

顧玫卿嚇一跳，但驚嚇過後是濃重的興奮，一手貼上黑格瓦的手背，一手抬起撫摸龍人的頸子，扭動腰肢方便 Alpha 把自己幹得更深。

這反應出乎黑格瓦的意料，揉掐著顧玫卿的身軀低聲道：「我以為你會害羞。」

「是……相當、害羞。」顧玫卿渾身潮紅地回答，凝視背對自己的凱蒂與可魯，倚靠黑格瓦的身軀：「可是啊、啊！更想要讓斯達莫……全宇宙的人都、都……嗯啊！看到殿下……多麼寵愛、占有我哈！」

「這就……恕我拒絕。」

黑格瓦輕笑，頂磨顧玫卿的生殖腔口，直到 Omega 兩腿發軟才接續道：「因為我才不想讓人知道……聯邦的英雄發情時……會變成多誘人的 Omega。」

「主、殿下……」

「不過，想像一下……似乎不錯。」黑格瓦撥弄顧玫卿的乳頭，緩慢但徹底地輾搗花穴問：「如果這裡是顧家的家宴……你我躲在落地窗的窗簾後，你被我操射……然後你的父親、弟弟與爺爺經過窗戶……看見我們。」

顧玫卿腦中浮現鮮明的場景，鮮紅窗簾掩蓋自己與黑格瓦的身影，但落地窗外站著父親、異母弟弟、爺爺與眾多賓客，這些人看著窗內腿沾精液近乎半裸的自己，眼中堆滿驚嚇與憤怒。

「顧上將，」黑格瓦對著顧玫卿的耳畔輕聲道：「你該怎麼向他們解釋？」

「我……嗯啊！」

顧玫卿上身一顫，感覺龍人的陽具擦過前列腺，頂起生殖腔，灰瞳先是一陣模糊，再對著不存在於此，可是確實立於腦海中的家人揚起嘴角，張大雙腿艷麗地笑道：「爺爺、父親、華暘、大家，玫卿已經是……是屬於黑格瓦殿下……幸福的 Omega 了，所以……請好好看著，看著我……懷上殿下的子嗣吧！」

黑格瓦的手指微微曲起，對著顧玫卿的後頸張嘴再猛然咬緊牙齒，摟著對方快速擺臀上頂，直到根部成結才粗吐一口氣射精。

於此同時，顧玫卿的後穴和陰莖也雙雙噴出水液潮吹，灼熱又綿長的高潮籠罩四肢軀幹，讓他的意識完全陷入空白，直到被黑格瓦翻過來親吻嘴唇，才回神攬上龍人的頸子。

然後，兩人當著星子與炊火的光輝，展開下一輪交媾。

◆◆◆

接下來的時光，扣除處理生理需求的時間，兩人都瘋狂索求彼此。

顧玫卿經歷至少兩次睡夢中的高潮，黑格瓦則屢屢在烹飪或和凱蒂、可魯語音連絡時被Omega色誘。

這毫無保留的纏綿甜蜜到不真實的地步，以至於當顧玫卿在砲聲中睜開眼時，還以為自己在中央軍團實彈練習場的休息室中，做了一場漫長的美夢。

不過空氣中涼爽的花草香很快就告訴顧玫卿，哪裡是夢境、哪裡是現實。

於此同時，砲擊聲再次震動主臥室。

顧玫卿翻身下床，抓起擺在床邊矮櫃上的衣褲，於更衣同時直接以精神力連接遊艇系統，剛接觸雷達與光學鏡頭，眼前就彈出一個投影視窗。

一名女性貓人出現在視窗中，她坐在機甲駕駛艙內，頭上戴著狙擊用的半臉頭盔問：「顧上將，你醒了嗎？」

顧玫卿愣住，腦中閃過從機甲上跳下來抱住黑格瓦的貓人，蹙眉問：「妳是……凱蒂？」

「是！承蒙你還記得我。阿格叔要我注意遊艇系統的運轉率，運轉率一上升，就是上將醒了，正在使用精神力控制系統。」

凱蒂從畫面中看見顧玫卿快步走出主臥室——她所在的投影螢幕跟著Omega移動，趕緊道：「顧上將，阿格叔請你待在遊艇中。」

「殿下現在在哪裡？」

「正在與紫眼巨蜥交戰中。他要我負責保護……」

「給我妳機甲的所有觀測數據。」

顧玫卿在說話的同時進入主控室，球形雷達立刻啟動，接著四個近乎等身大的投影螢幕包圍Omega，各自顯示遊艇前、後、左、右四方光學鏡頭捕捉到的影像。

凱蒂瞪著那在不到半秒內展開的雷達與螢幕，睜大眼呆滯片刻才回神道：「顧上將，阿格叔說這戰他能贏，但過程會有點磨人，不建議你……」

「妳不給，我就自己拿。」

顧玫卿看向左手邊的光學鏡頭螢幕，凱蒂駕駛的狙擊型機甲站在畫面的角落，他凝視機甲低聲道：「妳的防火牆擋不住我。」

凱蒂沒有答話，但兩秒後，包圍顧玫卿的投影螢幕增加五個，分別是機甲的雷達、熱感應器、震動感應器、頭部攝影鏡頭與空拍無人機的影像。

透過這些資料，顧玫卿很快就找到砲聲來源、黑格瓦此刻的位置，以及龍人不想讓自己觀戰的原因。

在遊艇西側二十多公里的沙丘前，十臺機甲正在與紫眼巨蜥戰鬥，他們圍繞比自己大上近五倍的巨獸，在滾滾沙暴中奔馳、射擊或翻滾。

不過在眾機甲中，有兩臺與巨蜥的距離特別近，且又以守在巨蜥頭前的那臺最近。

當其他機甲倒退閃躲野獸的利爪或獠牙時，這臺機甲毫不猶豫地上前，巧妙地接住鹵爪，一個側身卸去巨蜥的力道後，揮刃射擊轉守為攻。

而顧玫卿一眼就認出，這臺機甲的駕駛員是黑格瓦。

「成年巨蜥的皮非常厚實，即使是機甲的狙擊槍也很難一發打穿，必須反覆擊中同一處才能造成傷害。」

凱蒂也看著螢幕道：「所以阿格叔計劃由他吸引紫眼巨蜥的注意、可魯充當後援，給其他人製造攻擊機會。」

「其他人的準度不怎麼好。」顧玫卿面色陰鬱地道。

螢幕中有四臺機甲一同朝巨蜥開炮，卻全都轟在不同位置上。

「射擊的準度是不怎麼好。」凱蒂乾笑，再連忙舉槍道：「不過還有我！我有自信能連續命中同一處。」

「那妳為什麼不開槍？」

「因為我是顧上將的護衛，而且阿格叔擔心我開槍後，巨蜥會不顧一切地衝過來。」

「……」

「但應該不會發生那種事，阿格叔很強，可魯也不弱，大狗……再怎麼說也被我們壓著練習整整三天，沒問題的！」

「……」

「真的、真的沒問題！請放心、安心好好待在遊艇中，你若是跑出去，我會被阿格叔罵。」凱蒂微微壓平耳朵。

「我不會出去。」顧玫卿沉聲道，垂在身側的手緩緩握起，緊抿嘴唇注視黑格瓦駕駛的機甲。

銀灰色的機甲在巨蜥的四足、長尾與血盆大口中穿梭，九十度轉彎避開槌向自己頭顱的左前足，再攀住幾乎與自己一樣大小的獸足往上衝刺，對著巨蜥淺紫色的眼瞳突刺，於貫穿眼瞳同時放手蹬腳往後躍，以毫釐之差避開反甩的蜥尾，落地撒出閃光彈。

這一連串動作集俐落、流暢、迅捷與優雅於一身，彷彿馬戲團中與野獸共舞的舞者。

然而顧玫卿很清楚，黑格瓦腳下不是平坦堅固的舞臺，是起伏不定難以施力的鬆軟細沙，而掃向他的爪牙尾巴，只要一擊就能把陸用機甲打到半毀。

因此，若要將眼前的景象譬喻為舞蹈，那也是採在刀尖炮口上的絕命之舞。

而這讓顧玫卿對自己萬分憤怒。

如果他的發情期沒有提前降臨，此刻能配合黑格瓦一同進攻。

如果手邊有紅拂姬，即使只有母甲，他也有自信獨自解決紫眼巨蜥。

如果他沒掉到魯苦，或是直接婉拒出席終戰紀念日……

「打中同一處了！」凱蒂的歡呼將顧玫卿拉回現實，貓人在投影螢幕中指著另一個螢幕道：「顧上將你看！巨蜥左前足上方有個紅印，再命中兩次就能打穿鱗片造成致命傷了！」

顧玫卿懸在喉頭的心稍稍降下，看著機甲部隊聚集到巨蜥左側的盲點，舉起堅砲、光束槍、機槍一陣猛轟，在心中祈禱他們能盡快命中第二、第三次。

他的祈求在半分鐘後實現了，但隨之降臨的不是勝利的喜悅，而是哀號與被撞上天空的機甲——在紫眼巨蜥噴血倒地的瞬間，兩隻紫眼巨蜥竄出沙地，分別將機甲打飛或咬碎。

這出乎所有人意料，大狗部隊、可魯乃至凱蒂的腦袋都陷入停滯，只有黑格瓦立即闖到兩隻巨蜥的頭前，撒出一大把散光彈。

「可魯，右邊我負責，左邊那隻交給你。其餘人，掩護可魯！」黑格瓦沉聲下令。

可魯在短暫的恐懼後迅速冷靜，掉頭奔向左邊的巨蜥，但其他機甲卻……

「喂！別跑！陣型會崩潰啊！」

凱蒂一邊朝巨蜥扣板機，一邊對奔逃的大狗部隊與戰鬥艇吶喊，望著完全沒有止步跡象的機甲，飆出一連串斯達莫與魯苦語髒話。

顧玫卿注視相同的畫面，逃跑者掀起的沙塵與黑格瓦在巨蜥爪下滑行的身影映在腦海中，淬鍊出滔天怒火。

「可魯！撐著點，我……回來了！逃跑的人回來了！」

凱蒂大喊，開心到差點落淚，不過喜悅很快就轉為疑惑。

歸來的機甲一反先前的怯懦，不要命地朝巨蜥的嘴前爪下衝，以刁鑽的角度開炮後，再用讓人擔心駕駛員安危的姿勢翻滾、跳躍、奔馳躲避反擊。

黑格瓦透過自身機甲的光學鏡頭看見相同的畫面，先是一愣，再迅速明白發生什麼事，一面躲開巨蜥的尾巴一面咆嘯：「顧玫卿你想腦死嗎！給我立刻住手！」

「這是顧上將……喵姆！」

凱蒂在駕駛艙中驚叫，她的注意力全放在戰場上，直到黑格瓦的一聲怒吼才把目光轉回遊艇內，發現顧玫卿已臉色鐵青還掛著一道鼻血。

「不……不准傷害……我的 Alpha！」

顧玫卿瞪著既出現在螢幕中，也透過大狗部隊的光學鏡頭映在腦內的紫眼巨蜥。

他利用先前控制機甲隊時留下的後門，以及遊艇和機甲之間通訊管道，強行接管了大狗部隊，這不要命的舉動不僅逼出鼻血，還讓他從頭到腳都泛起劇痛。

但顧玫卿壓根沒有收手的打算，因為失去鍾愛之人的恐懼，與目睹愛人受害的憤怒遠勝疼痛。

「顧玫卿！」

黑格瓦大吼，見左右的機甲仍舊以大狗部隊辦不到的靈活度配合自己，清楚 Omega 不可能停止，只能暗罵一聲，最大程度地延展精神力，覆蓋自己與可魯以外的機甲。

顧玫卿垂在腿邊的手指微微一顫，覆蓋全身的劇痛仍存，卻從幾乎要將內臟扯裂，減緩為只是拉扯四肢。

同一時間，不屬於他的焦慮與意念也湧進 Omega 的腦海。

——速戰速決。

——戰術沒有變化，我吸引注意力，你假掩護實主攻。

——我一個人沒問題，多注意一下可魯。

——結束後再跟你算帳！

「殿下……」顧玫卿低喃，明明是遭到訓斥，但湧現的卻是喜悅，因為他近乎本能地確知這份責罵是基於純粹的憐愛。

可惜顧玫卿無暇享受喜悅，他透過其中某臺機甲的光學鏡頭，看見可魯被巨蜥的尾巴拍飛，立刻控制三臺機甲朝巨蜥的臉齊射。

同時，他閉上眼躺平在地上深呼吸，將精神力、腦力、注意力全數投向戰場。

五臺機甲的光學鏡頭在顧玫卿腦中相結合，Omega同時注視巨蜥的前後左右，控制所有機甲全彈發射轟炸巨蜥，並拉開距離，啟動彈射逃生裝置。

他透過駕駛頭盔聽見獸人的喊叫——內容大多是「怎麼回事？」、「哇啊啊啊啊」、「天空」、「為什麼我飛了，但我的機甲還在動啊！」之類的驚恐叫喊。

他在呼喊聲中，解除機甲的運轉限制，讓擁有獸耳、獸尾等野獸特徵的戰甲真如野獸一般手腳並用狂奔，遠離了雷達上代表彈飛出去的駕駛員小光點，操控這些無人機甲衝向咆嘯甩尾的巨蜥。

黑格瓦看見巨蜥揚起前腿，正要伏身避開攻擊時，兩臺機甲先一步對巨蜥的腳掌射擊，光束槍與機槍打中同一點，讓巨獸哀號著後退。

黑格瓦見狀立刻把噴射器的輸出開到最大，閃身避開巨蜥亂揮的尾巴，踩著對方的腳足攀上蜥身，揚手一捅將光束劍刺進對方的背脊。

巨蜥再次嚎叫，扭身甩尾颳起一陣沙暴，踩碎方才打穿自己腳掌的機甲。

這讓顧玫卿的頭殼一陣刺痛，但他沒停止操作，拉著另外一臺機甲瞄準黑格瓦捅出的窟窿扣下扳機。

實體彈射進窟窿，巨蜥渾身一顫掉頭想解決開槍者，然而黑格瓦在這瞬間，扔出剩餘的閃光彈，閉著眼衝到巨獸面前，對著巨蜥的眼睛就是兩槍。

巨蜥痛得咆嘯，但也僅只於此，因為下一秒顧玫卿就二度、三度命中牠背上的劍窟窿，子彈穿過厚實的皮肉打破心臟。

黑格瓦站在巨蜥的頭上，在巨蜥倒地後側身滑回沙地，看見另一隻巨蜥本要張口咬可魯，但先被凱蒂一發打歪頭，再遭顧玫卿控制的機甲朝口腔轟炸，才判斷不需要自己支援時，背脊卻突然竄起戰慄。

「所有人，撤退！」

黑格瓦大喊，一把抓住還躺在地上的可魯，朝凱蒂與遊艇的方向奔跑。

然後，在任何一人開口問「怎麼了」前，兩隻巨蜥的頭大幅膨脹，泛起白光後爆炸。衝擊波與熱流直接摧毀尚在巨蜥周圍的機甲，黑格瓦、可魯和凱蒂的機體也瞬間故障，雷達、收音和光學鏡頭通通停止運作，所有人都陷進黑暗中。

然後，當數分鐘後機甲與遊艇的系統完成重啟時，他們在各自的雷達上看見數個快速靠近己方的光點。

「這……有人叫快遞嗎？」可魯抱著一絲希望問。

「紫眼巨蜥不只一……不只三隻嗎？」

凱蒂瞪著大小與移動軌跡都與巨蜥完全一致的光點。

黑格瓦拉平嘴角，斜眼確認彈藥與能源匣的存量後，沉下眼道：「凱蒂、可魯，你們兩個護衛顧上……」

「我與殿下同在。」

顧玫卿截斷黑格瓦的命令，一臺完整與一臺缺了半條手臂的機甲從黑格瓦身邊站起，面向光點的方位道：「如果必須留人斷後，那也必須是我。」

「我不會讓你斷後！」黑格瓦厲聲道。

「我也是。」

顧玫卿在遊艇的地板上閉眼微笑，感受黑格瓦強烈的哀痛、憤怒與關愛，臉上的笑容擴大道：「這會是我經歷過最無望，但也最幸福的戰鬥。」

黑格瓦胸口猛然瑟縮，握拳吼道：「這哪裡幸福？戰死一點也不幸福！」

「但活著也不代表就會幸福。」

顧玫卿抬起手撫上自己的胸膛——那裡還留著黑格瓦的吻咬痕跡，笑道：「不過只要和殿下在一起，不管是在哪裡，感覺都很幸福。」

黑格瓦的眼瞳驟然放大，靜默半秒後咬牙搖頭道：「我不要！如果代價是死亡，我……我寧願一輩子都無法跟你相見！」

「殿下，那我——……」

顧玫卿的話沒說完，因為數十道光束與實體砲彈從天而降，在眨眼間將湧向四人的巨蜥群殲滅。

同時，機甲與遊艇的雷達上出現新光點，但位置不是前後左右，而是正上方的天空。

幾秒後，光點降落到眾人左右，那是身披聯邦宇宙軍軍徽的雪白機甲，以及肩上畫著斷角黑龍的獸型機甲，它們在落地後一左一右包圍遊艇，炮口向外擺出防衛陣勢。

可魯望著比自己的座駕大上兩到三倍的機甲，呆滯兩三秒才乾啞地問：「我們這是……得救了嗎？」

「是，那是聯邦軍和斯達莫的皇家親衛隊。」凱蒂點頭，靠上椅背長吐一口氣。

顧玫卿在嘆氣聲中收回精神力，睜開雙眼，撐著地板僵硬、搖晃地坐起來。

他的視線越過主控臺與合金玻璃，認出守在自己前方和左側的是白靜與白焱的機甲，先是露出微笑再倏然僵住。微笑是獻給及時趕到的部屬，僵硬則是源自即將到來的分離——他與黑格瓦告別的時刻到了。

CHAPTER.07

第七章

我對殿下的信賴，
遠高於對我自己的信賴

In a BDSM VR game, fall in love with an enemy general.

「老大啊啊啊啊啊——」

「白焱少校你冷靜點。」

「冷、冷靜個鬼啊！李覓你這個血管裡放冷卻液的無情B！老大失蹤超過一個月啊！整整一個月，超過一個月啊！嗚啊啊啊——」

「我沒事……我這一個月過得很好。」

顧玫卿輕拍白焱的手臂，他站在第三軍團的旗艦赤潮的泊船艙，身上掛著嚎嚎大哭的屬下，前方是黑眼圈濃重的李覓、沒哭但雙目含淚的白靜，與其他泫然欲泣的第三軍團軍官。

將紫眼巨蜥群擊殺後，第三軍團和斯達莫親衛隊迫不及待地將顧玫卿與黑格瓦分別接回各自在行星軌道上的旗艦。

拜此之賜，顧玫卿沒機會與黑格瓦說再見，一步出太空梭就被白焱一把抱住，睜大眼睛看著部屬直接落淚或雙目水汪。

「你……給我差不多一點！」

李覓一拳捶上白焱的頭，和兩名軍官一同強行將女 Alpha 扯下來，甩著手目送軍官將人拖走，再環顧其餘人高聲道：「扣除崗位就在泊船艙的，通通給我回自己的位置上！」

「回去？可是總司令才剛回來啊。」

「我也想抱總司令！」

「有自動駕駛，多待一下也……」

「通通給我回去！」

李覓強勢打斷屬下們的抗議，雙手扠腰拋出最後一擊：「十秒後誰還在我的視線範圍內，我就扣誰的假。」

此話一出，眾軍官全都怒瞪李覓，堅持四秒、五秒、六秒後，大夥兒才滿心不甘地離開泊船艙。

「一群小鬼……」

李覓低聲罵道，轉向顧玫卿將人從頭到腳掃過一輪後，繃直的肩膀微微放鬆，轉身招手道：「跟我來，我送你去醫務室做全身健康檢查。」

顧玫卿道：「我剛說了，我沒……」

「跟、我、來。」李覓回頭低頭沉聲道。

顧玫卿的肩頭微微一抖，忽然有種回到軍校時代遭學長怒罵的錯覺，閉上嘴乖乖蹬地，飄行在李覓身後。

兩人脫離泊船艙，沿著主幹道朝醫務室前進，一路上顧玫卿沒看見任何人，正感到奇怪時，前方的李覓開口了。

「你失蹤的消息扣除當時在場的人，只有聯邦高層知情。」李覓的聲音疲倦又乾澀：「我是被斯達莫大使館告知的，他們說你跟他家大使一起掉到魯苦，我回答：『這是在作夢還是想騙我錢？』」

「是真的。」顧玫卿細聲道。

「是啊，真的一點也不像真的。」

李覓聳聳肩，拐過轉角接續道：「然後他們給我看你的留言，我再去找談諾統帥，發現你真的失蹤後，我失控揍了統帥一拳。」

「學長……」

「放心，我沒把人打死。我跟統帥說：『你要是對玫卿有一絲絲、一點點的愧疚，就無條件讓我開赤潮去接人，否則我不只今天就申請退役，還要把你也揍到強制退役。』」

「學長，這……」

「你敢說我太過分，我就連你一起揍。」李覓回頭瞪顧玫卿一眼，再將視線拉回前方道：「最終，他給我我想要的，但由於第三軍團三分之二的人都不在首都星，所以赤潮只有最低限度的乘員，戰鬥部隊只有白靜、白焱。公孫本來也要來，但接到消息時他在別的星系相親，錯過班次趕不回來。」

「辛苦你們了。」

「這是我們的義務，稱不上辛苦。」

李覓停在醫務室前，拍開自動門指指裡頭道：「最極限的是這位，我們的軍醫度假去了，所以找前軍醫來支援。」

「前軍醫是……張莉！」

顧玫卿驚呼，看著醫療艙前身披醫師袍的 Omega 醫生，睜大眼睛問：「妳怎麼會在這裡？妳不是退役了嗎？」

「是啊，所以我不是以軍人的身分，而是以朋友的身分待在這裡。」

張莉微笑，單腳一踢飄到兩人面前，看向李覓道：「玫卿交給我，副司令去休息吧，你都幾天沒睡了！」

「沒有幾……嗚啊啊——」李覓張嘴打了個大哈欠，捏著自己的眉心道：「如果需要我，我人在艦橋。」

「回副司令室睡覺啦！」張莉擺手催促。

「執行任務期間，總司令和副司令必須至少有一人在旗艦艦橋……」李覓低喃著聯邦軍的內部規定，瞇眼推著門框回到主幹道。

「他遲早會過勞死。」張莉面色沉重地目送李覓飄遠。

顧玫卿蹙眉道：「要不我先去艦橋，讓學長睡四五個小時後，我再來醫務室檢查？」

「你現在就進醫療艙做全身檢查。」

張莉厲聲要求，仰望顧玫卿憂心地問：「我聽學長說，你這一個月都和黑格瓦親王在一起，他沒對你怎麼樣吧？」

「『怎麼樣』的意思是？」

「在言語或肢體上攻擊你、羞辱你、任意使喚你、給你成分不明的飲食，以及意圖利用你做任何違背你個人意志的事。有嗎？」

「沒有。」

「那就好。」

張莉鬆一口氣，轉身本要推牆回到醫療艙前，但手剛伸出就停下，急急回頭道：「還有毛手毛腳！你不能因為自己和親王都是男性，就忽視不必要的肢體接觸，男人也是會性騷擾甚至性侵男人的！」

「殿下和我的肢體接觸……」顧玫卿腦中浮現兩人在營火邊背靠背而坐，乃至仍緊烙在肌膚與腦海中的激情交媾畫面，雙頰微微泛紅，下意識將手放上腹部道：「殿下很紳士，比我還顧慮我的身體。」

張莉蹙眉，直覺有哪邊不對勁，凝視對方片刻後放棄肉眼觀察，回到醫療艙前道：「先檢查吧！檢查完如果沒問題，我才能把副司令綁上床睡覺。」

顧玫卿來到張莉身旁，醫療艙的橄欖型艙門同時開啟，他躺進艙中，看著透明艙蓋緩緩降下，閉眼靜待檢查結束。

赤潮上的醫療艙是醫學中心等級，能在兩分鐘完成覆蓋九成健康檢查的項目，然而顧玫卿在艙內躺了近十分鐘，才聽見代表檢查結束的叮咚聲。

醫療艙的艙蓋開啟，張莉面色鐵青地站在控制臺前，不等顧玫卿開口就主動道：「玫卿，你剛剛是不是沒有說實話？」

「我沒有……」顧玫卿話聲漸弱，想起與黑格瓦共度的發情期，手指一顫低下頭道：「我的發情期提前了，但手邊沒有適合的抑制劑，所以殿下給我做臨時標記。」

「……」

「過程中殿下很克制，沒有將我永久標記。」

「……」

「我不是故意隱瞞，只是我一結束發情期就遇上巨蜥來襲，接著是你們到達，一時就忘了交代。」

「……」

「我……」

「所以孩子是親王的？」

「我沒有受到脅……你說什麼？」顧玫卿愣住。

張莉張口又閉口，反覆幾次才擠出聲音道：「你懷孕了。」

顧玫卿眨了眨眼，腦袋空白七八秒才低聲道：「人類和獸人的受孕率……」

「只有人類與人類的三成，殊貴種更低，只有一成，換算下來發情期人類與殊貴種獸人之間的受孕率只有百分之五！」

張莉以比正常快兩倍的語速回答，咬著拇指的指甲片刻，抬起頭猶豫地問：「你有沒有跟其他人……」

「沒有！」顧玫卿近乎反射動作地喊出聲，嚇到自己也嚇到張莉，僵硬幾秒才微微別開頭道：「除了殿下外，我沒和任何人有過……性經驗。」

「那就……雖然機率上低得嚇人，應該就是親王的孩子了。」

張莉的雙肩下垂，望著投影螢幕上的檢查結果，沉默片刻後低聲問：「我能讓副司令過來嗎？」

「為什麼要找學長？」

「因為我覺得你需要……不對，是我想要找個冷靜理性可靠的人一起討論。」

張莉壓在主控臺上的手收緊，帶著幾分怒氣道：「一般人若是意外懷孕，無論選擇生下來還是流產，家人大多都會伸出援手，但你的家人……沒一個比得上副司令！」

「……」

「我可以請副司令過來嗎？」張莉再次問。

顧玫卿輕輕點頭，張莉立刻傳文字訊息給李覓，但為防止驚動其他人，內容只有「到醫務室來」短短五個字。

幾分鐘後，醫務室的雙扇門開啟，李覓半瞇著眼，飄入室內問：「什麼事？我才剛準備和統帥……」

「玫卿懷孕了，是黑格瓦親王的種。」張莉以比正常快上三倍的語速說話。

李覓僵在半空中，看看面色嚴峻的張莉，再瞧瞧仍坐在醫療艙中的顧玫卿，轉身先迅速將醫務室的出入口關上鎖起，再一個箭步衝到兩人面前，睡意全消，厲聲問：「那隻死蜥蜴性侵玫卿？什麼時候、在哪裡、是下藥還是用武力脅迫？該死了，早知道剛剛就要白焱兩砲……」

「學長你冷靜點！我沒被殿下性侵，我們是……是合意性交。」

「你當我第一天認識你，還是第一天知道 Alpha 是哪種動物啊！九成九是那隻蜥蜴不知道用什麼招，把你騙上床然後射後不理吧！趕快聯絡艦橋，立刻對鉑伏艦開砲！」李覓轉身怒吼。

顧玫卿趕緊伸手抓住李覓，扣緊 Beta 的手臂吶喊：「殿下真的沒有強迫我！我很高興能和他一起度過發情期！」

醫務室瞬間陷入死寂，李覓則扭頭瞪著羞澀也堅定的學弟，與之對視足足一分鐘後，閉上眼深呼吸，壓下怒意睜眼轉向 Omega 嚴肅道：「完完整整地告訴我，你和親王掉到魯苦後發生的所有事。」

顧玫卿鬆一口氣放開李覓的手，從自己墜落魯苦遭巨蜥襲擊說起。

他詳細交代兩人經歷的一切，但也隱去了部分訊息，例如自己因為爽約而大哭、黑格瓦是自己在 BDSM 俱樂部中的主人、他找藉口幫龍人洗澡和因為嫉妒暴打大狗，以及發情期時卸去所有顧慮的激情告白。

以李覓和張莉的敏銳程度，不可能沒察覺顧玫卿的隱瞞，但過程中兩人都沒發問，幾乎是全程沉默地聽 Omega 述說。

「……當我醒來時，我已經度過發情期，然後殿下正在與紫眼巨蜥交戰。」

顧玫卿喝了一口水——張莉在他講到兩人進入貝綠時遞了水壺過來，潤潤喉說出最後一句話：「殿下真的沒有強迫我。」

李覓拉平嘴角，凝視顧玫卿片刻後轉向張莉問：「如果要做人工流產，最好在懷孕幾週內執行？」

張莉道：「越早越好，最晚不要超過二十四週。」

「二十四週？那就是大概五個月……」

「等等！我沒打算流產，我……」

顧玫卿沒將話說下去，單手放在腹部上，腦袋忽然陷入空白，張著嘴組織不出言語。

李覓望著茫然無措的學弟，搖頭道：「我問時間不是要安排你墮胎，是要確定你能考慮多久。」

「考慮什麼？」

「考慮你要保留還是拿掉這個孩子。」

張莉代替李覓回答，垂下眼瞳神情凝重地道：「親王沒有娶妻的打算，那麼他很有可能要求你墮胎，或是拒絕在你懷孕時提供信息素，Omega 在懷胎時若是沒有 Alpha 的信息素支援，會過得相當辛苦。」

「就玫卿的描述，我不認為親王狠得下心，不過也不能排除通通是演技……總之，必須想辦法試探他。」

李覓摸著下巴思索，眼角餘光看見顧玫卿蹙眉緊張地盯著自己，放下手無奈地道：「我剛剛說要對鉑伏開砲是氣話，不是真的要把親王連人帶艦炸掉啦！」

「真的嗎？」顧玫卿問。

「真的。」

李覓停頓須臾，殺氣騰騰地道：「起碼在你做出選擇前，我會留他一命。」

「學長……」

「我不接受討價還價。」

李覓起身按上顧玫卿的雙肩，直視對方的雙眼道：「你懷孕的事情別告訴第四人，你、我、張醫生知情就好，你的家人不用說，白焱、白靜、公孫乃至統帥都別講。」

「殿下也不能？」顧玫卿皺眉。

「親王那邊等我確定他的態度，你再決定要不要講。」李覓拍了拍顧玫卿的肩膀，疲倦、僵硬但也堅定地道：「放心，我會在三個月內完成。」

張莉拍胸道：「產檢部分交給我，我認識幾位醫生的醫術、人品和口風都可以信賴。」

「麻煩你們了。」

顧玫卿坐著向兩人鞠躬，視線落在自己的腹部上，腦中突兀地浮現童年時母親睡前念給自己的童話故事。

一名善良的女孩在父母過世後飽受繼母的欺凌，但仙女幫助了這名女孩，讓她得以盛裝出席王子的徵婚宴。

在宴會上，女孩和王子度過夢幻的一晚，直到十二點的鐘聲提醒她仙女的魔法即將解除，她提著裙子倉皇逃出皇宮，留下一只玻璃鞋。

顧玫卿將手覆上腹部，覺得掌中握著一只晶瑩剔透、獨一無二的玻璃鞋。

◆◆◆

當顧玫卿向李覓、張莉述說魯苦上的經歷時，在斯達莫宇宙軍的旗艦鉑伏艦上，黑格瓦所在的醫療艙剛執行完療程，蛋型艙蓋左右開啟，讓龍人看見守在艙外的三人。

精準來說，是站在醫療艙旁的火鳳凰人青年醫生、白虎獸人親衛隊隊長，以及透過投影視窗於千萬光年外，全程注視醫療艙檢查的九尾狐人——黑格瓦的生死之交兼斯達莫駐聯邦副大使羅蘭芬。

然後，三人在與黑格瓦對上視線後，給出截然不同的反應。

「殿、殿下！」火鳳凰青年以濃重的哭腔吶喊，抓起黑格瓦的手，一把鼻涕一把眼淚地道：「數據……數據大多都在正常範圍內，太好了……知道您一個月內使用將近十次龍見時，我還以為您要死掉了哇嗚嗚嗚——」

「斐尼克……」黑格瓦好笑又無奈地輕喚火鳳凰青年的名字，抬起手摸摸對方翹著焰色鳥羽的頭頂道：「要死的人可不能自己走進醫療艙，你多慮了。」

白虎親衛隊長上前一步道：「雖然殿下龍體無恙，但接下來的航程還請多多休息，有任何事都請指派我等處理。」

「剩下的事只有掃蕩魯苦上的紫眼巨蜥、調查為什麼無蹤者會跑進巨蜥腦裡，以及……」黑格瓦的目光從放鬆轉為犀利，望向投影螢幕中始終沉默的老友問：「聯邦那邊的反應如何？特別是『玩具商』。」

「……」

「別跟我說『病號不要管正事』，你應該很清楚我們人手有多不足。」

「……原來你知道我們人手不足啊。」

羅蘭芬以比平常上媒體時低了不只八度的聲音回應，背後看似實體實為虛像的狐尾炸開，怒視黑格瓦嘲諷道：「知道還拋下正事去追聯邦的暴君，你這隻戀愛腦爬蟲類真是年紀越大越不懂分寸呢！」

斐尼克抬手緩頰道：「羅蘭芬大人，殿下這次的確行事是很冒險，但用戀愛腦爬蟲類形容也太……」

「非常恰如其分！」羅蘭芬打斷斐尼克，狐尾冒起火光道：「你算算，這傢伙面對差點擊殺自己的人類 Omega 都幹了什麼？放走對方一次，捨命救對方兩次，然後這還沒記入與無蹤者女王決戰時，幫對方擋槍或吸引敵人注意的次數！」

斐尼克微微一僵，尷尬地笑道：「作為戰友，本來就應該互相支援嘛。」

「更何況聯邦暴君還是殿下的命定之人。」

白虎親衛隊長嘆氣，擺動虎尾搖頭道：「這到底是斯達神的恩賜，還是詛咒呢？」

「不管是詛咒還是恩賜，你再犯一次戀愛腦，我就跟你的政敵合作推翻你。」

羅蘭芬手指黑格瓦，盯著老友足足一分鐘後，才收起厲色道：「『玩具商』那邊本來沒有動作，但在你和聯邦暴君失聯後約三週，他們就一反先前的低調，幾乎毫無掩飾地頻繁活動起來。」

「他們想做什麼？」

「還不清楚，但他們聯繫了好幾間媒體，也接觸不少政治人物，而這一動把他們金流與情報網全暴露出來了。」羅蘭芬道。

黑格瓦拉平嘴角，皺眉道：「我有不祥的預感……在我回去前，盯緊那群人，然後多多注意安全。」

「你也是，看在陛下緊張到整整兩週每天睡不到三小時的份上，別再亂跑了。」

「……你告訴小夏了？」

「以陛下跟你視訊的頻率，你覺得有可能瞞住嗎？」

「如果利用你的幻術……」

「瞞其他人我行，但要瞞陛下……你當陛下多不了解你？能騙過去我就不是九尾狐人，是九尾狐仙了。」

羅蘭芬在螢幕中搖手作為回答，放下手道：「陛下差點殺到聯邦首都討交代，之所以沒有跟我一起在投影螢幕中罵你，還是因為御醫偷偷給他下安眠藥。」

「讓他睡久點。」黑格瓦眉間的皺褶加深，靠上醫療艙的軟墊嘆氣道：「紫眼巨蜥和無蹤者的事得交給別人處理了。」

「沒錯，我已經聯絡銀河系議會，這事你就別管了，快點回大使館給陛下報平安，要不然陛下可能睡醒就跟聯邦開戰了。」

「別把我的孩子說得那麼可……」黑德瓦停下嘴巴，深藍眼瞳忽然失焦，一動也不動地盯著虛空。

羅蘭芬先微微睜大眼，再迅速沉下臉問：「怎麼了？龍兆發動了？」

「……」

「你看到什麼？黑格……」羅蘭芬沒能將話說完，他的影像先出現卡頓，再浮現「無訊號，請確認連線」幾個字。

芬尼克和白虎親衛隊長眨眨眼，正想聯絡工程人員修復時，黑格瓦大抽一口氣，兩手一撐翻出醫療艙，衝向右側牆面上的艦內廣播器。

「殿下，您還不能出……」

「鉑伏艦全體乘員注意！」

黑格瓦吼斷菲尼克的攔阻，一掌拍在全艦廣播鈕上，渾身緊繃地道：「全速移動到赤潮艦左上方，電磁護盾全開，防空砲手就位，全員準備迎接衝擊！」

◆◆◆

在分配好各自的任務後，顧玫卿與李覓和張莉告別，離開醫務室前往艦橋。

李覓瞇著眼飄在顧玫卿身後，視線偶然掃過廊上印著數字「四」的艙門，抬起眼道：「差點忘記說，晚點第四軍團也會過來。」

「為什麼第四軍團會過來？」顧玫卿回頭問。

「統帥擔心宇宙海盜或你的仇家會趁隙襲擊你，但第二軍團是留守部隊，第一軍團剛出發去邊境星系巡邏，只有第四軍團人員齊全又走得開。」

李覓張口打哈欠，再推牆壁接續道：「然後四軍的總司令，托伊中將也對自己肚子痛導致你被甩到邊境非法地帶十分愧疚……很好，那就可以把收尾工作，例如巨蜥、巨蜥還有巨蜥的調查全推給他了。」

「這樣可以嗎？第四軍團接到的命令應該是擔任護衛任務，不是調查任務。」

「不可以也得可以，畢竟我們的人只夠開動赤潮，而無蹤者又不是能放著不管的東西。」李覓遠遠看見通往艦橋的自動門，蹬地超過顧玫卿道：「再說還有親王的人在，他們留了一個分隊在魯苦地表處理巨蜥的屍體。」

「那邊來了這麼多人？」顧玫卿愣住。

「他們人不少，我們只勉強湊出三分之一的乘員，他們好像是滿員還多塞一個部隊。」

李覓偏頭道：「不知道是不是我的錯覺，我總覺得親王那邊非常習慣頂頭上司失蹤再發來求救訊號這種事，處理上熟練得不像話。」

顧玫卿想起黑格瓦早早與屬下套好的暗語、驚人的演技與化妝技巧，以及幾乎遍布全身的傷疤，胸口微微一抽，垂下眼睫道：「殿下應該有過不少死裡逃生的經驗。」

「不遜於你的事故體質嗎？」

李覓苦笑，以指紋解鎖進入艦橋的自動門，先看見映著談諾身影的投影螢幕，在瞧見數名軍官聚在螢幕下交頭接耳，蹙眉朗聲問：「出什麼事了？」

「副司令、總司令！」

一名女軍官回頭，指著畫面定格的投影螢幕道：「我們和統帥的連線中斷了。」

「放出的臨時通訊衛星故障了嗎？」李覓問。

「布置在人工黑洞外的通訊衛星運作正常，但黑洞中的沒有回應。」

女軍官輕敲前方控制臺的鍵盤，對通訊衛星發出連線請求，再搖頭道：「還是不行，明明放出時有檢查。」

「變換線路，使用魯苦的跨星系通訊系統呢？」

「那要先跟管理者提出請求……還是問看看鉑伏艦？他們也有放通訊衛星。」

「那可能會有洩密的風險，不過，只是跟統帥報平安的話，借用其他通訊線路應該不會鬧上軍事法庭……吧？」

李覓轉向顧玫卿問：「總司令，你覺得呢？要向魯苦跨星系通訊系統的管理者提出申請，還是跟鉑伏那邊借連線？」

「魯苦的管理者會向我們索討金錢，還有偷窺訊息的習慣，請鉑伏……」

「逼逼逼逼！」

蜂鳴聲打斷顧玫卿的回答，這是艦艇快速靠近時的警告音，艦橋內的所有人立刻抬頭看雷達，發現代表鉑伏的光點正全速駛向自己。

「迴避……」舵手微微一頓，看著顯示路徑預測的螢幕道：「以目前路徑不會撞上，總司令、副司令，要迴避嗎？」

顧玫卿張口正要回答，艦橋前方的光學鏡頭顯示螢幕就冒出一個金點，下一秒粗壯的光束便貫穿虛空直奔而來。

震晃瞬間襲捲赤潮，內部照明先暗去再轉為紅色，顧玫卿抓著艦橋出入口旁的握把，在短暫的驚愕後迅速冷靜下來，蹬牆飛到防禦系統控制臺，推開還沒回神的屬下，右手一勾將電磁護盾的功率開到最大。

幾乎在顧玫卿更改功率的同時，金光再次降臨，他抬頭往光源看，看見打向己方的光束炮，也瞧見擋在炮光與赤潮之間的鉑伏。

他的雙眼睜至極限，望著被光束炮燒亮的漆黑戰艦，思緒與呼吸一同停滯，直到李覓的聲音響起才恢復。

「各部門，回報損壞！」

李覓攀扶司令席的椅背，瞪著螢幕上正密集開炮的鉑伏吼道：「分析官，攻擊者是誰、從哪來開砲的！」

「是從人工黑洞發出的可視範圍外炮擊！能量波長與光譜分析的結果則是……」分析官話聲轉弱，間隔兩三秒才低聲道：「綠鋒的主炮。」

李覓僵住，深深皺眉問：「你說什麼？」

「攻擊……剛剛的攻擊是中央軍團第四軍團旗艦『綠鋒』的主炮！」

分析官的聲音飆高，盯著自己面前的螢幕，快速敲按鍵盤道：「這應該是搞錯了，我再確認一次，綠鋒怎麼可能攻擊我們！」

「通訊官，能聯絡上綠鋒或第四軍團的其他艦艇嗎？」

顧玫卿高聲問，而在得到回應前，腕上的個人處理器先一步震動，跳出署名「法夫納」的郵件。

他近乎反射地戳下開啟鍵，一幅橫著碎行星帶的星圖立刻在眼前展開。

於此同時，鉑伏全艦主炮副炮齊射，掉轉艦首朝西南方奔馳。

——跟上來！

顧玫卿腦中忽然響起黑格瓦的聲音，立刻踢地板衝到司令席旁，一手給自己扣安全帶，一手將星雲圖甩向李覓道：「學長，接下來交給你了！」

李覓先瞪大眼，便明白顧玫卿的意思，將星雲圖快速塞進自己的個人處理器中，接著右手一推飛到舵手背後，先一掌拍上控制臺讓對方頭上的連線頭盔停止運作，再抓起頭盔扣到自己頭上。

這舉動讓艦橋中顧玫卿以外的人通通倒抽一口氣，紛紛抱緊最近的欄杆扶把，或用最快的速度繫上安全帶。

此時鉑伏已經完全離開赤潮上方，宇宙在短暫的寧靜後再刺亮起金光，綿密的光束灑向赤紅戰艦的尾段。

然而光束連赤潮的邊都沒擦到，因為戰艦倏然甩尾並下沉，接著一秒打開所有噴射孔，如流星般追上早一步移動的鉑伏。

鉑伏漆黑的身軀出現在艦橋螢幕上，戰艦看起來沒有多少損傷，顧玫卿鬆一口氣，接著被離心力壓到椅背上。

因為李覓忽然急轉彎，拉著赤潮側身躲開一排導彈，再將引擎出力催到最大，衝向正前方的碎行星帶——顧玫卿收到的星圖顯示的地點。

而鉑伏艦在此時稍稍放慢速度，退到赤潮的艦尾處，打開所有炮口，朝追擊者撒出大量實體彈。

追擊者立即以防空火炮回應，然而當他們打穿實體彈時，引發的不是爆炸，而是強光與隨光線四散的電磁干擾粒子。

赤潮這方看不見後方鉑伏的動作，不過球型雷達上的光點瞬間少了四分之一，好在消失的區塊是在船艦正後方，不影響航行。

且赤潮上的人也無暇關注雷達，因為拜李覓把戰艦當賽車開的驚天技術所賜，所有人都飽受重力與離心力的蹂躪。

好在痛苦是有代價的，當赤潮如流星般竄進碎行星帶中心的空洞地段時，球型雷達上除了大大小小的行星碎片外，就只有慢了一步的鉑伏。

◆◆◆

顧玫卿望著雷達長吐一口氣，看著李覓摘下頭盔還給舵手，碰觸司令席的扶手，啟動全艦廣播功能道：「這裡是第三軍團的總司令顧玫卿，各部門，即刻回報狀態。」

片刻後，帶著明顯虛脫感的聲音透過廣播系統響起。

「輪……輪機室回報，全員生還，但一、二、四號主引擎過熱，二、七號副引擎故障，維修完成前請務必讓副司令遠離船舵盔。」

「醫務室回報，一切安好。」

「機甲庫回報，人和機甲都沒有受損，白靜中校和白焱少校隨時可以出擊。」

「彈藥庫回報，有人沒抓好撞到牆壁，除此之外沒有損傷。希望下次換副司令開時可以預告……」

「總司令，鉑伏艦發來視訊請求！」

通訊官急急打斷彈藥庫回報，轉向顧玫卿問：「總司令，要接受嗎？」

「接受！」

顧玫卿一秒回應，環繞半個艦橋的螢幕立即變化，畫面從漆黑的宇宙轉為鉑伏艦的銀灰色艦橋。

黑格瓦坐在艦橋中央的司令席上，與顧玫卿隔著螢幕四目相交，接著兩人同時開口。

「你沒事吧！」

「殿下那邊有損傷嗎！」

重疊的關切讓兩人愣住，盯著彼此張口、閉口幾回後，黑格瓦打出「你先」的手勢化解僵局。

顧玫卿以兩倍速說話：「我這邊沒有人員傷亡，雖然若干引擎過熱或故障，但都在可修復範圍內。殿下呢？」

「全員健在，外部裝甲輕微受損，但不礙事。」

「貴艦挨了至少兩發綠鋒的主炮，不可能只是輕微受損吧？」

李覓插入對話，蹬地移動到顧玫卿身旁，向黑格瓦行了一個簡單的軍禮道：「我是地球聯邦宇宙軍中央軍團第三軍團副司令李覓，軍階中將。黑格瓦親王，鑑於目前情勢過於不明，我認為誠實才能提升彼此的生還率。」

「我同意你的見解。」

黑格瓦微笑，再收起笑容道：「但我的回答不變，鉑伏只有裝甲輕微受損，綠鋒是在射程邊緣開炮，威力不足下，電磁護盾全開就能抵銷大部分衝擊。」

「鉑伏的電磁護盾總是維持全開狀態嗎？」

「沒有。」

「那……」

「我是否預知到綠鋒的攻擊。」黑格瓦截斷李覓的發問，單手支頭道：「李中將真正的問題是這個吧？」

「是。」李覓點頭，雖然扶在司令席上的手微微縮起，但仍正面接下黑格瓦的注目道：「親王是嗎？」

「是，不過我『看見』的只有赤潮被光束砲命中的畫面，之後才從波長分析判斷那是綠鋒的主砲。」

顧玫卿雙唇微抿，注視黑格瓦低聲問：「殿下認為開砲的是綠鋒？」

「電腦分析結果是如此，然後客觀條件上也只有它符合。」

黑格瓦輕敲司令席的扶手道：「綠鋒……第四軍團接下護衛赤潮返航的任務，理所當然能拿到赤潮的座標，只要赤潮沒有謊報或亂跑，他們完全能在雷達範圍之外、有效射程的極限值邊緣擊中赤潮。」

李覓搖頭道：「技術上是可行，但親王是否忘記一件事——第四軍團和我軍都是聯邦的軍人，沒有互相攻擊理由。」

「沒有攻擊理由，但已有攻擊事實。」

「現階段的事實僅有『鉑伏和赤潮的分析系統皆判斷攻擊者為綠鋒的主炮』。至於是否真是出自綠鋒的炮擊，或是其中有無隱情，都還需要釐清。」

「這還能有什麼隱情？」

「有許多，例如第四軍團遭到脅迫不得不開砲、有人仿造了與綠鋒主砲波長功率都一致的宇宙艦砲，或是有未知生命體介入。」

「每個可能聽起來都匪夷所思。」

李覓反駁：「的確，但和兩天前才揮手告別的同袍以個人意志朝我軍開砲相比，這些可能性合理多了。」

「是嗎？看來李中將相當信賴托伊中將。」

「沒理由不信賴吧？他是我的老長官……」

顧玫卿聽著李覓與黑格瓦的對話，前者鋒刃般冷靜的語調是他萬分熟悉的，但後者卻讓他感到有些陌生，忍不住蹙眉凝視投影螢幕中的龍人。

黑格瓦的雙眼深幽如潭，映著李覓的面容，卻看不出自身的情緒波動；嘴角噙著淺笑，可是笑容中沒有溫度；龍尾垂在身側，一動不動靜止如石雕。

顧玫卿忽然想起黑格瓦在黃金轉盤的客房中，隔著餐桌與戎珀交談的模樣，當時的龍人臉上沒有笑容，但目光與此刻近乎一致。

黑格瓦像當時欺瞞戎珀時一樣，防備著李覓乃至在場所有人——包含顧玫卿。

顧玫卿心中彈出這個結論，胸口驟然緊縮，痛苦、錯愕、失落……種種情緒在胸口激盪，最後化為一股衝動，前傾上身插入兩人的對話問：「殿下是不是掌握了某些聯邦還不知情的情報？」

黑格瓦沒料到顧玫卿會插話，微微一頓才冷聲問：「顧上將是在探問我國機密嗎？」

「我不是，我只是……」

顧玫卿下意識掐緊司令席的扶手，垂下睫羽道：「希望與殿下間不要有所隱瞞或戒備，有任何顧慮都說出來，一起討論、一起解決。」

黑格瓦龍尾的尾尖微微一顫，沉默片刻後別開頭，冷冷道：「我是掌握了某些聯邦沒有的情報，但如果諸位打從心底不相信托伊中將會攻擊第三軍團，那麼這些情報說了也只是徒增嫌隙。」

「只要殿下願意說，無論內容為何，我都相信。」顧玫卿毫無猶豫地回應，看著倏然轉向自己的黑格瓦，真誠也堅定地淺笑道：「經過這一個月的相處，我對殿下的信賴，遠高於對我自己的信賴。」

黑格瓦眼瞳放大，凝視顧玫卿幾秒後垂下肩膀，嘆一口氣後撤去撲克臉，苦笑道：「我希望你的部屬也信賴你，要不然單憑剛剛那段話，你就有機會被請去軍事法庭了。」

「這部分不勞親王擔心，第三軍團已經習慣了。」李覓的聲音滲著疲倦，不過他很快就收起無奈，望著投影螢幕嚴肅地道：「我對親王的信賴沒有總司令高，但也還知道自己的命是誰撿回來的，不會輕易質疑親王。」

「喔，剛剛是誰懷疑鉑伏的受損程度？」黑格瓦挑眉。

「那是合理的關心。」李覓面無表情地道。

「好一個合理關心。」黑格瓦輕笑，接著斂起笑容道：「大概三年前，斯達莫的情報單位發現有人在黑市販賣獸人的活體器官，經過一年的臥底和釣魚搜查後，我們得知主導販售的是代號為『玩具商』的聯邦軍官。」

李覓舉手道：「抱歉打斷，能否簡略說明，親王是如何確定首腦是聯邦軍官？」

「買家之一在BDSM俱樂部中說溜嘴。」

黑格瓦瞧見李覓瞬間瞪大眼瞳，偏頭淺笑問：「需要我細講嗎？」

「不用了，請繼續。」李覓鐵青著臉道。

黑格瓦的表情沒有變化，但龍尾的尾尖輕輕晃了一下，接續道：「情報單位初步鎖定中央軍團的軍官，一部分是因為透過買家的描述，一部分是邊境軍團的軍官很難將觸手伸到首都星系，而器官買賣大多在首都星系進行。然後在調查『玩具商』的途中，我們的線人明明沒有曝光，卻一個一個被解決掉。」

「那就是曝光了吧？」李覓道。

「我們也懷疑是，但在整理死亡線人的共通點時，情報單位發現一件怪事：所有死者都曾經購買或獲贈兔子洞出品的洋娃娃。」

「兔子洞是？」顧玫卿皺眉。

「托伊中將家族經營的玩具公司……」李覓越說越小聲，停下嘴緩緩睜大眼瞳，靜默須臾後看向黑格瓦問：「親王！那些洋娃娃身上該不會……」

「都穿著托伊中將設計的娃衣。」黑格瓦替李覓把話說完，沉下眼道：「情報單位盯了托伊中將將近一年，幾乎確定他就是玩具商，而為了將『幾乎確定』升級為『完全確定』，我決定出席今年的無蹤者終戰日直接接觸托伊。」

「結果托伊中將被嚇到進醫院。」

李覓先嘆息，再猛然抬頭道：「不對！如果托伊中將真是玩具商，那麼綠鋒砲擊的對象應該是鉑伏，怎麼會是赤潮？」

黑格瓦聳肩道：「托伊若是當著你們的面把鉑伏擊沉，接下來就要上軍事法庭了，不如先把你們打沉，再謊稱是鉑伏動手。」

「所以我們只是被波及嗎？太令人不快了！」李覓垮下臉，眼角餘光注意到顧玫卿垂著頭若有所思，轉向對方問：「總司令有其他想法？」

「不是想法，而是突然想起一件事。」顧玫卿抬頭舉手道：「我也有一個兔子洞出品、穿著托伊設計的娃衣的娃娃。」

李覓和黑格瓦先瞪直眼眸，再不約而同朝顧玫卿大喊。

「什麼時候的事？我怎麼不知道！」

「立刻處理掉！」

「是前往終戰紀念日活動時，在宇宙港裡收到的，托伊說這是讓我代他出席的賠禮。」顧玫卿看著李覓回答，再望向黑格瓦道：「至於處理……現在也沒有必要了，娃娃已經和我乘坐的船艦一起被黑洞揉碎了。」

「那就好。」李覓吐一口氣，手摸下巴道：「以賠禮為由送娃娃是挺合理的，可是搭上親王那邊的情報……這娃娃該不會內建監聽監視器吧？如果是，就能解釋為何線人會被處理掉了。」

「……」

「然後送娃娃給總司令的目的是監視？但為什麼盯上總司令？在被綠鋒砲擊前，無論是總司令還是整個第三軍團，都沒想過第四軍團可能涉及黑市交易啊。」

李覓深深皺眉，放下手向投影螢幕道：「親王有想到理由嗎？」

黑格瓦沒有立刻回答，靜默數秒才搖頭道：「沒有，不過我要修正前面的推論，赤潮不是被波及，托伊的目標自始至終都是顧上將。」

「恕我直言，不管是總司令還是第三軍團全體，都與托伊中將無冤無仇。」李覓道。

「我不是根據動機，是根據行為修正。」黑格瓦的表情毫無變化，但深藍眼瞳中隱約能瞧見晃動的怒焰，「根據我的部下獲得的船難初步調查報告，顧上將乘坐的船艦是毀於內部爆炸，爆炸發生位置推測是第二居住區。李中將，你認為顧上將的房間在哪個區域？」

李覓猛然睜大眼睛，不過他立刻穩住情緒，搖頭道：「即使區域一致，要做出『托伊中將為了殺害顧上將，先贈送他內含炸彈的洋娃娃，再開著綠鋒追到數千光年外的星系砲轟赤潮』的結論也太牽強。」

「單憑這點是過於牽強，但李中將是否思考過，顧上將搭乘的船艦上有不少聯邦政要，安檢上絕對採用最高等級，夾帶爆裂物的難度非常高。」

「大概是某種新型炸彈吧，人一向很樂於研究如何祕密殺死另一個人。」

「我倒不覺得是新科技，而是某個你我、顧上將都極為熟悉的老東西。」

「我不認識這麼討厭的東西。」李覓垮下臉。

「你認識，只是超過七年沒接觸過。」黑格瓦抬起手，伸出手指一項一項數道：「能避過絕大多數的安檢設備、具備監聽監看他人的能力、可以引發大規模爆炸、擁有極強的偽裝能力。李中將，有想起什麼嗎？」

「哪個東西……」

「無蹤者。」顧玫卿蓋過李覓的聲音，握緊司令席的扶手道：「殿下認為，托伊的娃娃中放著無蹤者嗎？」

「只是猜測。」黑格瓦垂下眼睫回憶道：「在討伐無蹤者女王的大戰中，你我的部隊任務是直攻女王殿，而托伊所屬的第四軍團負責清掃產房，如果他私下藏了下任女王的胚胎，是有可能製作出裝有無蹤者的洋娃娃。」

李覓垮著臉問：「他不會在製作途中就被無蹤者宰了嗎？」

「那就要問本人了，也許他掌握了某種新科技。」

「這也太隨……」

「這不是此刻我們應該關心的事。」黑格瓦截斷李覓的發言，嚴肅地道：「我們應該關注的是未來──在確知托伊對顧上將抱持殺意後，他的下一步是什麼？」

「下一步……」

顧玫卿呢喃，蹙眉思索道：「進入碎石帶繼續追殺、轟炸碎石帶將我方逼出，或是待我方資源耗盡後，再進行上面兩個動作？」

黑格瓦點頭，推測道：「具體行動不離這三者，只是考量到他的手段與心機，我認為他會做更多。」

「更多是……」李覓驟然僵住，目光從困惑轉為暴怒，面目猙獰地吼道：「托伊你這塞魚雷管都會炸膛的混帳！」

顧玫卿眨眨眼看著李覓問：「怎麼了？」

「那傢伙打算讓你當紀念日遊艇爆炸的兇手！」

李覓的聲音飆高不只八度，揪著頭髮憤怒道：「爆炸發生在你的艙房，我敢打賭你入住後沒讓其他人進入艙中，托伊完全能主張『顧上將攜帶爆裂物上船，意圖暗殺聯邦政要與中央統帥』。」

「然後你在意外後落到魯苦，整整一個月都與我——斯達莫的攝政王——同行。」黑格瓦不帶感情地接續道：「只要加油添醋幾句，就能勾勒出一個『聯邦軍最有名望的 Omega 軍人私下勾結斯達莫的親王，暗殺中央統帥不成後趁亂叛逃，再被斯達莫的親王說服，返回聯邦擔任臥底』的故事。」

顧玫卿緩緩抬起眼睫，望著黑格瓦和李覓許久，才開口沉聲道：「我沒有背叛聯邦。」

「顧上將當然沒有，但是……」

黑格瓦停頓幾秒，深藍眼瞳中既有憐惜也有冷酷：「你有沒有不重要，只要群眾相信你有，沒有也會變成有。」

CHAPTER.08

第八章

他想在宇宙中與黑格瓦共舞

In a BDSM VR game, fall in love with an enemy general.

顧玫卿不是沒聽過眾口鑠金、三人成虎之類的悲劇，甚至自己就親身體驗過。

在民眾、同袍與顧家人的認知中，聯邦軍的顧玫卿上將是一名獨立、孤高、不屑情愛、不求憐惜的堅毅Omega，而在很長的一段時間中，他也以為自己就是如此，直到偶然目睹BDSM遊戲的影像、與法夫納——黑格瓦——相遇，才明白自己不是不需要伴侶或憐愛，是沒遇上願意回應自己的人。

如今，逼近自己的不是善意的扭曲，而是極度凶險的指控，錯愕、惶恐、不安、憤怒……眾多情緒壓上顧玫卿的胸口，眼看就要將Omega拖入窒息之境時，他看見黑格瓦雙唇微抿，深藍眼瞳中盛滿憂慮與關心。

同樣的眼神也出現在李覓，以及艦橋中所有第三軍團的軍官眼中，他先是茫然地回望這些人，再猛然意識到所有人都在擔心著自己。

而這些注目將他從深淵拉出。

顧玫卿握著扶手的手先收緊再放鬆，望向黑格瓦道：「謝謝殿下的提醒，回去後我會小心處理。」

「小心處理？」李覓兩眼圓瞪，轉身面對顧玫卿道：「這不是小心就能處理的事！更不是你能處理的活，這是……」

「只要我是清白的，那麼總會有辦法。」

顧玫卿微笑，拍拍自己的胸口道：「再怎麼說，我也是聯邦最受歡迎的軍官，民眾應該願意給我解釋的機會。」

李覓沒有答話，維持瞪視顧玫卿的姿勢，靜止不動停止呼吸足足一分鐘，才張口大吸一氣，推椅子轉向黑格瓦道：「黑格瓦殿下！」

「我明白，我與中將同感。」黑格瓦緩慢地甩動龍尾。

「那麼您有對策嗎？」

「有是有，但是是險招。」

「險招也是招。」

「你們在說什麼？」顧玫卿眨眼問。

「我不會讓你被抹黑成叛國賊！」李覓掐著司令席的椅背，臉上爆出青筋，「你的生命和榮譽，我一樣都不要交給托伊那個渾球！」

「謝謝，只要能保住生命，名譽……」

「我會讓你同時保住。」黑格瓦打斷顧玫卿，在投影螢幕中掃視艦橋中的其餘人道：「不過這會很艱難，你與第三軍團不僅要信任我，還可能要拚上性命，你們願意嗎？」

「我信任總司令信任的人。」

回答不是來自顧玫卿、李覓或艦橋中的其餘軍官，而是突然彈出的投影螢幕，白靜與妹妹、幾名機甲維護員出現在螢幕中，向呆住的同僚低頭道：「總司令、副司令對不起，我擔心會有其他變故，所以擅自連進艦橋的監視器，旁聽了兩位和黑格瓦親王的討論。」

「白靜中校你……」

李覓扶額，閉眼花了點時間整理情緒後才放下手道：「看在現在是非常時期，暫且不追究你的越權行為，但沒有下次。」

「當然。」白靜點頭。

顧玫卿望著螢幕中的白靜，明明是越權行為，胸膛卻泛起暖意，但為了不讓李覓更頭痛，他迅速藏起感動問：「殿下，您的計劃是什麼？」

「還稱不上計劃，只是粗略的行動目標。為了保住在場所有人的名聲和生命，我們必須達成下列條件，」

黑格瓦伸出手指道：「第一，全員生還，特別是我與顧上將；第二，將托伊活著帶回聯邦首都；第三，讓媒體拍到第四軍團發狂攻擊我方，而我方幾乎只防守不反擊的畫面。」

李覓皺眉道：「一和二我能了解，親王和總司令若是有一人身亡或重傷昏迷，都有可能引發聯邦和斯達莫的戰爭，然後若是托伊死了，後續調查上會有大問題不說，我們還極有可能被質疑殺人滅口，但第三……這是為什麼？」

「為了打亂托伊在輿論戰上的布局。」黑格瓦藍瞳斂起道：「要阻止對手利用媒體抹黑自己大致有兩個手法，一個是在抹黑發生初期就快速、全面地澄清，一個是拋出更大的新聞蓋過黑料。此刻我們做不到第一點，只能爭取第二點。」

「第四軍團追殺赤潮和斯達莫宇宙軍的旗艦的確是超大的新聞……」

李覓話聲漸弱，停滯須臾再猛然搖頭，「這行不通！此刻我們連把訊息傳到鄰近星球都有困難，要怎麼通知媒體？」

「利用第四軍團的頻道。」黑格瓦道。

「你是說使用第四軍團放置的臨時通訊衛星？能用的話是可以，問題是第四軍團肯定不會讓我們……」

李覓二度停下話聲，直視黑格瓦沉聲道：「親王，你的計劃不可行。」

「我相信白中校或顧上將有能力突破第四軍團的防火牆，取得通訊衛星的使用權。」黑格瓦稍稍瞇眼。

「可以是可以，但代價是這兩人之中有一人會無法執行其他作戰，而在不清楚第四軍團到底在哪裡、帶了多少戰艦與機甲過來的情況下，赤潮不能失去作為眼睛的白中校，或身為刀盾的顧上將。

「我可以充當你們的眼睛。」

「恕我直言，獸人的索敵系統不如聯邦，您的好意會讓我們全滅。」

「我提供的不是索敵系統，是預知系統。」

黑格瓦的發言讓站在他左後方的菲尼克、白虎親衛隊長，以及螢幕外的顧玫卿雙雙肩頭一震瞪向他，但他無視三人的注目，平靜地道：「我可以讓你們看見，五秒到一分鐘後必定會降臨的未來。」

「殿下！」顧玫卿大喊，想起龍人在賭場客房中痛苦喘息的景象、營火旁龜人老婦的告誡，掐緊扶手前傾上身道：「不可以！那個是……那會讓您……那個……」

「死不了的。」黑格瓦輕語，挑起嘴角自信笑道：「相信我，我可不想讓斯達莫與聯邦開戰。」

李覓直覺有什麼重要但自己毫無所知的隱情，但看顧玫卿煎熬又欲言又止的模樣，判斷那不是能公開的情報，迅速將話題往下推：「這部分我待會讓我們的工程人員和白靜中校與您討論。但扣除索敵，還有另外一個問題——我們要如何把媒體叫過來？或者說，有哪個媒體不怕死到願意闖進交戰現場？」

「正常情況下沒有，」黑格瓦的眼眸轉銳，「所以我們要準備另外一個餌，讓他們追著這個餌到魯苦，再目睹我方與第四軍團交戰。」

李覓垮下臉道：「那得是非常非常有吸引力的餌才行，例如某個政治明星貪汙、純情偶像劈腿、國民老公老婆宣布結婚或意外懷孕之類，沒一個是現在的我們能搞到的。」

顧玫卿握著扶手的手指驟然曲起，李覓的舉例如雷電貫穿他的身軀，強烈的興奮與同等的恐懼一併升起，他聽著自己迅速擴大的心跳聲，既想開口又不敢出聲。

——這是最好的辦法！

——這是最糟的選擇！

——這可以突破目前的困境！

——這會招來更艱難的困境！

「沒有可以製造。」黑格瓦的聲音插入顧玫卿宛若鑼鼓的心跳中：「例如，宣布我要徵婚，然後我計劃將徵婚條件告訴第一個抵達魯苦的媒體。」

「這的確會把全宇宙的媒體都引過來，不過之後會很麻煩。」

「我自會處理，不勞李中將費心。」

黑格瓦眼角餘光注意到顧玫卿雙頰脹紅、坐姿僵硬，心弦一緊轉向Omega問：「顧上將身體不舒服嗎？」

顧玫卿搖頭，張開嘴但沒有說話，望著投影螢幕中嚴肅也溫柔的龍人，忽然想起母親的床邊童話的後半段。

王子撿起女孩在宴會上遺留的玻璃鞋，貼出告示尋找居住在同一個城邦，卻僅有一夜之緣的摯愛。

他的玻璃鞋坐在腹中，既像提醒，更如同一個啟示。

「顧上將？」黑格瓦瞳中的憂慮加重。

「我沒事。」顧玫卿平穩地回答，在黑格瓦追問前接續道：「關於吸引媒體的誘餌，我有更好的提議。」

「我覺得親王的已經很……」李覓話聲中斷，兩眼先是茫然再轉為暴怒，扣住顧玫卿的手臂朝黑格瓦道：「親王，容我和總司令暫時告退；白靜中校，你和索敵官、維修班班長和親王討論索敵系統要怎麼處理；總司令，跟我來！」

顧玫卿被李覓從椅子上拉起，雖然感到困惑但沒有反抗，任由老友將自己推出艦橋。

李覓轉身將艦橋出入口鎖上，抓著顧玫卿前進七八公尺，左看右看確認周圍沒有任何人後，才放開 Omega 低聲道：「不可以！」

「什麼不可以？」顧玫卿眨眨眼。

「你想拋出的餌啊！」李覓的聲音瞬間飆高，再咬牙壓下音量道：「你不能告訴全宇宙你懷孕了！」

「但這肯定能把媒體引來。」

「親王的主意也能！然後他顯然比你我都擅長應付這種……事後會被八卦媒體追著跑的戰術，所以就讓他……」

「不要。」

「負責把媒體釣過來……你說什麼？」李覓僵住。

「我不要殿下對外宣布要徵婚。」顧玫卿下意識將手放到腹部上，淺灰眼瞳閃著刀刃般的光輝，「即使只是作戲，我也不要。」

「你！」李覓手指顧玫卿，張口閉口七八回才放下手，緊糾自己的髮絲道：「這不值得啊！不管是為了我們的性命、親王的名譽，甚至你自己的未來都……」

「我覺得很值得。」顧玫卿停頓幾秒，燦爛地笑道：「而且，我現在覺得很暢快，有種積壓二十年的大石頭一下子被推開的感覺。」

李覓兩眼瞪直，注視顧玫卿的笑顏足足一分鐘，垂下肩膀深呼吸後，再挺起胸膛轉身蹬地道：「該回去了。」

「學長……」

「我先聲明，」李覓搭上進入艦橋的門，轉身面向顧玫卿道：「我還是反對你的決定，只是作為你的副官、朋友、一個弱小無助的 Beta，我都無法阻止你，只能悶頭收拾善後，但你最好做好我收拾完就申請退伍的覺悟！」

顧玫卿先是一愣，再感覺胸口燙熱得無以復加，直到瞧見李覓拍開艦橋的門，才回過神跟上。

◆◆◆

當顧玫卿與李覓回到艦橋時，白靜與赤潮、鉑伏兩艘艦上的技術人員正隔著投影螢幕熱烈討論如何共享兩艘戰艦的索敵系統。

而黑格瓦待在螢幕角落，在 Omega 跨過門檻時看過來。

顧玫卿和黑格瓦四目相交，捕捉到對方眼中的焦慮，努力擺出「我沒事、我很好、沒問題」的笑容。

李覓神情複雜地看著顧玫卿，沉默片刻後請黑格瓦另外開一個視窗，和自己討論聯合作戰的細節。

技術人員和戰術人員的討論持續了整整兩小時，最後敲定作戰於十二個小時後展開，以顧玫卿的后式攻擊甲紅拂姬做主攻，黑格瓦的王級衝鋒重甲厄比斯留守並擔任預警雷達，全軍盡全力給白靜的后式偵查甲暖玉姬製造入侵第四軍團通訊衛星的機會。

討論結束後，顧玫卿先回總司令室淋浴更衣，而後才來到會議室拍攝準備釣記者上鉤的「餌」。

李覓和張莉早早就在會議室中布置，三人調整好鏡頭、拉好椅子、確認牆上的座標正確後，看著顧玫卿走到椅子前，面向鏡頭吐出足以讓全宇宙的媒體發狂的信息。

這訊息遠遠超出李覓與張莉兩個知情者的想像，兩人在拍攝結束後呆站了將近一分鐘，這才一前一後衝到鏡頭前緊緊抱住顧玫卿。

等到顧玫卿離開會議室回到總司令室時，距離作戰開始只剩約九小時，他換下軍裝將自己固定在床上，視線穿過觀景窗看見鉑伏的艦首。

而幾乎在他將鉑伏納入眼瞳的下一秒，腕上的個人處理器就上下震動，彈出迷你視窗告知主人，法夫納來電。

顧玫卿坐起來用力戳下通話鍵，不等連線另一端的人出聲，就急切地開口問：「殿下？是殿下吧！」

「……你不確定我是誰，就接受通話請求？」黑格瓦苦笑問。

「因為只有殿下知道這個名字……」顧玫卿越說越小聲，抬著手腕小心翼翼的問：「所以是殿下吧？」

「對，是我，黑格瓦．貢．曜現，斯達莫帝國第一親王與斯達莫駐地球聯邦大使。」黑格瓦的聲音中有笑意也有無奈：「你想問的只有我是誰？」

「除此之外還要問什麼？」顧玫卿蹙眉。

「……」

「殿下？」

「你一點也不好奇，為何我會在你的通訊錄裡嗎？」黑格瓦口氣輕柔地問。

顧玫卿先是一楞，再看向投影螢幕中的來電顯示——黑格瓦，抬起眼睫問：「為什麼？我什麼時候加殿下的？」

「你沒加，是我加的。」

「殿下加的？什麼時候？我怎麼完全不知道！」

「因為你累壞了。我是在你發情期最後半天，把你抱進浴室清潔後，抓著你的手把我的號碼輸進去的。」

「原來是那個時候……難怪我一點也不記得。」

顧玫卿呢喃，他在發情期的記憶是越靠近結尾越破碎，最後一天更是直接化為不連貫的碎片，只知道龍人一直在自己身旁。

不過與模糊的記憶相反，安心、饜足、放鬆、喜悅清楚烙在顧玫卿心中，讓他看著片段片段的記憶揚起嘴角，對巴掌大的投影螢幕道：「還好殿下有主動加我，否則我就收不到碎星帶的星圖了！」

「你這人……」黑格瓦語塞，停頓幾秒後嘆氣道：「罷了。你的身體還好嗎？」

「一切正常。殿下呢？」

「沒有大礙，雖然在醫療艙待了比正常快三倍的時間。」

「我也差不多。」

「那你還說自己一切正常？」黑格瓦沉聲問。

顧玫卿僵住，下意識看向自己的腹部，張口又閉口幾次後，才僵硬地回答：「軍醫擔心我的身體有狀況，多檢查了幾次才待比較久。」

「你創下足以留名機甲史的事蹟，是該多多檢查。」

黑格瓦苦笑，瞄了視窗右上角的時鐘一眼，「離作戰開始只剩八個多小時，我就不占用你的時間了，好好睡一覺。」

「殿下也是。」

顧玫卿注視投影視窗中央的「法夫納」三字，抬著手腕等待對方掛斷，然而三分鐘過去，視窗還是呈現連線中的明黃色。

然後，在寂靜累積到四分鐘時，黑格瓦的聲音再次響起：「不掛斷？」

「我在等殿下先掛。」顧玫卿回答，聽著黑格瓦低沉的發問，在泛起暖意之餘也感到一絲飢渴。

仔細想想，這是兩人共度三十多夜後，第一個分據兩端的夜晚，這個認知使顧玫卿胸口一陣酸澀，轉頭注視遠在數公里外的鉑伏艦。

「就禮儀而言，Alpha 應該等 Omega 先掛，自己才能掛。」黑格瓦道。

「就禮儀而言，下位者不能比上位者先掛斷通訊。」

「你不是斯達莫的國民，與我不存在上下位關係。」

黑格瓦等了兩三秒，還是沒等到顧玫卿那方中止通訊，無奈道：「算了，你若是堅持要我先，我就先……」

「殿下！」顧玫卿先聽見聲音，而後才發覺自己開口了，腦袋空白兩秒，用另一隻手按住額頭道：「抱歉，我……我是……我沒事！殿下請掛斷。」

迎接顧玫卿的是沉默，以及投影螢幕的微光，他望著螢幕片刻，咬牙正要主動結束通話時，耳邊響起黑格瓦的聲音。

「睡不著嗎？」

——沒有。

顧玟卿腦中彈出這個標準答案，可是思念與渴望忽然潰堤而出，讓他先咬牙再心一橫答道：「是……完全睡不著。」

「那可麻煩了，你是主攻者，不能精神不濟。」黑格瓦嚴肅地回應，晃動龍尾輕敲床邊圍欄片刻，沉聲問：「要我唱搖籃曲給你聽嗎？」

「殿下會唱搖籃曲？」顧玟卿睜大眼瞳。

「你以為斯達莫當今的皇帝是誰養大的？早在政變前，小夏就是我在照顧。」

「政變前就……為什麼？您不是王子嗎？」

「是最小也最悠哉不用擔責任的王子，相較之下不管是皇長兄還是皇妃，都是恨不得一天有七十二小時的人。」

黑格瓦輕笑道：「再說，我當年的志向可是家庭主夫，帶孩子算……新郎修業？以人類的話是這麼說吧？」

「我們只有新娘修業或 Omega 修業。」

顧玟卿被黑格瓦聲音裡的笑意感染，緩緩揚起嘴角，視線從觀景窗拉回司令室內，望著自己的身軀須臾，把手放上腹部問：「殿下喜歡孩子嗎？」

「喜歡啊。」黑格瓦毫無猶豫地回答，但接下來話聲就染上一絲苦澀：「不過剛開始照顧小夏時，我心情其實有點複雜。」

「為什麼？」

「因為那是我最愛的哥哥，和我當時最喜歡的女性一起生下的孩子啊。」

黑格瓦長嘆一口氣，閉上眼道：「然後小夏既有皇長兄的輪廓，又有太子妃的眼睛，對當年極不成熟的我實在是……又愛又嫉妒，煎熬死了。」

「那現在呢？」

「現在他是我無可替代的珍寶。」

黑格瓦的聲音輕而低厚，靜默幾秒後用龍尾敲敲床欄，故作嚴肅道：「好了，無助於睡眠的話題到此為止。顧上將，把自己好好固定在床上，我要開始唱搖籃曲了。」

「是！」顧玫卿反射地挺直腰桿，聽見黑格瓦先清清喉嚨再深呼吸，唱起以斯達莫古語作詞的歌謠。

那是與慰神謠一樣，輕柔和緩的歌曲，但不同於慰神謠的哀柔，此刻的歌謠是全然的溫柔與溫暖，即使顧玫卿一個字都聽不懂，仍有種被人小心翼翼捧在懷中，輕拍背脊的感覺。

而他的眼皮在歌聲中漸漸轉沉，在完全闔上前，聽見黑格瓦的低語。

「還好你也不想掛斷。」

◆ ◆ ◆

顧玫卿無夢無驚地睡到鬧鈴響起，解開固定，下床活動活動身體，再換上駕駛服前往機甲庫。

儘管本次隨赤潮一同前往魯苦的維修班成員不足正常編制的三分之一，但機甲庫中仍充滿吆喝與各種拍牆、蹬地的移動聲，大多數人第一時間甚至沒注意到顧玫卿，直到他來到紅拂姬的停放區域，才被維修班班長發現。

「總司令！」

維修班班長拿著平板電腦來到顧玫卿身旁，指著板子上紅拂姬的各項數據道：「最終檢修已經完成，紅拂的母機甲和二十臺子機甲的彈藥、能量匣皆已完成填裝，系統和機甲本體也都沒有異狀。」

「辛苦你們了。」

顧玫卿握住自紅拂姬母甲駕駛艙垂下的升降纜，向下一扯讓身體沿著繩索往上飄。

維修班班長跺地板跟在顧玫卿身旁，點了點平板電腦，叫出一個覆蓋灰影的球形雷達道：「另外這是斯達莫的預警系統示意圖，彩色的是即時資訊，灰色則是五秒後的未來。」

「了解。」

顧玫卿點頭，低頭鑽進駕駛艙中，轉身坐上椅子時發現維修班班長還在艙門邊，蹙眉問：「還有其他事嗎？」

維修班班長搭在艙門邊的手指收緊，低下頭道：「維修班中能趕上赤潮出航的人不多，所以如果總司令戰鬥中需要補充彈藥或維修機體，速度上恐怕……」

「明白，我會節約用彈，然後把子機甲分成兩批交替使用。」

顧玫卿拿起艙壁上的連線頭盔，望著維修班班長乍看冷靜但細看緊張的面容，雙唇微微抿起，動手按下座椅扶手上的廣播鍵。

「第三軍團旗艦赤潮上的乘員們，我是總司令顧玫卿。」

顧玫卿的聲音迴盪在駕駛艙與赤潮全艦中：「首先，感謝諸位為了營救我犧牲寶貴的假期，在返回首都星系後，我會以個人的身分補償諸位；第二，為了完成前項目標，我會盡力確保所有人都安全返航——即使要擊毀第四軍團全軍也在所不惜。」

駕駛艙外的交談聲一瞬間消失，待在艙門口的維修班班長也瞪圓雙眼，用表情和肢體語言表達自己的驚愕。

顧玫卿承受著部屬的注目，平靜地道：「本次作戰的目標是在盡可能不擊毀第四軍團的前提下，讓我方全員安全返回首都星系，但若兩者無法兼得，我會優先保護諸位。」

「總司令……」維修班班長低喚。

「我以總司令的身分，要求諸位也以自身安危為重。」顧玫卿目光轉沉道：「我問心無愧，諸位也是，但只有活人才能洗刷自己的冤屈，因此無論局勢如何，活下來都是我等的首要目標。」

「所以，為了避免總司令把第四軍團給滅了，我們得盡力活下去。」李覓的聲音插入廣播，帶著幾分無奈、幾分疲倦和幾分潛藏的安心道：「我們是全宇宙中戰力最強的軍團，而宇宙排名第一與第二的機甲駕駛員都在我方，其中一人還是能單兵殺進首都星系的狠角色，我們沒理由無法活著回去，接下來誰掛彩，誰交五百字檢討報告。」

此話一出，赤潮內部立即由寂靜轉為喧鬧。

「欸！怎麼會有懲罰？」

「這個懲罰沒有把副司令的駕駛技術計算在內！」

「不要告訴我待會是副司令掌舵啊啊啊啊——」

「我要去賄賂張醫生……」

「沒受傷就不用寫。」李覓冷漠地回應，瞄了艦橋正中央的電子鐘一眼，收起戲謔嚴肅道：「赤潮全體注意！四分五十秒後，與鉑伏艦的聯合突圍作戰即將展開，所有人對自己的責任區塊做最後檢查！」

喧鬧消失，赤潮上的軍官們將注意力放回自己面前的主控臺、機甲、光束炮……諸多器材與武器上，眼中既有緊繃，也有驕傲與堅定。

顧玫卿關閉駕駛艙的艙門，戴上連線頭盔將精神力注入盔中，先啟動紅拂姬的母機甲，再一口氣與二十臺子機甲完成連接。

他眼前的景色一下子擴張，自多個角度看到自己駕駛的機甲，也瞧見在機甲周圍卸除冷卻液輸入管的維修班成員、機甲庫另一端白靜和白焱的機體，還有正在做最後準備的機甲發射軌道。

而顧玫卿發現自己迫不及待地想穿過發射軌道，投身漆黑也明亮的宇宙。

那裡是他能恣意伸展手腳的空間，還有他既渴望並肩作戰，也希望能痛快相搏的戰士。

他想在宇宙中與黑格瓦共舞。

彷彿在安撫顧玫卿一般，廣播系統傳來電腦合成音：「作戰開始倒數十秒……五秒……三、二……突圍作戰開始！」

重力在電腦吐出「始」字的瞬間壓到眾人身上，李覓再次使出把宇宙戰艦當超跑開的不要命技巧，讓赤潮如流星般掠過大大小小的行星碎片，從碎石帶的下方鑽出，朝離魯苦第二近的人工黑洞急馳。

之所以選擇第二近而非第一近的人工黑洞，是因為第一近的人工黑洞正在綠鋒首次炮擊的方位，合理懷疑該處已經被第四軍團占領了。

事實證明這個判斷是正確的，當赤潮與鉑伏靠近該人工黑洞時，雙方雷達上都出現密集的光點。

然後這些光點代表的船艦也發現兩者，快速分成四翼奔向赤潮和鉑伏。

李覓摘下頭盔還給舵手，拍桌子返回司令席道：「進入第二階段！干擾彈發射！」

赤潮打開炮口，和鉑伏一起撒出大大小小的電磁妨礙彈、閃光彈，這些炮彈在兩艘戰艦與第四軍團的前鋒間引爆，瞬間讓雙方的雷達系統被雪花籠罩。

但不同於敵人的是，赤潮和鉑伏的雷達除了雪花還有灰影。

顧玫卿看著灰影自發射軌道中衝出，與他一同離開赤潮的還有白靜的后式機甲暖玉姬、白焱的衛式機甲三稜石，而後兩者留在赤潮與鉑伏之間，只有顧玫卿朝閃光和電磁妨礙粒子直衝。

紅拂姬的母甲、子甲合計十一臺機甲散開，對第四軍團前鋒戰艦連轟三槍，一槍將電磁護罩打出孔隙，下一槍穿過孔隙命中裝甲，第三槍則穿過裝甲命中雷達系統。

這三槍讓第四軍團的前鋒還沒脫離干擾彈的影響，就直接遭到物理性摧毀，不過在短暫的沉默後，這些戰艦立刻放出機甲部隊，以部隊的雷達、光學鏡頭調整砲口，轉向貼在自身裝甲上的敵人。

顧玫卿看見機甲與砲管轉動，同時控制母甲與子甲翻身避開光束砲，目光掃過逼近自己的十多臺戰式機甲，舉槍瞄準對方的頭部、手臂或雙腳扣下板機。

然後，他開啟加速器拉開距離，奔向另一側的前鋒，鮮紅色的子甲與母甲在船艦間穿梭翻轉，俐落地廢掉敵人的雙目與雙手，轉身正要趕赴下一處戰場時，兩臺子機甲捕捉到急衝向母甲的敵方機甲。

那是一臺斷手斷腳只剩軀幹與頭顱的戰式機甲，它無視身上不斷冒出的火光、電流，將引擎開到最大功率奔向顧玫卿。

顧玫卿抿唇，剛想對子甲發出射擊指令，一發電磁彈就自上方命中該機甲，強行將打算進行自殺攻擊的機甲關機。

射擊的是斯達莫皇家親衛隊，他們駕駛獸型機甲來到顧玫卿周圍，將紅拂姬的母甲牢牢護住。

這讓顧玫卿微微一愣，在兩軍的共用頻道中道：「謝謝，但我不需要保護。」

「這是黑格瓦殿下的命令。」

白虎親衛隊長在頻道中回答，抬著裝備電磁彈的機甲用步槍道：「『在完成第一波壓制後，你帶一個小隊支援顧上將。赤潮沒有電磁彈，我方有但數量不足，盡量用實彈或光束武器癱瘓敵方，必要時才上電磁彈』，這是殿下的指示。」

「那麼請優先自保。」

顧玫卿透過子機甲的光學鏡頭，看見暖玉姬的子甲靠近一艘失去動力的第四軍團驅逐艦，切換頻道問：「白靜中校，情況如何？」

「已經成功潛入驅逐艦的系統……」

白靜停頓片刻，搖頭低聲道：「不行，這艘驅逐艦沒有連接通訊衛星的權限。」

「能透過驅逐艦入侵其他船艦嗎？」

「可以，只是在不確定哪艘艦有權限下，無法估算完成時間。」

「綠鋒一定有權限……」顧玫卿透過實戰打磨過的神經發出警訊，盯著雷達與機甲的光學鏡頭，發現十多秒前還瘋狂撲向己方的第四軍團，此刻全待在雷達邊緣，無視顧玫卿等人，甚至沒試圖靠近無法動彈的友軍。

「……玩具商不是吃素的啊。」黑格瓦的聲音在共用頻道中響起：「他似乎察覺到我們想做點什麼，決定先按兵不動觀察一會。」

李覓咬牙在頻道中道：「第四軍團若不衝過來，就得換我們衝過去，但我們一過去……」

「以兩艘戰艦對抗近二分之一個軍團，這沒有勝算。」

黑格瓦平靜地替李覓把話說完，思索片刻後道：「不過，既然第四軍團基於理智不前進，那麼只要讓他們失去理智就會自己過來了。」

「龍人的精神攻擊可以打那麼遠？」李覓皺眉。

「應該不能……」顧玫卿話聲漸弱，腦中閃過托伊缺席終戰紀念日的理由，心弦一縮大聲道：「殿下不可以！」

「不可以什麼？」黑格瓦問。

「不可以出擊擔任誘餌！」顧玫卿的聲音拉高八度，語速也比平常快一倍不止：「您要發動龍……擔任索敵系統，負擔已經很大了，作戰就交給我！我來擔任誘餌，我可以……」

「你不可以。」

龍人截斷顧玫卿，而蛡伏的艦尾同時曳出一抹銀絲，斯達莫帝國最具代表性的機甲——王級衝鋒重甲厄里斯出現在所有人的雷達上。

比顧玫卿的母機甲大上近三倍的龍型機甲掠過眾人的頭頂，停在失去動力與攻擊力的第四軍團前鋒部隊前，朝遠處密密麻麻的艦艇甩動長尾。

起初第四軍團仍是一動也不動，但在黑格瓦把尾巴揮到一艘驅逐艦的艦首上時，左翼的艦隊突然往前衝刺。

而黑格瓦沒有退回友軍處，反而直奔左翼艦隊。

顧玫卿立即跟上，十一臺機甲在黑格瓦身後排成赤紅雙翼，於敵方進入射程的瞬間全機全彈齊射。

光束之雨灑向右翼艦隊，跑在最前頭的艦艇在電磁護盾的保護下沒有多大損傷，艦上的人剛鬆一口氣就遭遇震動，室內照明由白轉紅。

震動來自黑格瓦的斬擊，他駕駛厄里斯衝到艦艇右側，趁著電磁護罩被光速炮耗去半數能量時揮刀，摧毀副引擎後掉頭離開。

周圍炮艇與巡邏艦立刻向黑格瓦開炮，龍人在星子與艦艇間劃出刁鑽又流暢的軌跡，不僅避開絕大多數的炮擊——沒避開的用盾牌接下，還打壞數艘戰艦的雷達。

不過黑格瓦並沒有繼續深入，他繞了個半圓脫離艦隊，朝鉑伏與赤潮的方向飛行。

右翼艦隊中尚能動彈的艦艇立刻追上，然而迎接他們的是同僚幾分鐘前的待遇——紅拂姬全機甲齊射，接著厄里斯衝刺打壞引擎或雷達，最後雙機一同將受害艦艇甩於身後。

顧玫卿飛在黑格瓦的下方，同時看著雷達與光學鏡頭中追擊的艦艇，胸口泛起在酒吧鬥毆中體驗過的快意。

這種一方先齊射，另一方再突襲的作戰說起來簡單，執行上卻極度考驗默契和膽量，黑格瓦必須在顧玫卿射擊瞬間前奔，貼著子彈的尾巴衝向戰艦，才能將敵人打得措手不及。

只是令顧玫卿興奮欣喜的美技，在第四軍團而言卻是強烈的挑釁，左翼艦隊殺氣騰騰地奔向兩人十二機，接著中央主部隊也快速追上。

「反應還挺快的。」

黑格瓦一面翻身躲開炮擊，一面在自己與顧玫卿的頻道中道：「如果現在和第四軍團全體對上，我們可能撐不到媒體到達。」

「殿下想去攔住中央部隊嗎？」顧玫卿問。

「這是勝算最高但也最危險的戰術，順利的話可以靠近綠鋒，奪取衛星使用權將我們的訊息發出去，但無論順不順利，我們都會被包圍。」

黑格瓦停頓片刻，輕柔也低沉地道：「顧上將，你願意把命交到我手上嗎？」

「樂意至極。」顧玫卿回答，將通訊頻道切換至第三軍團道：「這裡是紅拂姬，將紅拂的子甲與所有備用機體朝我目前所在位置發射。」

「連備用機體也一起？」李覓的聲音微微拉高，停頓兩秒再急切道：「等等！玫卿你該不會打算……」

「立即發射。」

顧玫卿仰望密密麻麻宛若鐵壁的戰艦群道：「白中校，接下來我和黑格瓦親王會向綠鋒突襲，你趁機入侵綠鋒的系統。」

白淼從駕駛座彈起來喊道：「突襲？只有老大和大蜥蜴嗎！怎麼可以！我也一起……」

「我一定會完成總司令的命令。」白靜截斷妹妹的發言，在黑暗中掐緊駕駛座的扶手道：「但也請總司令務必平安歸來。」

顧玫卿沒有答話，他看見自己的子甲攜帶彈藥與能源匣飛來，在與之連線並補充武器能源後，如同曳著華美長裙的貴婦般，領著二十二臺嫣紅機甲朝第四軍團的中央部隊飛馳。

與他相伴的還有黑格瓦與五臺獸型機甲，而在他們一進入中央部隊的射程範圍內，光束炮與實體炮便如暴雨般落下。

這是靠數量疊出的暴力，足以擊落任何來犯者，然而顧玫卿等人的雷達上不只有光點，還有象徵未來的灰點。

他們快速散開，除了一臺親衛隊機甲的腳足被光束擦到，幾乎是全體無傷地躲過第一輪齊射，將加速器開到最大衝向艦隊群。

但第四軍團察覺到它們的意圖——一旦形成混戰，艦隊的最大武器「全艦隊齊射」就無法使用。第四軍團不顧有效射程也不顧炮管冷卻時間發動連續射擊。

顧玫卿沐浴在金光中，看見兩臺親衛隊的機甲被光束貫穿，自己也有三臺子機甲失去聯繫，但不管是他、黑格瓦還是親衛隊都沒有止步的打算，漆黑、嫣紅、銀白色的機甲闖過火炮攔阻，驚險地進入艦隊中。

然後他們立刻被第四軍團的機甲部隊包圍了。

「親衛隊，守住後路；顧上將，請跟緊我。」黑格瓦在公用頻道裡道：「我讓你看看，斯達莫的衝鋒重甲是怎麼作戰的。」

「殿下，前鋒還是由我……」

顧玫卿的發言被藍光所打斷，光線來自黑格瓦的機甲的胸口，覆蓋其上的厚重盔甲不知何時掀起，露出一個菱形水晶體。

水晶體耀眼如星子，吐出光波籠罩整個機身，並以機甲為中心撐出一個橫放的傘狀空間，而在空間成形的下一秒，黑格瓦將六個主加速器一併啟動，讓座駕如砲彈般奔向敵方。

第四軍團的戰艦立刻開砲，然而光束炮如雨滴落傘，順著光波散射開；而實體彈則遭到散射的光束炮擊毀，幸運逃過散射的也沒能突破裝甲。

機甲隊見狀，頂著自家戰艦的砲擊，冒險衝向黑格瓦，然而他們剛靠近龍人的機甲，強烈的凍寒與窒息感便湧上心頭，讓駕駛的大腦瞬間停滯。

顧玫卿沒有放過這個破綻，在緊隨黑格瓦高速前進的同時，操控子甲與母甲打穿敵方的手腳。

◆◆◆

兩人十九臺機甲一路從艦隊外沿突進到中央，顧玫卿剛在雷達邊緣看見代表第四軍團旗艦綠鋒的光點，就被黑格瓦用尾巴捲住機身，九十度轉彎往上飛馳。

顧玫卿微微一愣，雖然不明白黑格瓦在做什麼，但果斷讓子甲也轉向，下一秒足以吞噬整艘驅逐艦的巨大光束就掃過兩人先前所在的位置。

拜此之賜，停在綠鋒與兩人機甲之間的艦艇、機甲部隊也被光束吞噬，化為宇宙塵埃。

顧玫卿瞪著排成一直線的碎片與火光，愣了兩三秒才意識到，綠鋒不惜擊沉友軍也要對自己和黑格瓦開炮。

「瘋了。」黑格瓦低語，注意到周圍的艦艇和機甲幾乎都停止進攻，沉下眼瞳道：「但是好機會，顧上將……」

「殿下，我想和托伊通訊。」顧玫卿在駕駛艙中緊緊握拳，仰望熄去火光完全黯淡的艦艇殘骸道：「請幫助我。」

黑格瓦抬起眼睫，接著明白顧玫卿的打算，微笑道：「沒問題，一切交給我。」

「謝謝。」

顧玫卿點頭，深呼吸後帶領尚能移動的子機甲奔向綠鋒。

這一移動驚醒了其餘人，艦艇的火砲與機甲再次攻擊顧玫卿和黑格瓦，但猛烈程度大大降低，彷彿反抗卻一臉迷茫的野獸，啃咬抓撲通通都失去犀利。

當然，綠鋒例外，它再次無視友軍挪動主砲，瞄準在自家艦隊翻飛的嫣紅機甲。

不過這回黑格瓦沒有拉著顧玫卿退避，相反地，他一口氣衝到砲口前，讓護身光波與綠鋒的電磁護盾正面對撞。

綠鋒做為第四軍團的旗艦，電磁護盾的輸出力和普通戰艦不是一個等級，包圍黑格瓦的光波很快就由藍轉紅再變白，遠遠望去彷彿一顆燃燒的隕石。

而在黑格瓦突破護盾的同時，綠鋒的主炮也完成能量填充，炮口泛起強光，飢渴地奔向漆黑機甲。

顧玫卿的呼吸停滯，看著光束炮吞噬黑格瓦的座駕，巨大的恐懼瞬間輾上四肢軀幹，再於轉瞬間化為暴怒。

——不要！

——不可原諒！

——還給我！

——去死去死去死去死去死通通毀滅吧！

無聲的咆嘯在顧玫卿腦中迴盪，紅拂姬的母甲、子甲同時將炮口對準第四軍團的戰艦與機甲，精神力也同時擰成數十把長矛，指向敵方的維生系統。

然而，在顧玫卿動手的前一秒，涼爽微甘的氣息飄進他的鼻腔中。

正確來說，是飄進他的精神世界中，無聲地安撫Omega。

——沒事，別忘了我們的目標。

不知是錯覺還是真實，但顧玫卿聽見黑格瓦的低語，淒烈的怒火驟然消逝，他顫抖地握緊操作桿，精神力形成的槍矛轉向綠鋒，插進龍人撞出的護盾破口。

他是精神電子戰的高手，能輕易入侵家用設備，認真起來軍用設備也擋不住，但第四軍團顯然早有準備，顧玫卿在入侵時很快就察覺綠鋒除了軍方防火牆，還設置了好幾個黑市購入的非法防禦系統。

而顧玟卿在短暫的猶豫後，把子機甲設定為自動防禦模式，將全副心力都投入破解綠鋒的防禦中。

這導致他所在的母機甲陷入靜止狀態，幾臺第四軍團的機甲與戰艦很快就留意到此事，朝母機甲展開猛攻。

紅拂姬的子機甲們馬上上前攔阻，但在少了駕駛員的操作後，它們的靈活度大幅下降，很快就被擊墜數架，讓母機甲的右側出現一個破口。

兩艘戰艦立即將光束炮對準破口，金色光束自上方與下方同時射向母機甲，最終被漆黑盾牌擋下。

持盾攔砲的是黑格瓦的機甲，機甲的右下臂與右腳掌消失無蹤，零星的火花自斷裂處飛出，他揮動尾巴將顧玟卿捲到自己的胸口和盾牌之間，掉頭貼著綠鋒往下飛行。

顧玟卿不知道黑格瓦的舉動，他沉在滿是尖錐與火焰的電子之海中，無視刺痛與燒灼向下深挖，直至看見被鐵網層層覆蓋的翠綠水晶。

他伸出手觸碰鐵網，網子倏然外推切碎手指，痛感襲捲顧玟卿的神經，但他沒把手收回，而是像控制子機甲一般，將指頭的碎片、流出的血液化為絲線，穿過網洞碰觸水晶體。

在水晶體染上紅點的下一刻，顧玟卿掌握了綠鋒的通訊和艦內監視系統，眼前的景色從不祥的深海，變化為綠鋒的艦橋，看見昔日靦腆和善的同僚滿臉通紅地坐在司令席上，厲聲詢問主砲何時能發射。

而這讓顧玟卿毫不猶豫地開啟全艦全軍團廣播，厲聲大吼：「托伊，住手！你不能攻擊自己的同袍！」

托伊愣住，接著眼中迅速冒出火光，瞪向資訊安全官罵道：「你在做什麼！綠鋒的系統都被入侵了！」

「這是我要問的問題！」顧玫卿把廣播音量調到最大，以足以震動合金門板的聲音道：「不僅攻擊赤潮，還朝第四軍團開炮，你發瘋了嗎！」

「他們早有覺悟。」

「他們的覺悟是為聯邦人民犧牲，不是被發狂的總司令砲擊！」

「我是在保護聯邦的人民！」托伊從司令席上站起來，手指正前方螢幕中抱著紅拂姬繞圈躲避攻擊的龍型機甲道：「從這隻惡龍手中！」

「殿下不是聯邦的敵人！他是友……」

「是吞噬了眾多聯邦軍人生命的惡魔！」

托伊吼斷顧玫卿的話語，瞪著螢幕中明明失去半手半腳，卻仍次次躲開光束炮與光束刃的厄比斯，顫抖著肩膀道：「他在終戰紀念日上說『我們是同一座森林中的兩個狼群』。錯，大錯特錯！我們是同一座森林中的人與野狼，為了人的安危，野狼必須驅逐！而我會好好提醒聯邦這一點！」

「提醒是……」顧玫卿愣住，一個可怕的假設浮現，他微微顫著聲音問：「你之所以攻擊赤潮，是打算先殺死我們，再嫁禍給黑格瓦殿下嗎？」

「原計劃是把你和統帥炸死，然後將責任推給某個獸人至上團體，結果你沒死，還和那隻惡龍搞在一起。」

托伊抬起滿是血絲的眼瞳，望著頭頂的廣播系統笑道：「於是我改變計劃，我先殺你，再看能不能宰掉黑格瓦，能的話很好，不能的話死在他手下也可以，反正橫豎都能製造他殺死聯邦軍人的事實。」

「你這麼做會導致聯邦和斯達莫開戰！」

「聯邦早就該向斯達莫開戰了！」托伊揮手高聲道：「早在解決無蹤者女王後，早在那頭惡龍殺進聯邦首都星系時，早在雙方第一次在宇宙中相遇時，就該全面開戰了！」

托伊毫不掩飾的恨意讓顧玫卿兩眼瞪直，停滯幾秒才沉聲道：「那會死很多人，成千上萬的人。」

「早就死很多人了。」

托伊見顧玫卿沒有立刻回應，從對方的沉默中捕捉到錯愕，偏頭笑道：「抱歉我忘了，作為踩著亡靈登上歷史舞臺的英雄，怎麼可能對死亡有感？」

「你在說什麼？我對死當然……」

「西元二七三〇年六月十三號。」托伊沙啞地打斷顧玫卿，右手緊緊握拳，以幾乎要將牙齒咬碎的力量道：「你、整個聯邦與銀河系都把這天當成暴君登基之日，但對我而言，那是我無可取代的至親的忌日。」

顧玫卿指尖一顫，張口道：「你是說已故的……」

「我的姊姊，你的前上司，首都星系第三外圍軍基地的指揮官，艾蕾．托伊上校！」

托伊破碎地吶喊，扭曲著臉龐道：「聯邦的政客為了選票、為了面子、為了自己的命，刻意淡化姊姊的犧牲，只宣傳你的英勇！」

「……」

「你剛剛說，開戰會死成千上萬的人？」

托伊忽然收起激動，平靜也瘋狂地道：「當然，就該死這麼多！這是聯邦和斯達莫欠我、欠所有在那場卑鄙的突襲中失去至親好友的人的！」

「托伊……」

「你不會懂的。」托伊的吼聲裡帶著哽咽：「像你這種冷漠、高高在上、眾人吹捧，滿腦子只有戰鬥的死神是不會懂我、懂第四軍團的人！你不知道失去摯愛的痛苦，那是任何止痛藥都壓不下，會把你折磨成瘋子的劇痛！」

顧玫卿放在扶手上的手指微微一顫，腦中閃過厄里斯被綠鋒主砲吞噬的畫面，憤怒與恐懼再度湧現，他拉平嘴角，沉默許久後輕聲道：「如果你沒有計劃這一切，我的確不懂，但因為你的緣故，我幾分鐘前短暫地體驗過了。」

「想要假裝共情，然後說服我收手嗎？」托伊冷笑。

「那對我來說太高難度了。我不是假裝，我完全同意你對『失去摯愛』的描述，如果立場交換，我恐怕會比你更瘋狂。」

「喔，那麼你要加入……」

「但聯邦是民主與法治社會。」顧玫卿透過監視鏡頭直視托伊，嚴肅地道：「如果你認為軍方和官員對你不公，應該循法律、內部監察管道或媒體輿論討回公道；如果你認為聯邦應該與斯達莫帝國開戰，你應該遊說政治人物、透過媒體或輿論向民眾尋求支持，在得到聯邦大多數人民的認可後，堂堂正正地宣戰。」

「這不符合人民和政客的利益，他們才不會同意開戰！」

「那麼就不該開戰。」顧玫卿的聲音不沉，卻散發鐵壁般的強硬：「民主社會透過對話達成共識，再由共識推動行動，無論如何都無法形成共識時，就以選票決定方向。不管聯邦多麼對不起你，你都不能跳過這兩個程序，改用陰謀詭計逼迫所有人隨你的心意行動。」

托伊微微睜大眼瞳，靜默片刻後低聲道：「你我之間果然沒有理解的可能。」

「我能理解你，但不贊同你。」

「你可是聯邦的英雄，怎麼可能贊同？」

托伊冷笑，坐回司令席上仰頭道：「話說回來，我為了今天籌劃了整整十年，而這十年我不僅在黑市混出名聲，還掌握控制無蹤者的方式——意外地簡單，餵食他們含有奈米機器的獸人臟器即可。」

「收手吧托伊，不管你有什麼計劃，都已經……」

「已經成功四分之三了喔。」托伊偏頭笑道：「我前面不是說了，我籌謀了十年，你覺得我在這十年間，會放著你這個最大威脅不管，不尋找應對的方式嗎？」

顧玟卿眼睫一顫，迅速抽手想要從綠鋒的系統中撤離，然而鐵網先一步收緊，環繞他的數據之海也驟然凍結，將 Omega 的前路退路一併封鎖。

緊接著，他接觸綠鋒核心的手指、注視托伊的雙眼、聽聞對方聲音的耳朵，乃至頭殼深處都泛起割裂感。

托伊翹起腳道：「我的演技不錯吧？看上去完全是『沒料到敵人能入侵己方系統，嚇得驚慌失措的無能指揮官』。」

「你……做了什麼？」

「沒做什麼，只是啟動耗費五年時間，集合大量黑市高手，再燒壞近百顆腦袋才完成的深沉防禦系統。」托伊搖晃腦袋道：「這系統的隱密性、殺傷力和敏銳度都是最高等級，唯一的缺點是只能在敵方入侵己方系統，並且接收一定數量的己方資訊後才能發動。」

「你是故意……故意……」

「我是故意跟你說這麼多的。」

托伊柔聲替顧玫卿把話說完，靠上椅背燦爛地笑道：「『反派死於話多』這梗我可是很清楚。」

「你、你……」

「別關注我了，好好珍惜你最後的時光吧。」托伊仰望天花板道：「你的人格和記憶很快就會被系統刪除，不過不用擔心，我不會讓你變成廢人，我已經準備好更適合你的經歷和性格，好好期待吧。」

顧玫卿的雙眼睜至極限，具體感受到有某種冰寒、尖銳的物體從眼、耳、手……身體各處往體內鑽，意圖抹去他三十三年人生所累積的一切。

——不行！不行！不行！停下來！

他咬牙無聲地咆嘯，然而入侵者的步伐絲毫不見停歇，輕易穿透血肉碰觸內心。

然後，在入侵者動手抹消他之所以為他的一切前，一道龍吼聲震盪了整個數據之海。

CHAPTER.09

第九章

我的歌拉維尤……
你是宇宙中最豔麗的花朵

In a BDSM VR game, fall in love with an enemy general.

顧玫卿愣住，接著猛然意識到侵蝕自己的寒意被涼爽所取代，且環繞他的除了數據和程式碼，還有一個巨大的黑影。

正確來說，是一隻比紅拂姬的母機甲還大上一倍的巨龍，巨龍將顧玫卿護在左右前爪間，對著周圍沒有形影的敵人齜牙甩尾。

顧玫卿眨了眨眼，視線走過幾乎和半臺子機甲一樣大的龍爪、泛著金屬光澤的龍鱗、小山般的胸膛與長頸，最後來到巨龍頭上一全一斷的龍角，肩頭一震明白發生了什麼事。

獸人和人類都具備精神力，但作用對象不同，獸人的精神力只對生物有效，而人類的精神力針對電子產品。

而無論是人類還是獸人，在締結標記後或多或少身上都會殘留對方的精神力，且標記越深、當事人等級越高，殘留的越多。

黑格瓦是斯達莫等級最高的 Alpha 之一，給予顧玫卿的又是深度標記，再加上龍人為了保護 Omega 還做足了精神鍵結，導致他留在對方身上的精神力根本不能以「殘留」描述。

獸人的精神力無法打擊電子病毒，可是能守護顧玫卿本人——人類也是生物之一。

不，不僅是守護，還能支援，在巨龍現身的瞬間，顧玫卿在入侵緣鋒時累積的疲乏就一掃而空。

而這讓顧玫卿冒出一個大膽的念頭。

「殿下，」顧玫卿輕喚，看著巨龍垂下頭，伸手碰觸稜角分明的下顎問：「能將您的力量借給我嗎？」

巨龍微微偏頭，看似聽不懂顧玫卿的話語，但下一秒就收爪把 Omega 攬入懷中，從龍形轉為球形，將人類安安穩穩地收在球體中心。

顧玫卿在球中閉眼深呼吸，黑格瓦特有的清涼甘香充斥鼻腔，使他的手腳軀幹前所未有地輕鬆。

——我能辦到。

顧玫卿睜開眼，朝綠鋒的核心再次伸出手臂。

包裹核心的鐵籠立即變形反擊，但變化出的鐵椎鐵刃在碰觸顧玫卿前，就一一碎裂消失。顧玫卿兩手貼上綠鋒的核心，深呼吸把自我防禦完全交給黑格瓦的精神力，全力入侵綠鋒的系統，以及所有聯繫的艦艇與機甲，一臺一臺、一架一架關閉對方的引擎與武器系統。

「怎麼突然……」

「重啟系統！快點！」

「光束炮怎麼了？」

「機甲隊的狀態……」

「不行！引擎和武器系統無法重啟！」

紛雜的對話隨系統資訊灌進顧玫卿腦中，一同潛入的還有病毒程式，不過在病毒動手的瞬間，就被黑格瓦的精神力一口吞噬。

獸人的精神力無法直接打擊電腦病毒，但在干涉生物的精神上，有壓倒性優勢。

不過雖然有黑格瓦的援助，入侵並控制上百艘戰艦與機甲還是巨大的負擔，顧玫卿的雙手、肩膀乃至整個身軀很快就被疲乏吞沒，但他沒有抽手的打算，仍舊打直雙臂，碰觸綠鋒的核心。

然後，在疲意蔓延至骨髓時，顧玫卿聽見心心念念的聲音。

「這裡是地球聯邦宇宙軍中央軍統帥談諾一級上將，第四軍團的所有軍官，即刻停止行動，否則將以叛國罪送至軍事法庭審理！民間船隻請留在原處，擅動者將以妨礙軍務送辦……」

他們的作戰計劃成功了。

◆◆◆

當顧玫卿的意識回到紅拂姬的駕駛艙裡時，二十臺子機甲只剩十一臺健在，而用尾巴捲著他四處躲避火炮的厄里斯則在稍遠處，由四臺虎形機甲護送離開。

顧玫卿望著遠離的厄里斯，直覺似乎有哪裡不對勁，可惜在細想之前，李覓先發訊息催促他返航。

李覓以一貫滲著疲乏的聲音道：「統帥要見你，然後張醫生強烈要求你在見統帥或任何人前，先到醫務室做全身檢查。我支持張醫生。」

「我這就回去。」顧玫卿啟動紅拂姬的自動返航程式，靠上椅背關切詢問：「其他人的狀態如何？」

「全員生還。」

「白中校也是？」

「也是，他是潛行高手，托伊的注意力又全都在你身上，壓根沒攻擊他。」

「那就好。」

顧玫卿低喃，看著第四軍團的艦艇一艘艘被甩在身後，取而代之的是被第二軍團團團包圍的赤潮。

他領著兩排子機甲進入赤潮，身後的機甲用登艦門剛合攏，眼前就彈出投影視窗。

視窗右上角標示「厄里斯」，代表這是紅拂姬與厄里斯的一對一通訊頻道，視窗背景也的確是厄里斯的駕駛艙，但擠在艙中的人卻不是黑格瓦，而是一名頂著火焰羽毛的白衣男性鳥人。

男性鳥人在瞧見顧玫卿後大吐一口氣，擠到視窗前急切地道：「顧上將，抱歉打擾了！我是黑格瓦殿下的主治……不對是臨時主治醫生斐尼克，能否請您過來鉑伏一趟？」

「能是能，但可能要等我做完健康……」

顧玫卿話聲中斷，視線偶然掃過螢幕角落，看見沾著血點的連線頭盔，目光瞬間從困惑轉為嚴厲，盯著血點問：「殿下怎麼了？」

「殿下需要您。」斐尼克語尾細顫，轉頭不知和畫面外的人說了什麼，再望向顧玫卿道：「鉑伏的登艦門識別碼都已經傳過去，請盡快過來。」

「已收到。」

顧玫卿瞄了一眼雷達，解除與子機甲的聯繫，同時以總司令權限打開赤潮的登艦門。而這個動作馬上讓駕駛艙內響起李覓的聲音：「喂，你突然開門做……」

「我去一趟鉑伏。」

「鉑伏？現在？張莉和統帥……」

「交給你了。」

顧玫卿截斷李覓的話語，同時關閉與對方的通訊，操控紅拂姬的母機甲飛出赤潮，瞬間加速奔向被斯達莫的戰艦環繞的鉑伏。

鉑伏的登艦門早早開啟，顧玫卿直到看見入口才減速，一百八十度轉身驚險地停在艦壁前，打開駕駛艙的艙門高聲問：「殿下在哪裡？」

「我帶您過去！」斐尼克的聲音從下方傳來，他站在供艦內人員快速移動的小型懸浮艇上，對顧玫卿大力招手。

顧玫卿解開安全帶，腳蹬駕駛艙的艙門快速下墜，抓住懸浮艇的護欄，翻身踏上小艇道：「帶路。」

「是！」

斐尼克碰觸懸浮艇的控制面板，用手指牽著小艇拐過紅拂姬，進入鉑伏的主廊道，緊繃著臉道：「殿下用太多次龍見了，在回鉑伏的路上就暈、就吐……」

「吐血暈倒？」

顧玫卿沉聲問，見斐尼克小幅點頭，腦中閃過厄里斯被虎形機甲牽著走的畫面，對自身的遲鈍先是暴怒，再強行命令自己冷靜問：「我能做什麼？」

「請在摘掉殿下的氧氣罩後，以最大限度釋放信息素。」

「然後？」

「這樣就夠了。」

「這樣就夠了？」顧玫卿的聲音微微拉高。

斐尼克點頭，抬頭注視一臉擔憂的顧玫卿片刻，心一橫道：「這樣就夠了，因為您是殿下的命定之人。」

顧玫卿睜大眼瞳，腦袋空白三四秒才反應過來問：「你說我是殿下的什麼？」

「殿下的命定之人。」斐尼克點頭，投向顧玫卿的藍瞳中充滿祈求，「斯達莫皇族在出生時，都會由大祭司向斯達莫神請求神諭，而殿下的神諭是『汝為斯達莫之戰神、無冠之皇與傳奇，於敵境攻無不克戰無不勝，直至命定之人現身。此人終止汝之征途，既是汝之王，亦是汝之奴，身繫鮮血與繁花之名，賜與汝望而不敢得之安樂』。」

「裡面沒有我的名字。」顧玫卿乾巴巴地回答。

「但您與描述完全相符。」

斐尼克看著前方繪有黑龍圖騰的門扉，咬牙道：「如果您不是，我們就要失去殿下了，所以您一定要是。」

顧玫卿握住護欄的手收緊，周圍的溫度明明沒有變化，卻感覺自己瞬間進入冰窖。

「這扇門後是殿下的寢室，為了讓殿下能充份休息，房中的重力比外面高，大約是一般行星的八成，進入時還請注意。」

斐尼克將懸浮艇停在黑龍圖騰前，用掌紋與密碼解鎖門鎖道：「本來應該將殿下安置在醫務室，但考量到接下來您要全力釋放信息素，而醫務室中還有不少受傷的Alpha，所以在確定您能過來後，我就把殿下送回寢室。」

「這樣不會讓殿下的狀態惡化嗎？」

「會。」斐尼克按下開門鍵，轉向顧玫卿道：「顧上將，萬事拜託了。」

顧玫卿沉默，在門扉打開的瞬間，他視線就穿過門框落在角落的單人床上，望著從被褥中滑出的漆黑龍尾，覆蓋肌膚的寒意驟然轉為燙熱。

——你真是……無論在地表還是宇宙，都是名符其實的暴君呢。

黑格瓦之前在流星下的低語，輕敲著顧玫卿的耳膜，當時的自己困惑不解，但此刻他完全明白了。

「交給我。」

顧玫卿聽見自己的聲音，邁步跨進黑格瓦的寢室，同時反手將門扉鎖上。

◆◆◆

寢室的空氣中沒有顧玫卿想念的涼爽甘香，僅有藥水與淡淡的血味，他的心弦驟然緊縮，三兩步奔到單人床邊，看見黑格瓦戴著沾有血絲的氧氣罩，兩眼緊閉面色慘白地躺在床中央。

顧玫卿的腦袋瞬間陷入空白，回神時駕駛服的衣領已經被自己扯壞，鼻尖充斥濃烈的玫瑰香。

那是由撫慰、催情、威嚇三素交織成的香氣，也是顧玫卿對黑格瓦的保護慾、情慾和占有慾，他側身坐上床沿，先伸手碰觸黑格瓦的面頰，再摘去對方的氧氣罩，最後伏下身擁抱發著低燒的身軀。

「殿下……主人……我的 Alpha。」顧玫卿將頭埋在黑格瓦的肩頸之間，帶著淚光與顫音呼喚：「醒醒，請醒醒……拜託醒醒。」

「……」

「不要拋下我。」

「……」

「不要在教會我渴望、快樂和希望後離開我！」

顧玫卿十指掐進對方的肩胛，淚水滑過面頰，徬徨與憤怒同時輾壓心臟，使他不顧一切地繃緊肌肉，強迫腺體釋放更多信息素。

然而打從顧玫卿轉化為 Omega 後，受到的訓練就是壓抑而非放出信息素，腺體很快就開始抽痛，瀰漫整間寢室的玫瑰香多了幾分鐵鏽味。

在淚光和疼痛間，顧玫卿感覺有什麼輕輕碰觸自己的後背，他肩頭一顫，支起上身，與黑格瓦四目相對。

「你……」黑格瓦的聲音細如微風，單手搭在顧玫卿的背上，半張著藍眼以氣音問：「怎麼……哭了？」

顧玫卿沒有回答，他凝視黑格瓦蒼白、茫然但也確實恢復生氣的臉龐，驟然傾身粗暴地吻上對方的嘴唇。

吻、咬、吮、吸、纏……顧玫卿毫無技巧地索討黑格瓦的唇舌氣息，同時將自己的信息素一股腦地灌進龍人喉中，直到肺部的氧氣耗盡才匆匆抬頭吸氣，接著繼續咬吻身下人。

一吻後是第二吻，然後是第三、第四、第五……綿延不斷的深吻，黑格瓦從一開始的被動承受，到緩慢地張開嘴，最後輕握顧玫卿的後腦杓主動回吻。

這變化讓顧玫卿的胸膛燙熱又酸澀，淚珠一顆顆自眼眶滑落，即使他死命閉緊眼瞼也攔不住淚水。

黑格瓦透過觸感察覺顧玫卿在流淚，一面吮含對方，一面抬起左右手同時輕抹 Omega 的眼皮，揚起龍尾輕拍著幫他順氣。

這舉動止住了顧玫卿的淚水，更讓他整個人發熱，在結束不知道第幾次接吻後，將頭靠在黑格瓦的胸膛上，側耳捕捉龍人的心跳。

黑格瓦摟上顧玫卿的腰，在馥郁的花香中漸漸恢復思考能力，目光從柔和轉為銳利，忍著虛軟強撐起上半身問：「你怎麼會在這裡？」

「您的臨時主治醫生叫我來。」

顧玫卿注意到黑格瓦的額上有冷汗，立刻伸手撐住對方的後背，「還是不舒服嗎？還是躺著……」

「你不能來鉑伏。」

黑格瓦打斷顧玫卿，話聲裡的氣音多過實音，但投向Omega的目光堅定如岩山，「即使媒體有拍到第四軍團攻擊你我的畫面，你短時間內……不，最好永遠不要再靠近我，否則一樣會被懷疑通敵！」

「現在拉開距離已經來不及了。」

「不會來不及，雖然你還是會被人議論一陣子，但只要……」

「已經來不及了。」

顧玫卿重複，將黑格瓦推回床上，輕敲腕上的個人處理器，一個方正的投影視窗立即出現在龍人上方，停滯一秒後開始播放影片。

影片的背景是一個會議室，會議室的牆面上寫著魯苦的座標，以及「率先抵達的媒體將獲得獨家採訪權」幾個字。

顧玫卿自影片右側出現，緩緩走到正中面對鏡頭。

「諸位好，我是地球聯邦宇宙軍中央軍第三軍團的總司令，顧玫卿上將。」

影片中的顧玫卿行了一個軍禮，挺直腰肢面無表情地道：「我有一些事必須向聯邦與斯達莫的人民坦承與宣布，希望諸位能將本影片看到最後。而首先，我要坦承的是……」

影片中的顧玫卿沒將話說下去，他將手放到軍服的腰帶上，先解開腰帶再挑開褲襠的釦子，最後將雪色長褲一口氣褪到畫面外，露出底下的手工蕾絲吊帶襪與丁字褲。

黑格瓦的雙眼猛然瞪大，望向現實中的顧玫卿。

顧玫卿微笑，伸手將黑格瓦的頭轉回中央，平靜地看著影片中半裸的自己。

「其實……我一直都很喜歡以蕾絲、絲綢或薄紗等材料製作的衣物。」

影片中的顧玫卿垂下手，撫上被蕾絲束住的大腿道：「我知道這類服裝不適合我，但我還是被它們的華麗與柔美所吸引，會偷偷買來穿，然後幻想有天某個人會對我說『你這麼穿很美』。」

黑格瓦陷在被褥間的手指微微一顫，轉動眼珠望向身旁的顧玫卿。

而影片中的顧玫卿在龍人的窺視中接續道：「除此之外，其實我很想與某個人戀愛，被這人摟在懷中捧在掌心，在結束一天的工作後，伏在他身上抱怨、哭訴、撒嬌，毫無保留的展現自己的脆弱和缺點。」

「……」

「不過，我一直認為這個人不存在。」

影片中的顧玫卿以另一手碰觸胸口的勳章，苦澀地道：「畢竟我是真心喜歡蕾絲與薄紗，也真心熱愛機甲、戰鬥、軍職、我的同僚以及護衛聯邦。因此對於想要柔美 Omega 的人而言，我太過凶暴；至於想要強悍 Omega 的人，我又有莫大缺點。」

「……」

「所以我做好孤獨一生的心理準備。」

影片中的顧玫卿放下雙手，臉上的笑容從勉強轉為燦爛，「可是就在差不多一個月前，我遇上了能接受這兩種我的人。」

黑格瓦指尖顫動，來回看望螢幕內外的顧玫卿，藍瞳孔滿是混亂。

「他是一名非常溫柔的Alpha，溫柔、體貼、聰慧又可靠，一次又一次把我從危機中解救出來，既欣賞作為軍人的我，也讚美穿上蕾絲任性胡來的我。」

影片中的顧玫卿雙頰泛紅，凝視鏡頭淺笑道：「他讓我度過有生以來最快樂的一個月，以及發情期。」

「……」

「我以為我的發情期至少還有半年，所以沒有準備抑制劑，而這名Alpha捨不得我被發情期折磨，所以最大程度地安慰我，然後過程中一次都沒有咬我的腺體。」

影片中的顧玫卿下意識碰觸自己的後頸，停頓片刻才接著道：「同時，他是在確定自己讓人類受孕的機率只有一成下，才使用這種方法。」

「……」

「他深愛著我，但既不想永久標記我，也不希望因為自己改變我的人生。」

影片中的顧玫卿垂下眼再次停止述說，而這一停就是將近半分鐘，待他重新看向鏡頭時，臉頰燒紅如夕色，微笑道：「但我不僅深愛他，還極度想要他，大概是因為如此，我懷上他的孩子了。」

「……」

「而我想在這裡，向地球聯邦、斯達莫帝國、整個銀河系宣布，」顧玫卿與影片中的自己一起開頭，注視黑格瓦輕柔也燙熱地道：「我有了想要終生廝守、共同養育孩子的人，且除了此人，我不考慮其他人．因此……尊敬的黑格瓦．貢．曜現第一親王殿下，能否請你成為我的丈夫，與我的孩子法律上的父親？」

黑格瓦靜默，盯著顧玫卿濕潤的灰瞳，驟然挺起上身張嘴靠近對方的頸側，再同樣突然地停下，僵直片刻後扭開頭道：「你……為什麼？為什麼要這麼做！為什麼不……」

「因為殿下把玻璃鞋落在我這裡。」

「什麼玻璃鞋？」黑格瓦望向顧玫卿。

「《灰姑娘》中的玻璃鞋。殿下聽過嗎？」

「人類在地球時代的童話故事吧？是聽過，但是那和我……」黑格瓦頓住，低頭看著顧玫卿的腹部，緊繃著龍尾搖頭道：「孩子和玻璃鞋不一樣。」

「對我而言是一樣的。」顧玫卿平靜地回答，也看向自己的下腹微笑道：「小時候母親跟我說這個故事時，我不能理解王子為什麼要去尋找灰姑娘，畢竟兩人只相處一個晚上，就算這一晚萬分夢幻，一日、三日、十日、三十日後，記憶就會黯淡，王子也會遇到新的人，根本不必執著於灰姑娘。」

黑格瓦的尾尖微微一顫，轉開目光低聲道：「那只是童話故事，不用細想。」

「我沒有細想，只是忽然懂了。」

顧玫卿抬起頭，靠近黑格瓦並且拉起對方的手，放上自己雖然平坦，但確實存在新生命的小腹道：「因為灰姑娘把玻璃鞋留在皇宮，王子只要看見鞋子，就會想起那甜蜜夢幻的夜晚，然後強烈渴望將那人尋回。」

黑格瓦凝視顧玫卿的腹部，張口再閉口，最後用力咬牙將手抽回道：「你完全不清楚自己做了什麼！」

「我明白。」

「你最好是明白！」

黑格瓦的聲音猛然拔高，瞪向顧玫卿厲聲道：「當王子為了尋找灰姑娘對全國發出搜索令時，國民只是感到好奇或有機可趁，但你的影片……看看托伊發現我出擊時的反應，聯邦中有許多人憎恨我，現在他們也恨你！」

「我知道。」

「你知道？那你知道他們甚至會恨你勝過恨我嗎！」

黑格瓦弓起龍尾，深藍眼瞳中既有憤怒也有同等的恐慌，「不管是人類還是獸人，最不能接受的都是叛徒，而你的發言會直接讓自己站上這個位置，毀掉你過去努力的一切！」

「是有這個風險。如果我向斯達莫申請政治庇護，殿下會同意嗎？」顧玫卿偏頭問。

「我不是在跟你開玩笑！」

黑格瓦咆嘯，尚需休息的身體經不起吼叫，他垮下肩膀低頭喘息，沉默五六秒才細聲道：「這事還有……一定有挽回的餘地，回去後就說你是迫於局勢……」

「我不會將影片收回。」

「顧玫卿！」

黑格瓦二度大吼，眼前的景色同時模糊，向前倒到顧玫卿身上。

顧玫卿接住黑格瓦，扶著對方的肩膀與腰側，近距離望著龍人道：「雖然我將您比做灰姑娘放在一起，但我並不是王子殿下。」

「你……」

「我在知道自己懷孕後，雖然有陷入混亂，但之後就只剩狂喜。」

顧玫卿抬手撫上黑格瓦的面頰，露出甜美的笑容道：「因為只要有這個孩子在，您就無法把我推遠。」

黑格瓦兩眼圓睜，盯著顧玫卿的笑顏，組織不出言語。

「然後當我踏進您的房間時，我腦中想著的不是『希望我真的是您的命定之人』而是『就算我不是您的命定之人，我也不要將您交出去』。」

顧玫卿橫手攬上黑格瓦的腰，挺身貼近龍人的胸膛，凝視被驚愕所凍結的藍瞳，輕聲道：「殿下是如灰姑娘一般，溫柔、賢淑、善良的 Alpha，但我卻不是高潔知禮的王子，我是貪婪、任性、暴君一般的 Omega。而像我這種可怕的 Omega，是不會將您這樣美好的 Alpha 放走的。」

黑格瓦沉默，與顧玫卿對視了許久，才微微張開嘴唇細聲道：「不是的。」

「殿下？」

「不是……我不是你想像中的那種人！」黑格瓦的喊聲破碎且沙啞，推開顧玫卿捲起龍尾搖頭道：「你喜歡的是法夫納，但那不是我，那只是……靠演技演出來的！真正的我並不是集穩重、可靠與強悍於一身的人，我……真正的我其實膽小又懦弱啊！」

「我知道。」

「你不知道！你不知道才會……」

「我知道。」

顧玫卿截斷黑格瓦的否定，握住黑格瓦的肩膀，將人扳向自己，「我知道殿下是會為了家人、朋友與人民，藏住真正的自己，再將自身武裝到牙齒的人，而我喜歡武裝後強勢、雷厲風行的殿下，也喜歡武裝下柔軟纖細的殿下。」

黑格瓦壓在被褥間的手指弓起，雙唇微張再閉合，咬住僅存一線的理智。

顧玫卿捕捉到黑格瓦的掙扎，微笑道：「我記得殿下之前說過，因為您害怕自己會為了人民利用伴侶，所以選擇終身不婚，對吧？」

黑格瓦龍尾縮起，低頭道：「你既然記得，為何還……」

「因為我比殿下強啊。」顧玫卿的回答將黑格瓦的視線勾回自己身上，他燦爛地笑著道：「而且，我認為像殿下這種膽小懦弱的Alpha，才狠不下心利用我。」

黑格瓦上身一僵，但馬上就壓住情緒，甩動龍尾厲聲道：「那只是現在，只要有必要，我隨時都能下手。」

顧玫卿點點頭道：「那麼請即刻動手吧，對斯達莫帝國而言，將聯邦英雄完全標記肯定是百利無一害的事。」

「你！」黑格瓦臉上浮現青筋，手捶床沿，「別跟我說笑！」

「我沒有說笑，我是認真的。」

顧玫卿一手搭上黑格瓦的大腿，一手將駕駛服的衣襟完全解開，露出白皙的頸部，由下而上靠近龍人，「我衷心希望，您可以將發情期時的要求化為現實，徹底占有我的身心。」

黑格瓦與顧玫卿對視，望著對方熾熱更堅定的灰瞳，嘴唇微微開闔，反覆幾次後緩緩靠近Omega的頸子，張嘴先輕吻白皙的肌膚，再小心翼翼地咬破膚下的腺體。

顧玫卿上身一顫，感覺一股涼意自頸側注入身體，迅速浸染每個細胞，帶來前所未有的安逸。

黑格瓦只咬了幾秒鐘就鬆口，但在放開顧玫卿的腺體同時，他的雙手與尾巴也圈上對方的身軀，將額頭靠在Omega的頸邊細聲道：「歌拉維尤……我的歌拉維尤。」

顧玫卿抬起眼睫，回抱黑格瓦微笑道：「我在，我的丈夫。」

黑格瓦收緊手臂與龍尾，不過只支撐兩三秒就放鬆手臂和尾巴，靠著顧玫卿吐氣道：「該死……」

「怎麼了？」顧玫卿低頭問。

「沒事。」

黑格瓦輕輕推開顧玫卿，上身晃動兩下才勉強穩住，閉眼深呼吸，「你應該累了吧？我讓人找一個空房間讓你休息。」

「我不能待在這裡嗎？」

「這裡只有一張單人床。」黑格瓦用尾巴拍拍身下的床鋪。

「我可以坐在椅子上，或是打地鋪……」

顧玫卿停下嘴，因為他眼角餘光捕捉到一個模糊的小丘，低頭一看發現那是黑格瓦身上的棉被。

正確來說，是蓋在黑格瓦胯下位置的棉被，寶藍色的薄被遭某個物體撐起，輕輕靠著顧玫卿搭在龍人大腿根部的手。

顧玫卿眨了眨眼，抬頭望向黑格瓦道：「殿下，這個……」

「那個放著不管一陣子就會消了！」

黑格瓦快速回應，面頰微微泛紅，轉開頭瞪著門口道：「只是男性 Alpha 聞到 Omega 信息素後的生理反應，不用理會，你去休息後我會自己處理。」

「這是殿下不讓我待在這裡的原因嗎？」

「是……不是！你不累也不餓嗎？我要人給你……」

「殿下現在想做？」

「我剛說了，那只是生理反應！」

黑格瓦的聲音飆高，維持扭頭看門口的姿勢將近一分鐘，終究承受不了顧玫卿的注目，捲著龍尾低聲道：「我是想做，但身體使不上力。」

「那來做吧。」

「反正這也只是一時衝動，我能自己處理，你放心去休……你剛剛說什麼？」黑格瓦把頭轉回來。

「來做愛吧。」顧玫卿回答，傾身貼近黑格瓦熱切地道：「殿下沒有力氣動的話，我可以負責動，請允許我服侍您！」

黑格瓦愣住，看著顧玫卿燙熱的眼神，蹙眉擔憂道：「你不要為了滿足我勉強自己。」

「一點也不勉強，不對，應該說對此刻的我而言，離開殿下才是勉強，畢竟……」顧玫卿停頓兩秒，單膝跪上床沿，上身半伏翹起臀部，牽起黑格瓦的手接觸自己的股間，仰望龍人雙頰燙紅地道：「早在和殿下接吻時，這裡就騷動不已了。」

黑格瓦凝視面前從眼神、姿態到信息素都刻著渴望的 Omega，喉結微微滾動，沉下眼低聲道：「把枕頭和被子堆到我背後。」

「是！」

顧玫卿馬上動作，將薄被捲起疊在枕頭上，塞進黑格瓦的背脊與牆壁之間的空隙。

黑格瓦靠上被子，挪動肩臀調整坐姿，放鬆身軀望向顧玫卿道：「接下來，我只動口不動手，你沒意見吧？」

「完全沒有！」顧玫卿迅速回答，視線落在黑格瓦身上寬鬆的病人袍，帶著細微的顫音問：「殿下，我能否幫您……」

「脫吧，綁帶在腰側和後頸。」

黑格瓦瞄了顧玫卿所穿的緊身駕駛服，紅白雙色的合金布料既勾勒出 Omega 的身體線條，也幾乎遮住所有肌膚，目光微微轉沉，「不過你也得脫。」

顧玫卿立刻按下左手腕上的緊急解體鈕，紅白駕駛服先由貼合身體轉為鬆垮，再如花瓣般分裂成五片落上床鋪。

而顧玫卿迅速將駕駛服掃下床，伸手扯開病人服的綁帶，迫不及待地將青藍色的薄袍扒下扔到駕駛服旁。

這舉動讓黑格瓦笑出來，偏頭道：「這麼急？又不是沒見過或摸過我的身體。」

「是見過也摸過，但不是以伴侶的身分。」

顧玫卿頓住兩秒，看著眼前結實、健美但同時也遍布疤痕的裸體，暗自嚥了一口口水道：「所以不敢對殿下太放肆。」

「不敢太放肆啊……」黑格瓦輕語，擺動龍尾低聲道：「那更放肆一點如何？」

「殿下的意思是？」

「既然是我的伴侶，就別對我用敬稱。」

黑格瓦斂起藍瞳，以比平時低沉也輕緩的聲調道：「玫卿，喊我的名字。」

顧玫卿的背脊與腦杓先是一陣酥癢，而後才猛然意識到這是黑格瓦第一次單獨叫自己的名，甜蜜、驚喜，滿足……眾多情緒如浪潮般席捲心弦，令他的眼眶泛紅泛熱，湊近龍人呼喚：「黑格瓦……主人。」

「不是說別用敬稱嗎？」黑格瓦挑眉。

「『主人』不是敬稱，是愛稱。」

「愛稱……罷了，你喜歡就好。」

「我非常喜歡。」

顧玫卿燦爛地笑著，岔開腳胯跪在黑格瓦身上，注視龍人半揚的嘴唇，兩手搭上對方的肩膀，傾身親吻刀削似的薄唇。

這是個輕柔而纏綿的吻，兩人淺淺吮磨另一人的唇頰，舌尖相觸相繞，輕輕相貼，沒有吻到彼此窒息，但每次吸氣都能嗅到對方的氣息。

顧玫卿的雙手在接吻時慢慢下滑，撫過黑格瓦寬挺的肩膀、厚實且橫著傷疤的胸膛、肌理分明的腹肌，最後來到對方堅挺的性器上，托著肉莖沉下腰，讓莖身貼上自己的股間。

黑格瓦的呼吸頓時轉為粗沉，勾吮顧玫卿的力道加大，涼爽的甘香自口中、頸側散出，包圍 Omega 的身軀。

這令顧玫卿的下腹一陣騷動，臀口滲出水液，沾上黑格瓦的陰莖。

「主人……」

顧玫卿輕聲呼喚，想要立刻被黑格瓦插入，卻又捨不得掌下集野性與優雅於一身的肉體，掙扎片刻沒有收手，但前後擺動臀部磨蹭龍人的半身。

黑格瓦的喉結微微滾動，抬起龍尾環上顧玫卿的腰，再緩緩下滑圈住對方的臀瓣。

顧玫卿雙腿細顫，慾念如野火般燒灼神經，垂手握住黑格瓦的陰莖，抬起臀部就要直接坐下。

可惜，龍尾先一步弓起，將尾尖插進潮濕的臀縫。

「還不行。」黑格瓦把尾巴往顧玫卿體內推，稍稍曲起尾尖頂著內壁道：「你這裡還不夠軟。」

顧玫卿的肩膀微微一抖，看著近在「根」前的猙獰肉具，下意識吮捲體內的龍尾道：「只要殿下進來……馬上就會軟的。」

「現在進來你會受傷。」黑格瓦的脹大性器燙熱，但口氣卻相當冷澈，面無表情地抽動尾巴道。

顧玫卿的手指收緊，如果龍人壯碩的陽具不在面前，又或是從未嚐過 Alpha 的滋味，那麼單憑龍尾自己就能滿足。

然而他不僅看見還握過溫熱的肉根，花穴也清楚記得被陽具抽插到失神的歡愉，這導致龍尾帶來的不是撫慰，而是飢渴。

黑格瓦察覺到顧玫卿的煎熬，但沒將尾巴拔出，持續和緩地曲伸抽磨，「除了插入之外，你想做什麼我都不會阻止。」

顧玫卿雙唇抿起，將自己的陰莖靠上黑格瓦的肉刃，傾身貼近龍人身軀擺盪腰臀，用胸脯與半身蹭磨 Alpha。

黑格瓦近距離看著顧玫卿，對方的身體雖不如自己壯碩，但憑藉實戰與高強度的鍛鍊，不僅精實無贅肉，還散發刀刃般的俐落感。而此刻這具精悍的肉體正放蕩地搖擺，後穴含吮著龍尾，穴口隨尾尖的進出滲出液體，配上被情慾染紅的端麗容顏，以及地板上繡有上將肩章的駕駛服，都散發強烈的悖德感。

對黑格瓦而言，這不僅悖德還煽情，投向顧玫卿的視線迅速變得熾熱，腿間性器也脹大一圈。

顧玫卿先感受到黑格瓦半身的變化，接著才與龍人四目相交，臀穴在注目下一陣濕潤，飢渴升級為焦渴，難耐地擺腰道：「主人，已經……已經很軟了，請進來吧。」

「不行，你現在不是發情期……」

「如果是以主人為對象……一年四季都是我的發情期。」

顧玟卿一手撫上黑格瓦的龍尾，一手握住兩人交疊的陽具，扭腰同時撫弄兩者細聲道：「拜託……請進來，舒服又不夠舒服……好難受。」

黑格瓦拉平嘴角，看著顧玟卿已經冒出些許白濁的陰莖，與自己沾上水液的尾巴，沉默須臾後將龍尾抽出道：「放進去時慢點，別傷到自己。」

「是！」

顧玟卿迫不及待地挪動膝蓋，左手搭在黑格瓦的肩頭，右手握住對方的肉根，將自己的臀縫對準根頂坐下。

儘管顧玟卿的發情宣言不假——被 Alpha 的信息素包圍的他的確在發情邊緣，但當龍人的龜頭頂開臀股，領著粗硬的莖身進入他體內時，脹痛感仍攀上肉壁。

但顧玟卿無視痛感繼續往下坐，理由除了這點痛楚對他而言不足一提外，更主要的是陰莖帶來的不只有痛，還有逐漸加重的滿足、快意、喜悅與記憶。

什麼記憶？發情期時與龍人瘋狂交媾的記憶，那既刻在肉體，也存於精神的回憶隨插入越漸鮮明，顧玟卿的呼吸轉為粗沉，被肉棒撐開的部分酥麻細顫，尚未被觸及的地方則泌出蜜水。

黑格瓦看不見顧玟卿的體內，可是他清楚感受到對方的吮捲和濕潤，望著眼前將自己的陰莖吃入一半的心上人，情感和慾望驟然壓過理智，釋放出足以讓任何 Omega 進入發情期的濃烈催情素。

顧玟卿腦中的思緒頓時清空，直到快感打上生殖腔才回神，發現自己不知何時直接坐上黑格瓦的大腿，生殖腔的腔門被粗硬的龜頭頂起，稍稍磨壓就會打開。

「別動得太猛。」黑格瓦的聲音沙啞也燙熱：「你剛受孕，太激烈會傷到孩子。」

「是。」

顧玫卿將臀部抬高再放下，但這回他沒有坐到底，而是維持約一吋的空隙，然後重複相同的舉動。

溫吞的抽插勾起的快感有限，可是也因此讓顧玫卿清楚捕捉黑格瓦肉莖的溫度、起伏與細微的顫動，具體認知到龍人在自己的體內。

不，顧玫卿認知到的不僅有黑格瓦的肉根，還有對方洶湧的慾望，雖然龍人沒有動手，但是明亮如焰的藍瞳、在 Omega 坐下時抽顫的陰莖，都刻著對另一人的慾求。

對顧玫卿而言，這是最強烈的春藥。

「主人哈……嗯啊！」顧玫卿輕喚，抬、坐的速度加快，感覺自己的穴口、穴徑、中段的腺體與最末端的生殖腔口都被撐成黑格瓦的形狀，忘情地喊道：「好、好舒服……喔呵！喜歡……最喜歡主人了！」

「我也是。」

黑格瓦曲起尾巴輕撫顧玫卿的臀瓣，凝視在自己腿上舞動的 Omega 道：「我的歌拉維尤……你是宇宙中最豔麗的花朵。」

顧玫卿抬起眼睫，歡愉浸潤神經與大腦，讓他綿喘一聲抱住龍人的頸子，閉眼獻上自己的雙唇。

黑格瓦輕柔地回吻顧玫卿，陰莖隨對方的扭擺一次次抽磨花徑，感覺包裹自己的軟壁開始收縮，明白 Omega 快高潮了，回勾龍尾把人拉向自己熱吻。

顧玫卿在深吻中高潮，模糊地感覺到黑格瓦放開自己的嘴，片刻後頸上的腺體就二度被咬破，同時體內的肉莖也噴出精液，讓他在極短的時間內又經歷一波高潮。

當顧玫卿回過神時，已經從蹲坐轉為躺臥，身下是幾分鐘前還墊在黑格瓦身後的被褥，上方則是緩慢抽動性器的龍人。

「我稍微能動了。」

黑格瓦微笑，壓著顧玫卿的大腿將陰莖插入，再俯身親吻對方的嘴唇。

顧玫卿闔眼承接黑格瓦的吻，知道自己該向李覓、張莉、第三軍團的其餘人、談諾……眾多人報平安，但他既沒動手指，甚至不打算使用精神力控制個人處理器發訊息。

灰姑娘的魔法結束於午夜十二點，他獨占黑格瓦的時間將結束於鉑伏、赤潮返回首都星，而在那之前，他將與自己的王子盡情共舞。

（全文完）

【番外】

家族聚會

說到地球聯邦首都星上的琉璃酒店，大多數人腦中第一個念頭都是「政商名流的宴會廳」。今日，這間奢華酒店依舊閃耀如地上星辰，但不同於以往的是，通往酒店的湖上橋梁幾乎是三步一崗五步一哨，人類和保安機器人頻繁檢查上橋的車輛，並且時不時就將某些人驅離道路。

之所以會布下如此嚴密的檢查網，是因為顧家的大家長——前地球聯邦宇宙軍中央軍團的統帥，顧嚴泰老先生要在琉璃酒店舉辦九十大壽的壽宴，而聯邦主席、議長、軍部高層……眾多一出意外就保證上頭版的大人物都會出席。

顧玫卿作為顧家的長孫以及家族中軍階最高的現役軍人，自然也在出席名單中。他身穿軍禮服，乘坐無人車穿過橋梁來到酒店門口，接受保安機器人檢查後，乘坐電梯來到壽宴會場。

壽宴會場外有另一個檢查哨，顧玫卿舉手讓機器人掃描，過程中感受到不少注目，但卻無人上前與他寒暄。

顧玫卿沉默地放下手，背著數十道目光進入會場，直直走向主桌正後方的桌子。

該桌坐著的都是顧家的孫輩，這些與顧玫卿年紀相仿的男女原本聊得正起勁，看見顧玫卿入座後先是瞬間沉默，再僵硬地開啟新話題。

而顧玫卿既沒有加入，也沒開口問「你們前面在聊什麼」，只是默默地端起茶水靜待壽宴開宴。

他沒有等太久，廳堂內先響起樂聲，接著司儀上臺介紹今日貴賓，貴賓們上臺讚美顧嚴泰的貢獻、祝福老先生能健康安樂．最後由壽星本人舉杯宣布開宴。

壽宴持續近兩個小時，過程中顧玫卿完全沒與同桌交談，僅在幾名議員或軍中同袍過來打招呼時開口，幾乎從冷盤一路安靜到甜點。

然後，在他將最後一口餐點嚥下肚時，背後響起說話聲。

「哥哥。」顧玫卿的異母弟弟——顧華賜站在桌邊，笑容燦爛地道：「爺爺要你過去。」

「去主桌？」顧玫卿放下叉子問。

「去休息的房間。跟我來。」

顧華賜不等顧玫卿站起來，就調頭朝宴會廳右後方的休息室走去。

顧玫卿起身跟上，發覺顧華賜默默加快腳步，但沒有多言只是一同加速。

顧華賜快步穿過賓客，聽著身後穩定的腳步聲，愉快地道：「對了，如果我沒記錯，以往哥哥都是跟爺爺一起坐主桌？」

「有時是，有時不是。」

「幾乎都是吧。」顧華賜走到休息室的門前，握住門把回頭笑道：「今天怎麼坐到別桌去了？是幹了某些讓爺爺不高興的事嗎？」

「……」

「反倒是我和爸爸去主桌了，哥哥你……」

「你開門前應該先敲門。」顧玫卿打斷顧華賜，看著已經被對方扭動一半的門把，「這是基本禮節，別忘了。」

顧華賜的五官瞬間扭曲，心不甘情不願地放開門把，敲門報上自己和顧玫卿的名字，獲得許可後才扭開門把。

迎接兩人的是三名 Alpha 保鑣，保鑣請顧玫卿交出個人處理器，再拿電子探測器將 Omega 掃上兩輪後才退開。

保鑣走開後，顧玫卿才看見坐在五人座沙發中央的顧嚴泰，與站在顧嚴泰左後方的父親顧德宙，目光微微轉沉上前道：「爺爺，您有事找我？」

顧嚴泰抬頭注視顧玫卿，他是一名白髮蒼蒼但目光銳利的老人，半瞇灰瞳將長孫從頭到腳看過一輪後，用手杖指指前方的單人沙發道：「坐下說話。」

顧玫卿坐上沙發椅，一旁的接待機器人立刻送上茶水，但他連手都沒伸，直視顧嚴泰問：「爺爺，您找我什麼事？」

顧嚴泰輕撫手杖上的寶石，靜默片刻才嚴肅地開口問：「你從魯苦回來有三個月了吧？身體狀態如何？」

「一切正常，我現在固定每兩週去醫院做一次健康檢查。」

「……產檢嗎？」

「是，一般來說產檢是四週一次，但我的狀況比較特殊，醫生建議我拉近檢查間隔。」顧玫卿停頓幾秒，嘴角微微上揚道：「醫生說，這孩子出乎預料的強壯，所以從下個月起，我四週去一次就行了。」

顧嚴泰握杖的手收緊，看著淺淺微笑的長孫，深深嘆一口氣道：「玫卿，你從小到大都很優秀，也很努力，所以雖然你年輕又是 Omega，家族中還有若干反對聲浪，我仍希望你能成為顧家下任家主。」

「我無法擔當此重任。」

「你是不能，只要你還懷著那頭惡龍的孩子。」

顧嚴泰的聲音皺然轉沉，注視顧玫卿乍看平坦，但細看已有些弧度的腹部道：「你想要招贅多平凡的 Alpha 甚至 Beta，我都沒有意見，因為你夠優秀。」

他繼續說：「但是斯達莫的親王不行！顧家是聯邦的守護神，我們不能替聯邦的最大威脅與劊子手孕育子嗣，這會動搖人民對顧家的信賴、斷絕你的前程，因為軍方絕對不可能讓被獸人標記的 Omega 成為任何一個軍區的統帥！」

顧玫卿的嘴唇微微抿起，平靜、不帶一絲感情地問：「所以爺爺的意思是？」

「爸爸和爺爺已經幫你找好醫生，下週就能幫你動流產和洗清腺體標記的手術。」顧德宙插話，臉上雖然掛著關切，但眼中卻鑲著鮮明的笑意，「手術會讓你虛弱一陣子，然後也多少會影響精神力，不過為了你的未來，這是必要的犧牲，休養期間你如果有需要處理的事，不用客氣，找小賜幫你辦，這對他來說也是磨練。」

「我會盡全力協助哥哥的。」

顧華賜站在顧玫卿左後方，絲毫不隱藏自己的得意和喜悅：「我是軍校生，雖然還沒畢業，但也有下士軍階，夠擔任傳令兵了。」

顧玫卿放在腿上的手緩緩收捲，將目光投向顧嚴泰與顧德宙問：「爺爺與父親的意思，是要我將黑格瓦殿下的孩子與標記拿掉，然後在手術恢復期間，我與外界的聯繫只能透過華賜，是這樣嗎？」

顧德宙微微一僵，但馬上就露出安撫的笑容笑道：「別說得好像我們要監禁你似的。手術後會有很多需要與媒體和斯達莫交涉的地方，你一個還在恢復期的 Omega 不好處理，所以就交給爸爸和小賜吧！」

「為了你和顧家的未來，你必須墮胎和洗標記，明白嗎？」顧嚴泰沉聲強調。

顧玫卿沒有回應，環顧休息室內的三位家人，「三位要說的話都說完了嗎？」

顧嚴泰隱約覺得長孫的反應不大對勁，但他沒有細想，板著臉揮手道：「都說完了，你可以出去……」

「那麼換我說了。」顧玫卿截斷顧嚴泰的發言，直視愣住的爺爺道：「首先，我對顧家家主或是軍區統帥的位子都沒有興趣，也沒有能力接任。家主部分請爺爺另尋接班人，而軍區統帥……宇宙軍中有許多比我優秀的軍人，爺爺不用擔心。」

「你！」顧嚴泰掐緊手杖。

「第二，我不會拿掉孩子，或洗去黑格瓦殿下的標記。」顧玫卿的聲音沒有起伏，但瞳中卻盪著焰光，「這是我耗費十二年光陰，拚盡全力才獲得的獎賞，即使是殿下本人開口，我都不會放棄。」

顧德宙瞪大眼瞳，僵直三四秒才揮手道：「你瘋了嗎！不洗掉標記，你就會受那隻惡龍擺布，萬一他利用你進攻聯邦怎麼辦！」

「殿下不會對聯邦動兵。」

「你無法確……」

「我可以。」顧玫卿望著父親脹紅的臉，挑起唇角淺笑道：「因為殿下很清楚，一旦斯達莫對聯邦開戰，他在戰場上第一個遇到的敵人肯定是我，而殿下是比我心軟百倍的人，無論如何都會避免這件事。」

「單兵突破聯邦數十個基地的 Alpha 最好會心軟。」顧華賜冷笑，前進幾步走到茶几邊，「爸爸、爺爺，哥哥再怎麼勇猛，最終都還是 Omega，被永久標記後就沒多少個人意志了，還是照最壞的打算，今晚就直接送他去醫……」

「我的話還沒說完。」顧玫卿將手伸進軍禮服的暗袋，拿出一個鈕扣大小的合金球，「最後，剛剛的對話我全程錄音了。」

休息室內陷入寂靜，扣除顧玫卿本人，所有人的目光都集中在合金球上，驚嚇、錯愕、茫然、困惑……種種情緒充塞空氣，直到嚎叫聲震動牆壁。

吼叫的人是顧華賜，他撲向顧玫卿掌中的合金球，然而指尖剛靠近球體，就被對方扣住手腕。顧玫卿抓著顧華賜的手一扯一扭再一肘擊，於對方正面撞地的同時離開沙發椅，改坐到異母弟弟的背上。

兩名保鑣見狀，立即上前想要救人與搶奪錄音球，插在腰間的電擊槍卻忽然暴動，將主人電倒在地。

顧德宙在保鑣的落地聲中回神，看著在地上抽搐的保鑣，以及被死死壓在地上的兒子，倒抽一口氣正要上前救出愛子時，顧玫卿忽然抬頭甩來一記眼刀，將父親直接釘在原地。

「請不要以為只要銷毀錄音球，就能銷毀錄音檔。」顧玫卿扭著異母弟弟的手腕，望向父親與爺爺，「剛才的交談我不僅有錄音，還即時轉播給朋友。」

「轉、轉播？」顧德宙的聲音拔高，按著沙發的椅背問：「你轉播給誰……不對，你是怎麼把有連線功能的錄音球夾帶進來的？進宴會廳和進休息室時不是都要搜身嗎！」

「我干涉了保安機器人和電子探測器。」

顧玫卿嗅到一絲酒味，意識到身下的顧華賜打算用信息素反擊，毫不猶豫地將對方的手腕扭到骨折邊緣，在異母弟弟的哀號聲中道：「我是連戰艦系統都能入侵的人，不動聲色地掌握一兩臺機器人和儀器不成問題。」

「你、你……」顧德宙張口閉口吐不出話。

「你明白自己在做什麼嗎？」顧嚴泰沉聲接續兒子的話語，持杖的手浮現青筋，怒視顧玫卿，「你要與顧家為敵？」

「這是我要問爺爺的問題——顧家要與我為敵嗎？」

顧玫卿鬆開顧華賜的手腕，但下一秒就手刀將人直接敲暈，站起來俯視顧嚴泰，「如果沒有顧家的栽培，我不會遇見黑格瓦殿下，就這點而言我十分感謝您，也很樂意在顧家遭難時伸出援手，但您若想對我的孩子或黑格瓦殿下動手……恕我無法保證自己不會過當反擊。」

「你這是在威脅我？」顧嚴泰問。

「不是，但接下來就是。」顧玫卿彎下腰，在陰影中斂起灰瞳沉聲道：「如果我的孩子有個三長兩短，無論下手的人是不是爺爺，我都會將錄音檔公開。」

顧嚴泰雙眼圓睜，和兒子一樣陷入張著嘴卻組織不出言語的窘境。

「所以，為了顧家的安康，請爺爺和父親祝福我與殿下的孩子。」

顧玫卿直起腰桿，跨過昏迷的弟弟來到保鑣身旁，剛從對方身上取回自己的處理器，休息室的大門就立刻被人打開。

開門的是顧嚴泰的祕書之一，他氣喘吁吁地站在門口，不等旁人發問就主動道：「斯、斯……斯達莫駐聯邦大使，黑格瓦親王在外面！」

顧玫卿先是愣住，接著雙眼圓睜，一把推開祕書往外衝。

宴會廳內的賓客已經散去大半，顧玫卿在沒有多少障礙物下很快就來到廳門前，剛用身體撞開雙扇門，就看見黑格瓦在狼人與兔人侍衛的簇擁下走出電梯。

那一瞬間，因父親、爺爺與異母弟弟所起的憤怒，以及累積三個月的寂寞、思念和煩悶通通化為狂喜，顧玫卿毫不猶豫地奔向黑格瓦吶喊：「殿下！」

黑格瓦聽見喊聲轉向顧玫卿，瞧見 Omega 以百米衝刺之姿跑過來，緊急伸手將侍衛掃開，再張開手臂接住撲到自己身上的伴侶。

顧玫卿將臉頰貼在黑格瓦的胸前，嗅聞著龍人的氣味，用身體和雙臂捕捉另一人的體溫與心跳，倚靠著對方將近半分鐘，才微微覺得周圍異常安靜，抬起頭看向左右。

迎接顧玫卿的是錯愕的斯達莫侍衛，與更錯愕的壽宴賓客。

侍衛們全都知曉顧玫卿是自家主子的命定之人，但誰也沒想到聯邦英雄一見到黑格瓦，就像熱戀中的少女般飛奔再飛撲。

對壽宴賓客來說，他們記憶中的顧玫卿總是冷淡拘謹，別說目睹對方飛撲別人了，連 Omega 的笑容都沒見過。

因此，當這些人看見顧玫卿露出甜蜜至極的笑靨時，驚訝到一秒化身石像。

顧玫卿望著這些宛若雕像的人類，後知後覺地意識到自己太熱情了，正要放手退開時，忽然被黑格瓦箍住腰臀，下一秒整個人就被龍人抱起起來。

「殿、殿下！」顧玫卿反射地抓住黑格瓦的肩膀。

「我在這裡。」

黑格瓦右手托著顧玫卿的臀部，左手扶在對方的腰上，輕輕掂了掂懷中人，仰望滿臉通紅的 Omega，「三個月不見，你的體重沒掉，太好了。」

顧玫卿先是一愣，接著克制不住地勾起嘴唇，「我這陣子很注意飲食和休息。」

「看得出來，你的氣色和精神都不錯。」

黑格瓦將顧玫卿放下來，俯首以指尖掠過對方的面頰，「心情也是，有開心的事？」

「有，殿下站在我面前。」

「這就能讓你笑得像盛開的花？看來我的花朵很容易滿足呢。」

黑格瓦親吻顧玫卿的額頭，再倏然收起笑容抬頭掃視周遭，擺動龍尾，緩慢、低沉、彷彿踩著聽者胸口的語調道：「公開場合，諸位要將眼睛放在哪我管不著，不過基本禮貌還是要有，別踰矩了。」

賓客們卻不約而同打了個冷顫，感覺自己所在之處不是富麗華美的酒店，而是巨龍的利爪之下，恐懼和求生本能覆蓋好奇心，幾乎是立即轉開視線。

唯一例外的是顧嚴泰，他與顧德宙、顧華賜和幾名保鑣剛走出宴會廳，就正面撞上黑格瓦的警告，身後的兒子、孫子一秒別開頭，直到被他用手杖敲膝蓋才把目光拉回前方。

顧嚴泰微微垮下肩膀，再挺直身體走向黑格瓦，「黑格瓦大使，我剛剛才得知你到酒店，有失遠迎還請見諒。」

「不用向我表示歉意，我本就不在邀請名單上，也不是來給顧前統帥祝壽的。」

黑格瓦攬住顧玫卿的腰，將 Omega 勾向自己，「我只是來接自己的伴侶，確認他與他肚子裡的孩子一切安好罷了。」

顧嚴泰的手指微微抽動，不過他很快就穩住情緒，平靜地淺笑，「玫卿沒什麼大礙，不過獸人與人類的胎兒流產率偏高，難保不會有意外。」

「所以我才來『保』人。」黑格瓦緩慢地擺動龍尾，皮笑肉不笑地道：「顧前統帥，長者和孕夫都不宜熬夜，今晚就到此為止，各自回府休息如何？」

顧嚴泰握緊手杖，靜默數秒才開口道：「的確，那就麻煩大使將玫卿安全送回家了。」

「我會的。」

黑格瓦摟著顧玫卿轉身，左右總計六名侍衛跟著主人移動，一同踏進剛離開的電梯廂。電梯將眾人送到地下三樓的停車場，該處有另外一隊侍衛，以及一輛加長型禮車與兩臺廂型車。黑格瓦帶著顧玫卿坐上加長型禮車，而侍衛一將禮車的車門關起，他就將 Omega 勾向自己，低頭奪取對方的雙唇。

顧玫卿嚇一跳，但在短暫的呆滯後，立刻抱住黑格瓦熱情地回應。

黑格瓦吻到胸中的氧氣耗盡，才後退長吸一口氣，輕撫顧玫卿的臉龐，「你沒事吧？」

「沒事。」顧玫卿搖頭，直直望著黑格瓦問：「主人怎麼會來這裡？」

「我接到消息，你爺爺和父親在尋找擅長腺體清洗手術和墮胎的醫生，以及能祕密執行這兩者的醫院，然後你又在今晚的壽宴邀請名單上……」

黑格瓦話聲漸弱，翻開顧玫卿的衣領檢查，「你真的沒事？身體有沒有哪裡出現沒印象的傷口？宴席上有吃到味道微妙的菜嗎？」

「都沒有。」

顧玫卿看著黑格瓦憂心忡忡地拉起自己的手左右翻看，暖意襲上心頭，反握住龍人的雙手，「真的沒有，我已經處理好了。」

「處理好是什麼意思？」黑格瓦挑眉。

「就是爺爺以後不會……啊！」

顧玫卿肩頭微微一顫，猛然意識到自己說溜嘴，緊急改口道：「我已經威……說服爺爺，他不會再反對我們在一起。」

「所以他反對過？」黑格瓦聲調降低。

顧玫卿僵住，看著黑格瓦，雙唇無聲地開開合合，想要轉移話題或粉飾太平，卻一句話都編織不出來。

黑格瓦的目光轉暗，迴轉龍尾挑起顧玫卿的下巴，凝視 Omega 沉聲道：「清楚告訴我，在我到達前，你的爺爺在做什麼？」

「爺爺說——」顧玫卿拉長語尾，停留在「說」字的口型，靜默將近兩個路口後，別開視線細聲道：「我不想讓主人知道，那些言語……太醜陋了。」

黑格瓦微微抿唇，放下黑尾輕聲道：「玫卿，你知道我不會因為你家人的言行，就改變對你的看法吧？」

「我知道，但我還是……對不起。」顧玫卿低垂著頭。

黑格瓦沉默，接著伸手把顧玫卿攬入懷中，靠著座椅嘆氣，「好吧，那就別說。」

「可以不說嗎？」顧玫卿抬頭。

「有何不可？」黑格瓦偏頭問，看著車頂輕拍顧玫卿的背脊，「人與人之間本來就沒有完全誠實這檔事，即使是血親摯友也會有隱瞞之處，所以重點不是誠實，是信賴。我很想知道顧嚴泰說了哪些混帳話，但我信賴你，所以如果你認為那些話不適合讓我知道，那我就不問。」

顧玫卿睜大眼，胸口一陣燙熱，側頭枕著黑格瓦的胸膛微笑道：「謝謝主人。」

「你高興得太早了，因為我會用同樣的理由背著你幹壞事。」

黑格瓦故作狡詐地瞪顧玫卿一眼，再收回注目道：「而且，作為補償，我要求你大略告訴我，你是怎麼處理顧嚴泰的。」

「我把他、父親、弟弟與我的交談錄下來當作威脅籌碼。」

「講了足以當作要脅素材的惡言嗎……」黑格瓦皺眉低語，看向顧玫卿問：「不過這不像你會做的事，是李中將的主意？」

「三分之一是。」

「什麼意思？」

「認為爺爺和父親會在壽宴上找我談話，建議我攜帶錄音球錄音，並且同步備份到雲端的是學長；認為備份還不夠，必須當場直播給數個人，然後警告爺爺與父親，如果我有三長兩短就會公布錄音的是開夏；最後打算只要孩子有事，不管下手的人是不是爺爺，都要公布錄音，同時過當反擊的人是我。」

「……開夏是哪個開夏？」

「蘭開夏，中央軍第二軍團總司令，我在軍校時的學弟。」

顧玫卿注意到黑格瓦的身體有些僵硬，抬頭問：「怎麼了？」

黑格瓦的嘴角微微扭曲道：「李中將替你謀劃我能理解，但為什麼蘭開夏也……」

「因為蘭家和我方利益相符——這是學長的原話，然後開夏對這種事一直都很感興趣。」

「哪種事情？」

「違逆高層與大眾，稍一失神就會粉身碎骨，但若是成功便能把眾多老不死氣出心臟病的險局——這是開夏的原話。他在兩個月前主動找上學長，和學長一對一談了快三小時後加入我們。」顧玫卿見黑格瓦的臉色一陣青一陣白，湊近對方憂心問：「您還好嗎？哪裡不舒服？」

黑格瓦張口再閉口，反覆數次後別開頭低聲道：「你找第二軍團的總司令商量怎麼防範顧嚴泰，卻連通知都不通知我？」

顧玫卿僵住，急急直起身揮手道：「不、不是這樣的！我是覺得主人有太多工作要忙，所以這點小事就……」

「我的伴侶和孩子的安危是大事。」

「呃！」顧玫卿望著黑格瓦陰鬱的側臉，低下頭細聲道：「對不起。」

黑格瓦拉平嘴角，嘆了口氣把顧玫卿拉回懷裡，「這次就算了，下不為例，好嗎？」

「是。」顧玫卿點點頭，靠著黑格瓦鬆一口氣。

黑格瓦輕撫顧玫卿的背脊，視線落到對方的腹部上，放柔了嗓音：「不過我也得道歉，居然整整三個月都沒和你見面，作為丈夫太失格了。」

「雖然主人沒和我見面，但我每週都會收到附有您信息素的衣服，這樣就足夠了。」顧玫卿將臉埋進黑格瓦的胸口，「而且我只要打開新聞，就會知道主人為了保護我做了多少努力。」

◆◆◆

三個月前，顧玫卿用一段影片對整個聯邦投出震憾彈，當他與黑格瓦一同返回聯邦的首都星時，又扔出另一個震盪整個銀河系新聞版面的信息——黑格瓦答應求婚，並且已永久標記他。

這兩個訊息足以讓全銀河的媒體追著顧玫卿跑，然而在眾記者準備朝 Omega 衝刺時，黑格瓦親自召開記者會，在會上公布托伊在黑市中販賣獸人活體臟器、藏匿無蹤者女王、意圖引發聯邦與斯達莫全面戰爭的事。

如此駭人的醜聞立即勾走媒體和輿論圈的注意力，民間重新憶起當年無蹤者入侵的恐怖，司法檢調部門緊急介入，聯邦軍政商界也大幅震盪，無人再有心思關心聯邦英雄的婚約孕事。

拜此之賜，顧玫卿度過了比想像中安穩的三個月，但他知道自己的平靜是建立在黑格瓦的忙碌上，龍人既要提早收網，還要應付聯邦的檢調、軍政高層與媒體，別說與自己碰面了，一天能不能睡到四小時都要打問號。

「那是我的義務。」黑格瓦微笑，撫著顧玫卿的背脊還想說什麼，左前方就驟然彈出視訊用的投影視窗。

兩人搭乘的禮車是斯達莫大使館的公務車，擁有車內系統最高權限的人是做為大使的黑格瓦，但視窗既不是龍人開啟的，也沒給他許可或否決開啟的機會。

為什麼？因為視窗的開啟者擁有斯達莫帝國的最高權限。

「叔叔！」一名金髮藍瞳，頭頂金龍角的纖美青年貼著視窗，淚眼汪汪地盯著黑格瓦道：「朕……我果然還是不想要叔叔跟別人結婚！叔叔不要去當別人的庫斯陀尤，不要變成別國和別人家的人啦啊啊啊！」

「小夏……」黑格瓦垂下肩膀，看著視窗中的銀髮青年——斯達莫帝國的現任皇帝夏卡里，哭笑不得地道：「這事我們不是上週就談好了嗎？祭儀院那邊會擬特別條款，讓我在婚後仍保留親王的身分，只是退掉攝政王頭銜，我不會變成別國或別人家的人。」

「可是、可是……」夏卡里兩眼通紅，抽動著上身哽咽道：「就算還是親王……還是家人，但叔叔還是……叔叔騙人！明明小時候答應我，等我長大後要跟我結婚的！叔叔食言！」

「那是為了哄你睡覺才說的，我為我年輕時的輕率承諾道歉，所以……」

「我不接受道歉！我要跟叔叔結婚！」

「小夏……」黑格瓦龍尾垂地，認真也頭疼地道：「我和你是不可能結婚的，首先，我們是血親，關係近到對彼此的催情素免疫；第二，我對你的情感不是愛情，你也不是，你只是接觸的人太少，多多和……」

「不會有比叔叔更棒的 Alpha、Beta 或 Omega！」

「你把我捧得太高了！」

「才沒有！叔叔是銀河系中最棒的 Alpha！」

「你這也太……」

「我贊同陛下，殿下是全宇宙最優秀的 Alpha。」顧玫卿忽然插入對話。

「是吧！只有叔叔自己不……」

夏卡里猛然僵住，瞪著靠在黑格瓦胸前的顧玫卿喊道：「顧、顧玫卿！你怎麼會在車裡！」

「我一直都在車裡。」顧玫卿真誠、毫無諷刺地皺眉問：「陛下完全沒注意到我嗎？」

夏卡里沒有答話，面頰原本就因為激動而脹紅，此刻更是紅艷到快出血的地步，隔著螢幕與億萬光年的距離與顧玫卿對望近一分鐘，才甩尾尖聲道：「我不會把剛剛的話收回！像你這種凶暴粗魯滿身血腥味的 Omega 才配不上叔叔！」

「夏卡里！」黑格瓦低吼，怒瞪夏卡里厲聲道：「把話收回去，立刻！」

夏卡里反射地往後縮，望著真心動怒的黑格瓦，臉色迅速由紅轉白，張口還沒吐出一個字，就先聽見顧玫卿的聲音。

「我也覺得我配不上殿下。」

「玫卿！」黑格瓦轉頭看 Omega。

顧玫卿回以微笑，握住龍人的手看向夏卡里，「殿下是宇宙中最溫柔、聰慧、可靠、大度的 Alpha，但我卻不是世上最賢慧體貼的 Omega。」

這發言完全出乎夏卡里的預料，呆滯兩三秒才回神道：「你既然有自覺，就……」

「所以我不會對殿下放手。」顧玫卿平靜地宣告，望著二次愣住的斯達莫皇帝淺笑道：「倘若我是賢明、智慧、足以匹配殿下的 Omega，那大概會主動退出，但我不是，我貪婪、強慾又凶暴，不會放過殿下這麼美好的 Alpha。」

夏卡里雙眼圓瞪，盯著顧玫卿好一會才手指對方道：「你、你這……」

「不過也因為我是貪婪、強慾又凶暴的 Omega，所以我能承諾陛下，」顧玫卿目光轉沉，一字一字緩慢清晰地道：「我會像保護自己的心臟一樣保護殿下，如果必須要在我的心臟和殿下之間做抉擇，我會毫不猶豫地選擇殿下。」

夏卡里睫羽一顫，藍瞳中的怒色散去，取而代之的是冷靜與評量，凝視著顧玫卿，「你是聯邦的軍人，倘若聯邦對斯達莫宣戰，你會為了聯邦攻擊叔叔。」

「所以我會盡全力阻止兩國開戰。」

「你怎麼阻止？你只是軍人，軍人只能聽命不能下令。」

「我是在民間有高度人氣的軍人，而聯邦的領導人是靠人民的選票獲得政權。」顧玫卿停頓片刻，挺直腰肢再慎重地低頭道：「然後，如果陛下也願意盡力維持聯邦和斯達莫的和平，兩國開戰的可能性就更低了。」

夏卡里於螢幕另一頭凝視顧玫卿低垂的頭顱，沉默許久才輕聲道：「朕的決策，豈容聯邦軍人置喙。」

「陛下……」

「朕絕不會將你視為王婿！」

夏卡里先怒視顧玫卿，再垂下眼瞳低聲道：「但是叔叔……皇叔為了斯達莫、為了朕，已經失去太多了，朕不能也不該再從他身上奪取分毫，所以……朕姑且容忍你的存在。」

「謝謝陛下。」

「你該感謝的對象是皇叔。」

夏卡里抬起眼，在視窗外弓起龍尾，「你若敢辜負或傷害皇叔，朕會不計代價踏平聯邦！」

「在那之前，我會先了結自己的性命。」

顧玫卿口氣平靜，但投向夏卡里的目光卻筆直堅毅，如城垣般靜靜承接對方的瞪視，直至投影視窗消失。

然後，當他放鬆身體轉向黑格瓦時，在龍人眼中看見濃重的憂慮，眨眨眼問：「怎麼了？」

黑格瓦張口但沒有出聲，與顧玫卿對視片刻後，垂下龍尾，「對不起，讓你看見難堪的場面了，之後我會找時間重新教育小夏。」

「難堪是……啊！」顧玫卿想起夏卡里闖進車廂時的哭吼，搖搖手笑道：「沒關係，我完全能理解夏卡里陛下想嫁給主人，然後完全無法接受主人的伴侶不是自己的心情，如果我是主人帶大的孩子，也會有同樣的心情！」

「你不用幫他緩頰。」

「不是緩頰，這是我的真心話。」

顧玫卿拉起黑格瓦的右手，先親吻掌心，再將手掌放上自己的面頰，凝視龍人燦爛地笑道：「然後，之後的回答也是——無論有多少人反對，我都不會對您放手。」

黑格瓦抬起眼睫，瞳中的擔憂被憐愛所覆蓋，輕撫顧玫卿面頰再將人攬入懷內，親吻Omega的額頭細聲道：「這是我要說的話。你的人、腺體和肚子裡的孩子，全都是我的。」

「是，主人。」

顧玫卿甜蜜地回答，閉眼靠上黑格瓦的胸膛，沉醉在龍人的溫暖與氣息中，直到禮車到達目的地。

◆◆◆

加長型禮車停在斯達莫的大使官邸前，而顧玫卿在黑格瓦開車門時，才看見宛若童話古堡的尖頂房舍群，瞬間愣住再轉向先一步下車的龍人。

這反應逗樂了黑格瓦，他彎腰探進車廂內問：「你以為我會送你回公寓？」

「不是嗎？」顧玫卿眼中滿是茫然。

「怎麼會呢？」黑格瓦輕笑，瞇起藍瞳沉聲道：「我可是稀世的惡龍，今晚乃至整個週末，你都別想走出我的洞窟，放棄掙扎任我品嚐吧。」

顧玫卿呆滯數秒才聽懂黑格瓦的暗示——龍人要跟他共度週末假期，喜悅與興奮破堤而出，一把抱住對方的脖子笑道：「是！請主人盡情享用我！」

黑格瓦一手攀上顧玫卿的背脊，一手勾起對方的腳足，將人抱下車再轉身踏上官邸的臺階。官邸的保安系統透過生理特徵辨識出主人來到門口，主動打開大門與門廳的照明，並且隨黑格瓦的步伐一步一步開燈開門。

顧玫卿靠在黑格瓦的胸上，心底有個聲音急切地喊著「快點下來」、「周圍人都在看」、「太丟臉了」，但累積三個月的思念與占有欲迅速覆蓋內心的警告，讓他不僅沒有離開龍人的懷抱，還貼得更緊。

這是屬於他的 Alpha，他要召告天下，誰敢搶奪，他就和誰拚命。

黑格瓦這方也是，他抱緊顧玫卿走到官邸深處，站在象牙色的雙扇門前用瞳膜解除門鎖。

在雙扇門開啟的同時，淡淡的硫磺味飄來，顧玫卿眨眨眼轉向門扉，看見由三個溫泉池、兩個迷你瀑布、數個獅頭噴水口與透明天頂組合成的豪奢大浴場。

「前前前任大使是個熱愛沐浴、溫泉與撒錢的傢伙。」

黑格瓦跨過雙扇門，右轉進入玻璃隔成的更衣區，將顧玫卿放下，「我接任大使後本來想把浴場拆了，不過拆除與改建的費用出乎意料的高，就這麼放著了，平常只拿來接待貴賓，或是在我累到骨頭散架時才使用。」

「這裡比第三軍團的公共浴室還大……」

顧玫卿隔著玻璃環顧浴場，兩小一大三個浴池分布在浴場的中央與左右，大浴池的中心是造景與按摩功能兼具的噴泉，小浴池則分別設有迷你瀑布或水療噴口，單向合金玻璃覆蓋天頂，既能仰望天空又保留隱私。

「也比斯達莫皇家親衛軍團的大，不過大也好，才能與你共浴。」

黑格瓦解開衣領的釦子，眼角餘光發現顧玫卿呆住，轉向對方笑道：「你該不會以為，我會放你一個人洗澡吧？」

「是、呃不是！我以為主人只是帶我參觀……」

「參觀不急，先領賞。」

「領賞？但我沒有做任何應當獲賞的事。」

「怎麼沒有？」

黑格瓦挑眉，注視顧玫卿白皙但不蒼白的臉龐、修長亦不失勻稱的身軀，目光轉柔，輕聲道：「這三個月來，你把自己和我們的孩子照顧得很好，這不值得獎賞？」

顧玫卿微微一愣，接著不知所措地低下頭道：「這是我的本分。」

「喔？那你以前怎麼都沒顧好自己，三不五時就瘦一圈？」

「那是因為軍務，而且……」顧玫卿喉中有話卻沒吐出口。

而黑格瓦透過顧玫卿閃避的眼神猜到對方藏起來的言語，暗下眼瞳問：「你不認為自己值得費心照顧？」

「……是。」顧玫卿低聲回答，再趕緊抬起頭拍胸道：「不過我現在懷了主人的孩子！所以會好好照顧身體！」

「……」

「真的！我保證！我現在每天飲食和休息的時間都遵照醫囑，一卡路里或一分鐘都沒少！」

「……」

「主人……」

「玫卿，」黑格瓦打斷顧玫卿，捧起Omega的臉龐，直視充斥不安的灰瞳，緩慢、清晰、慎重地道：「不管你有沒有懷上我的孩子，都應該好好照顧身體。」

顧玫卿緩緩抬起眼睫，還沒將黑格瓦的話消化完畢，龍人就再度開口。

「因為你值得也應該被善待。」

黑格瓦停頓片刻，由捧臉轉為扣住顧玫卿的下巴，放沉嗓音以法夫納的口氣道：「你是被我選中的花朵，輕蔑你就是輕蔑我，我不會放過輕蔑我的人，即使是你也不例外。」

顧玫卿垂在身側的手微微一顫，黑格瓦的注目、口氣與動作都洋溢壓迫感，但帶給他的卻是無邊甜蜜，凝視龍人微笑道：「是，我會好好照顧自己。」

「乖孩子。」

黑格瓦放開顧玫卿的下巴，撫上軍禮服的立領，緩聲道：「這幾個月，你應該過得相當緊繃吧？接下來可以放鬆了，什麼都別想也別擔心，放空腦袋把一切交給我。」

顧玫卿感覺黑格瓦的手指彷彿燃著火，點燃他的頸側再燒向全身，處在無邊燙熱中細聲道：

「是，主人，請盡情命令我。」

「我只有一個命令——接下來沒有我的允許，不准動手。」

「是。」顧玫卿雙手貼上大腿，擺出教科書等級的立正站姿。

這動作把黑格瓦逗笑，盯著顧玫卿一會才抽回手脫下自己的衣褲扔進洗衣籃，再動手剝去Omega身上的軍禮服，牽著對方走到另一頭的淋浴區。

顧玫卿被黑格瓦推上白石雕成的小圓椅，看著龍人從玫瑰造型的出水口舀來溫水打濕自己，再拿起沐浴球揉出泡沫貼上他的肩頸。

他沒有被人刷洗身體的經驗——起碼清醒時沒有，不自覺地繃緊肌肉，坐姿僵硬得彷彿參加統帥主持的作戰會議。

黑格瓦的視線掃過顧玫卿過分硬挺的背脊，沒有要求對方放鬆，而是輕輕刷過Omega的肩頸胸膛，讓泡沫與沐浴乳充分浸潤肌膚後，就放下沐浴球改用雙手緩壓慢揉。

顧玫卿嚇一跳，反射地拉直腰桿，他在黑格瓦的按摩之下泛起輕微的酥麻，最後不知不覺地鬆開肩頸後背。

同時，空氣中除了溫泉的硫磺味，還滲入黑格瓦的信息素，舒爽如晚風的撫慰素與龍人的指掌一同撫過顧玫卿的身軀，一點一滴化去Omega的僵硬。

當黑格瓦洗到顧玫卿的腳踝時，Omega不但坐姿與「端正」兩字沒有一撇的關係，雙眼甚至有些失焦。

黑格瓦勾起嘴角，舀水把顧玫卿身上最後一絲泡沫沖去，直接站到出水口下迅速刷洗身軀後，將還在恍神的Omega打橫抱起，轉身走向浴場中央的大溫泉池。

溫泉池邊有供泡湯者靠坐的臺階，黑格瓦坐上臺階將顧玫卿放在自己腿上，揚起龍尾環住

Omega的後背，一手輕揉對方的肩頸，一手搭著池緣仰望頭頂的星空。

顧玫卿倚靠著黑格瓦垂下眼睫，感覺纏繞手腳軀幹與腦袋的壓力、疲乏、煩悶與疲勞，通通溶解在溫熱的泉水與黑格瓦的指掌下，釀成令人心神恍惚的安逸。

而當黑格瓦為了調整坐姿將視線拉回溫泉池，與顧玫卿四目相交時，兩人想也沒想便仰首低頭，於水霧中吻吮另一人的唇。

顧玫卿抬手攀上黑格瓦的肩膀，吞嚥也嗅聞著龍人的氣息，籠罩身心的安逸迅速升溫，轉變為灼心的慾求。

黑格瓦在換氣時嗅到玫瑰香，眼中閃過一絲促狹，一面吻啄顧玫卿的嘴唇，一面把手探向對方的腿間，自膝蓋內側摸到大腿根部，再向下走至臀股，掐揉兩下後又回到腿根來回愛撫。

顧玫卿雙腿細顫，黑格瓦的手掌沒有直接碰觸他的半身，但是移動時帶出的水波卻反覆刷撫肉莖，手背也不時微微擦過囊袋，牽起細微的酥癢與洶湧的渴望。

他為了紓解慾火伸長脖子湊近黑格瓦的嘴，雙腿合起輕輕夾住黑格瓦的手，同時右手也在水下靠近自己的性器，正要握住半勃的器官時，後背突然被龍尾抽打。

「我在脫衣前說了什麼？」黑格瓦以氣聲問。

「沒有您的允許，我不能動手。」

顧玫卿的右手懸在腹上，兩腿也鬆開幾分，細聲愧疚地道：「對不起主人，我一時控制不住……請原諒我。」

「原諒你一次，但下不為例。」

「是，我會忍住。」

「忍住？」黑格瓦挑起單眉，笑道：「我先前說了，這是給你的獎勵，既然是獎勵，為何需要忍耐？」

「因為我不能動手……」

「你身上能動的只有手？」

黑格瓦見顧玟卿一臉茫然，擺動龍尾輕磨方才拍打的位置，輕聲提示道：「你還記得，在你去參加無蹤者終戰紀念日前，我在遊戲間裡問了你什麼嗎？」

「您問我，在我出差時是怎麼思念您的。」

「然後？」

「然後您就照我的想像……」

顧玟卿愣住，盯著黑格瓦不敢置信地道：「主人，我可以……」

「什麼都可以。」

黑格瓦靠近顧玟卿的耳畔，低沉也輕緩地道：「我的花姬，告訴我你想要我怎麼碰你？」

顧玟卿的頭殼一陣熱麻，把上身稍稍滑入池水中，腹部因此朝黑格瓦的手掌移動，將陰莖根部送到龍人的指尖前道：「請主人……摸摸我。」

「允了。」

黑格瓦微笑，一手撐住顧玟卿的背脊，一手向前握住對方的肉莖，自莖根滑向龜頭，撫按頂端圈弄冠溝數次，然後滑回原來的位置重複相同的舉動。

「哈——」顧玟卿仰頭輕輕吐氣，陰莖同時感受到黑格瓦指掌的觸感，與隨手掌挪動帶動的水流，兩者一同將燒灼心神的慾火磨成快意。

「話說，無論在車上還是浴場中，我釋放的都是撫慰素。」

黑格瓦套弄顧玟卿的莖身，再反捲龍尾以尾間戳弄敏感的龜頭，望著在懷中細抖喘息的

Omega，沉聲道：「但你此刻的反應……和嗅到催情素沒兩樣，這讓我有些擔心，寄過去的衣服會不會也讓你發情？」

「……會。」

「你說什麼？」黑格瓦故作迷茫地發問，同時加快滑動與撫磨的速度。

「會！」顧玫卿的聲音拔高，在驟然增強的快感中折起腳足，雙目濕潤地道：「每次收到衣服……聞到主人的氣味時，都會忍不住……」

「對衣服發情？」

黑格瓦低頭吻上顧玫卿的頸側，貼著腺體低聲問：「說詳細點。」

「我……哈啊！」

顧玫卿感覺黑格瓦以龍尾捲住自己的半身，並且張開五指覆蓋他的丸囊，裹著薄繭的手掌配合黑尾的蠕動，時而握揉時而挑逗囊袋，挑起一陣又一陣的酥麻。

「你怎麼樣？」黑格瓦問。

「我會很……思念、很想要主人。」

顧玫卿抖著嘴唇回答，腦中浮現過去三個月在家中打開包裹時的場景。

密閉的塑化盒中放著黑格瓦的衣袍，一打開整個客廳就浸淫在夏夜晚風中，他撫摸著袍上精緻的刺繡，褲襠很快就湧現緊繃與濕潤感。

「你拿我的衣服自瀆嗎？」黑格瓦以氣音發問。

「沒……哈，沒有，那樣主人的氣味會……被蓋掉。」

顧玫卿看著回憶中的自己躺臥在床上，縮起雙腿手淫與戳弄後穴，下意識合腿夾住黑格瓦的手，扭動臀部磨蹭龍人的大腿道：「我會在房間……射出來，高潮兩三次……再收好您的……

哈！衣服。」

「一件衣服就能讓你發情兩三次啊。」黑格瓦輕笑，啄了顧玫卿的腺體一下，「那麼，接下來可不能讓你失望。」

「失望是……嗯啊！」

顧玫卿忽然短喊，因為黑格瓦抽回龍尾換上另一隻手，兩手分別撫弄陰莖與囊袋，同時張嘴含吮 Omega 的耳畔。

拜此之賜，顧玫卿不僅在水下蜷起腳趾，還克制不住地喘息，身體隨龍人雙手的擺弄顫抖，在池面激起一波波漣漪，最後在黑格瓦掌中猛然一顫射精。

黑格瓦看見精液浮上水面，再漂入一旁的隱藏排水口，愛撫顧玫卿陰囊的手鬆開，向下探往對方的臀股。

顧玫卿還處在高潮的餘韻中，沒有注意到黑格瓦的手已經換位置了，直到龍人的手指插入臀穴才回神。

但也只回神了不到十秒，因為黑格瓦二度搓撫顧玫卿的肉根，同時食指也一插到底勾伸擴張臀穴。

顧玫卿倒抽一口氣，高潮後的陰莖尚未軟下還分外敏感，登頂的歡愉、愛撫的舒爽疊在一起，不僅蓋掉擴張後穴的不適，還迅速溶解理智。

而當黑格瓦屈指按上顧玫卿後穴的敏感處時，不適感瞬間轉為甘蜜，令 Omega 猛然一顫仰頭喘息。

「嗯哈……哈、哈……呃啊啊——」

蕩漾的喘聲迴轉於蕩漾的池面上，一同升起的還有濃郁的玫瑰香，黑格瓦在香氣中縮起眼瞳，兩手套弄、抽按的速度加快，最後張嘴啃上對方的脖子。
顧玫卿的呼吸變得更紊亂，黑格瓦沒有咬破他的腺體，可是牙齒與滲著信息的唾液貼在頸上，深深刺激 Omega 的慾念與對 Alpha 的渴望。
而當黑格瓦將手指增加到三指，並且同時屈伸指頭進攻前列腺時，顧玫卿顫著身子迎來後穴高潮，接著陰莖也被龍人的另一隻手套弄到射精，雙眼頓時失焦，軟癱在伴侶懷中。
黑格瓦抽出手指，看著身上綿軟恍神的 Omega，輕輕將人抱起走向水池另一端。
當顧玫卿恢復思考能力時，人已經來到溫泉池的右側，被擺成上身趴在池畔，雙膝跪於池底，且身下膝下都放著海綿軟墊的姿勢。
他困惑地眨眨眼，正想回頭找黑格瓦時，龍人的手已自水下撫上他的腰肢，再向後走向臀部，扳開臀瓣將陽具緩緩推進臀縫中。
而這是間隔足足三個月的插入，顧玫卿先是愣住，接著被強烈的喜悅與興奮包圍，即使後穴泛起脹痛，仍毫不猶豫地將臀股往後送。
「別急。」黑格瓦扣住顧玫卿的臀部，緩慢、平穩地前推性器道：「這東西跑不了，遲早是你的。」
「但是……」顧玫卿扭了下腰，感覺花穴被多撐開半吋，於精神的快樂和肉體的細痛中抖聲道：「我想要……現在就想要。」
「別急。」
黑格瓦的聲音和手掌同時拍上顧玫卿的臀肉，再抓住對方的腰繼續前挺。
顧玫卿很想再扭腰，但臀上還殘留拍打的辣痛，只能忍下渴望，透過收捲內壁給自己滅火。
黑格瓦沉在水中的黑尾猛然翹起，望著半浸在水中的濕潤臀口，挺下推入咬牙道：「你真是……不要太考驗我的忍耐力！」

「主人……」顧玫卿低喃，肉徑一半處於充盈，一半只能空虛地蠕動，揪住軟墊擺臀喊道：「主人的話……不用忍耐，請盡情占有我。」

黑格瓦沉默，盯著顧玫卿白裡透紅的身軀，驟然將陰莖推進至根部。

「呃、呃啊！」

顧玫卿睜大眼瞳喊叫，疼痛、麻感與快感一同貫穿身軀，將他腦中的思緒清空，直到身後人退出再進入，才被鋪天蓋地的盈滿感喚醒。

黑格瓦兩手握著顧玫卿的腰部，將肉具推進到生殖腔口再抽出，然後立刻展開下一回侵入。

顧玫卿伏在軟墊上顫抖不已，後穴在反覆的填滿下脫去緊澀，蜜水與三個月前交媾的記憶一併湧現，並在粗莖輾過前列腺頂上生殖腔的霎那，碰出幾乎融化神智的歡愉。

「啊、啊哈……主人哈！好棒……喜歡，最喜歡了！」

顧玫卿忘情地喘喊，在黑格瓦插入時挺臀送上花穴，清楚感受到龍人陰莖的熱度與輪廓，以及自莖頂微微滲出的信息液，肉體、精神都深切認知到他正被永久標記自己的 Alpha 索求著。

而這帶給顧玫卿前所未有的滿足。

「玫卿……」黑格瓦低喚，彎下腰伏在顧玫卿身上，一邊抽插緊滑兼具的肉穴，一邊親吻 Omega 的後背沉聲道：「我的花朵、歌拉維尤……不會、讓人……奪走你！任何人都不行！」

「主人……喔啊啊——」

顧玫卿渾身酥麻，因為黑格瓦加大了頂刺的力道，大力且快速地搗弄 Omega，溫熱的泉水與粗大的陰莖一起沖刮花徑，迅速洗去外界的一切，僅存龍人的氣息與挺進。

黑格瓦垂下一隻手貼上顧玫卿的腹部，用身體捕捉 Omega 的抽顫、濕濡、光滑與愈發濃甜的玫瑰香，呼吸轉為粗沉，在不頂開生殖腔的範圍內，猛力地將身下人烙成自己的形狀。

而這讓顧玫卿酥得全身發軟，灰色眼瞳罩上水氣，面頰則緋紅如霞，水下的雙腿不僅滑開還不斷顫抖，腿間的性器一抖一顫地翹起。

黑格瓦用尾巴捲上顧玫卿的大腿，一隻手仍留在對方的腹上，另一隻則握住Omega的胸脯，張開五指放肆地揉掐。

顧玫卿全靠黑格瓦支撐才沒沉到水中，在龍人的掌上、莖下打顫喘息，水裡的肉根先是緊繃，再於一次深插中射精，無意識地收縮臀徑吸吮龍人的陽具。

黑格瓦微微一頓，接著勒緊、抓掐顧玫卿的大腿與胸部，將抽捅的速度拉至兩倍，直到射在顧玫卿體內。

拍打天頂牆梁的水聲和喘聲止歇，但幾秒後便再次響起，顧玫卿在精水、泉水與自己的春潮中呻吟顫抖，很快就迎來今日的第四次高潮。

◆◆◆

顧玫卿的意識斷在第七次高潮，而當他再度張開眼睛時，承載身軀的已不是溫泉水，而是鬆軟的床墊；橫在頭上的也不是水氣與夜空，而是陰暗的天花板與幾個投影視窗。

打開投影視窗的人是黑格瓦，他正動手指回覆郵件，遲了幾秒才從眼角餘光發現顧玫卿醒了，低頭放下手問：「吵到你了？」

「沒有……」顧玫卿看了視窗一眼就立刻將視線轉開，細聲問：「我耽誤您工作了？」

「一點也沒有，你讓我一鼓作氣超前完成工作。」

黑格瓦微笑，輕撫顧玟卿的頭問：「衣服穿起來感覺如何？」

「衣服……」

顧玟卿一愣，後知後覺地察覺包裹自己的不是硬挺的軍禮服，而是某種輕盈的薄紗，匆匆掀起棉被注視身軀，這才發現自己穿著一件黑色雪紡紗睡衣。

正確來說，是黑色雪紡紗性感睡衣，薄紗製成的細肩帶連身裙覆蓋Omega的胸脯、腰腹、臀部和半截大腿，但清楚勾勒出他的身體線條，甚至能微微捕捉到紗裙下的膚色。

「我有一個房間，裡面全放著還沒送出的禮物。」

黑格瓦伸手用指尖掠過顧玟卿的上身與大腿，揚起嘴角笑道：「這件不是你偏愛的顏色，也沒有你最愛的蕾絲，但我一直很想看你穿。喜歡嗎？」

「主人喜歡我就喜歡。」

「我非常喜歡。」黑格瓦沉聲回答，凝視顧玟卿近半分鐘才收回注目，關閉投影視窗把手伸到床邊矮櫃，拉開抽屜翻找，「原打算明天再拿給你，但你既然醒了，就提前給吧。」

「您要給我什麼？」顧玟卿掀開棉被坐起來，

「這個。」

黑格瓦拿出一個戒指盒，打開後露出兩枚由銜著紅寶石的黑龍圈成的戒指。

顧玟卿睜大眼瞳，期待又怕落空地望向黑格瓦問：「這是……」

「我們的訂婚戒指。」

黑格瓦拿起較小的那枚戒指，拉起顧玟卿的手掌，將龍戒戴上Omega的無名指道：「考量到你我短時間內還無法辦婚禮，我就先準備訂婚戒指。這樣式你不喜歡的話可以……」

「我很喜歡！」顧玟卿快速打斷黑格瓦，抽回手抱著自己的手指強調：「非常喜歡！所以請不要收回去！」

黑格瓦眨眨眼，愣了幾秒才搖尾笑出聲來：「我是想說可以換，沒有要收回去。」

「就算要換，也不要收回去！」顧玫卿將手抓得更緊。

「好好好，不收不收絕對不收。」

黑格瓦笑出聲，將另一枚戒指戴上自己的手指，收起笑容認真道：「然後，我要跟你商量另外一件事。」

「什麼事？」

「你願意在你懷孕四個月，或至少八個月時，跟我同居到孩子滿月嗎？」

黑格瓦看見顧玫卿瞬間僵住，以為對方被自己的提議嚇到，抬起手嚴肅解釋道：「這是基於你和孩子的安全！雖然這年頭不少機器人管家都有照顧懷孕者的程式，但活人還是比機器人更機靈點。」

「……」

「然後我也有照顧 Omega 產夫的經驗，皇長兄懷孕時，我陪伴他的時間還比他的伴侶多。」

「……」

「當然，為了避免聯邦機密外洩，我打算另外準備一間房子，位置會盡量選在第三軍團的軍團部旁，這樣我就不會接觸到你住家主機中的資料。」

「……」

「我這段期間斷斷續續蒐集人類產夫的注意事項，接下來也會找醫生了解，所以……唔！」

黑格瓦的話沒能說完，因為顧玫卿突然撲倒並緊緊抱住他。

「我願意！」顧玫卿以近乎吶喊的音量回答，摟緊黑格瓦激動到顫抖地喊道：「請在我懷孕四個月……不！請明天就跟我同居！」

黑格瓦瞪大眼瞳，再噗哧一聲笑出來，撫摸顧玫卿的後背道：「明天太趕了，我會盡量爭取在半個月內完成準備工作。」

「或是我直接搬進官邸……」

「那麼聯邦的政界軍界媒體界都會發瘋喔。」

黑格瓦低頭親吻顧玫卿的額頭，凝視 Omega 的灰瞳輕聲道：「總之交給我，我會把一切處理好。」

「是！主人。」

顧玫卿倚靠黑格瓦的身軀，享受龍人的拍撫，直到瞌睡蟲找上自己。

他是君臨戰場的暴君，也是肩負聯邦期待的英雄，但此時此刻，他只是對未來抱持萬分期待的 Omega。

（完）

【特別收錄】

紙上訪談第二彈，暢談各種創作花絮

Q6：這部作品融合了非常多類型小說的元素，從ABO、獸人、星際機甲，甚至還有BDSM。因此很好奇您是怎麼想到要一口氣結合這麼多元素來創作呢？以及如何去蕪存菁，讓故事能呈現各種題材的趣味性，卻不互相干擾？以及在設計劇情時會不會反而造成限制或是有更多顧慮？

A6：哇！這樣列出來元素真的多到爆炸XD

老實說我設定時沒有意識到這些，我就只是從一個小靈感（最強機甲駕駛員是Omega），開始想像這個靈感會推展出怎樣的人物和世界觀。

首先ABO加星際機甲算是普通常見的元素，只是以我的閱讀經驗，這類文中通常要不通通是人類，要不有外星人但外星人都是敵人（然後通常是蟲族），可是我做為一個童年看《星際迷航記》（又譯《星際爭霸戰》）長大的人，我很難接受廣闊的宇宙中只有人類一種智慧生物，所以出現至少一種智慧生物（獸人）對我來說才是正常的。

打個比方，這有點類似今天如果要演宮廷劇，那麼皇宮中就應該要有來來往往的太監、宮女、侍衛，不能皇帝出門時只有一個公公、一個侍衛隨侍左右，對我來說「宇宙中有其他智慧生物」就像是宮中的太監、宮女、侍衛。

當然，這絕對會讓故事變得更複雜，使讀者要適應更多設定，不過這也會碰撞出新火花。而 BDSM 這邊，最初這是屬於我靈感資料夾中另一本 ABO 的元素，當初的設定是某名 Alpha 總裁因為不肖家人和工作終日辛勞苦悶，然後迷上當奴放空腦袋全聽主人的故事，但我發現這種「表面強勢可靠，但實際上有另一種需求」的設定，和顧玫卿非常相配，因此就放到顧玫卿身上，並且讓 BDSM 成為顧玫卿和黑格瓦相識、相戀、互相救贖的起點。在使用這些元素時，我沒有覺得它們造成限制，因為這些元素都不是為了放而放，是我根據世界觀、人物設定才擺進來，所以彼此沒有相斥，甚至是拆掉其中一個故事就不能成立的狀態。

至於要如何去蕪存菁展現題材的樂趣，我想回答也是同一個——只加入故事與人物需要的元素，如果判斷這個元素放在該世界觀中沒有意義甚至很突兀，那就馬上拿掉。

Q7：雖然您以往的作品也大多帶有強烈的奇幻輕小說風格，這次《O上將》的故事有沒有什麼不同之處？對您而言，在創作上有做了哪些突破嗎？覺得成果如何？

A7：最大不同處，大概是這次花了不少篇幅去描寫主角的心境吧！

我算是比較偏劇情向的作者，一直以來都習慣用劇情去推感情，然後對於感情變化除非中後段的高潮或小高潮，我大多不會去詳細描述，但這次我用了不少文字去描述角色當下的心情想法。

會這麼做除了想要嘗試新寫法外，也跟角色本身有關，顧玫卿是個集個性內斂與天然呆於一身的角色，然後黑格瓦則是表面霸總實際上心思細膩，因此如果照我以往的寫法，會很難將兩人的複雜性與魅力傳達給讀者。

至於成果如何，我個人是滿意的（雖然字數爆炸），但最終有沒有成功還是要看讀者們的反饋，總之，希望大家喜歡（祈禱）。

附帶一提，我特別喜歡第一集顧玫卿在營火邊回想部屬是怎麼跟陌生人搭話，然後驚覺自己在搭訕上毫無助益，因此深受打擊的片段。

Q8：在創作這部作品時，有沒有發生什麼有趣或難忘的事情？有沒有遇到什麼困難？寫作時最大的挑戰是什麼？

A8：最難忘的果然還是一本變成兩本這檔事，雖然在我把大綱寫到兩萬字時，就有這本的字數比想像中多的覺悟了，但沒想到直接多了一倍，而且還是完全砍不回去的狀態。

至於困難和最大挑戰……對我來說，BDSM的橋段其實都讓我覺得挺艱難的。

我是個很討厭疼痛的人，但疼痛是BDSM中非常重要的元素，因此在閱讀眾多參考資料與影片，考量到現實和個人性癖……我是說興趣後，我決定將重心偏重DS（支配與臣服），只在必要時才放入SM（施虐與受虐），最終呈現就是大家所看到的，法夫納做為主人不是靠痛苦讓顧玫卿臣服，而是靠快樂、信賴和幾乎可說是誇誇全肯定的發言，讓顧玫卿對他欲罷不能。

畢竟對顧玫卿而言，痛苦、貶低與克制都是他的日常，快樂、讚美和解放才是他陌生也需要的。

Q9：本書故事背景龐大，出場角色眾多，請問針對世界觀或是其他配角的角色設定，有沒有什麼小說沒提到的裡設定？有沒有被您忍痛修改掉的設定？其中有沒有您特別偏愛的角色？如果還有篇幅，您會想寫誰的故事？為什麼？

A9：這部分基本上還挺多的。

例如以顧玫卿所屬的第三軍來說，其實我有設定幾名主要成員的情感糾纏XD。例如，公孫禮默默喜歡著白靜，而白靜雖然對他也有好感但基於兩人家世差太多所以假裝不知道；白焱以為哥哥是真的不知道公孫禮的愛意，所以對公孫禮很有戒心；李覓通通都知道，可是他覺得自己事情夠多了所以完全不想管。

第二軍團的總司令蘭開夏則是最大遺珠，他其實也是個很有戲的人，但礙於劇情所以只聞其聲不見其影，當初設定這位先生雖然出身聯邦中最接近貴族的蘭家（《暗殺》中蘭開斯的直系子孫）但其實是個瘋狂貴公子，在軍團模擬戰中幹過先把戰術集交給副官，然後拿自己當餌欺敵，故意讓敵軍把自己打死後，趁對方大意一口氣反攻。

事後談諾責備他怎麼可以設計以總司令死亡為前提的戰術，這位先生回答：「模擬戰又不會真的死人，況且總司令偶爾也是會陣亡的。」

此外還有黑格瓦方的親友部屬，這邊為了劇情不要太複雜也最大程度精簡了，要不然他們也是一群很有趣的人。

至於修改掉的設定……因為我一向希望設定為劇情服務，所以這部份意外地好像沒有！頂多就是礙於篇幅無法好好介紹銀河系外生物——無蹤者們。

若有篇幅，我最想寫的會是蘭開夏和斯達莫帝國的皇帝夏卡里的故事，這兩人在故事中都屬於只聞其名不見其影的類型，但也因為這樣有很多空間可以發展。
而如果要二選一的話……有鑑於夏卡里是我相對不擅長的傲嬌型角色，而蘭開夏則是我很久沒碰可是曾經寫得很暢快的斯文敗類，所以就蘭開夏吧！
或是公孫禮似乎也挺有趣的！糟糕，想寫的人越來越多了啊！

（完）

【作者後記】

希望這個故事能給大家帶來大大的滿足

雖然我每次後記開頭都是謝謝買書的朋友，但我這次還是不免俗地要繼續謝謝買書的朋友（鞠躬）。

這是我第一次出分成上下集的商業誌，過去我商業誌不是一集完就是四集完結，希望下集的結尾能讓看完上集，對劇情斷在這裡捶胸頓足的朋友帶來大大的滿足。

我自己是在寫下集得到不小的滿足，特別是H的部分！畢竟整本上集雖然有R18的部分，但是都沒有抵達本壘啊啊啊啊——

我不知道大家在閱讀上集時有什麼感覺，但我自己從上集到下集的前二分之一到三分之二的地方時，心情都是「啊啊什麼時候可以滾床」的不滿足狀態，然後心心念念著「等到發情段落時我一定要大寫特寫啊啊啊」。

然後我就寫出我目前寫作人生中最長的床戲，大約一萬字。

當然，一萬字的床戲對某些作者來說可能根本是常態或是不值一提，但我個人以往的床戲字數平均是兩千到四千，所以一萬字已經算很多了！更別提之後還有一場四千字的！

我希望這一萬加四千字的床戲除了單純的肉，也能讓大家感覺到黑格瓦和顧玫卿之間壓抑近一集半的飢渴。

下集的重頭戲除了床戲，還有黑格瓦傳奇的真相，以及兩人的轉變。

首先是轉變的部分，如果說下集的顧玫卿是漸漸脫去束縛的暴君，黑格瓦就是緩緩剝離霸總外殼的溫柔王子。

但即使有這種變化，顧玫卿還是奴（Sub），黑格瓦仍是主（Dom），會這麼安排是因為我在查 BDSM 資料時，深深覺得雖然表面上奴是接收命令、服從主的存在，可是前提是這名奴願意將自己交出去；而主乍看下是握有主導權的人，但他之所以能有這個權力，是因為他有能力滿足並且解放奴。

因此，雖然黑格瓦本人覺得他作為主（法夫納）的那面是演技，可是實際上他之所以能成為假面舞會中最受喜愛的主之一，是因為他骨子裡是溫柔、體貼、善於觀察的王子殿下。

顧玫卿作為奴的那面也不是演技——理由不僅是他本人幾乎沒有演技可言，而是內心最深處的渴望，在遇上一名絕對能信賴的主後迸發出的真實。

不過不代表顧玫卿是完全弱勢、受到支配的角色，想必看到結局的人都明白，緋紅暴君的臣服是基於自由選擇，他雖然是奴，卻是個主動追求主人的奴。

黑格瓦傳奇的真相，這是個比較嚴肅的主題，我一直很著迷於「同一件事從不同角度看就有不同結果」，這部分在第一集已經說過一次，第二集則是更進一步，除了

作者後記

原本的不同角度不同結果外，還有當下的勝利可能導致往後的災難。

然後這也是我心目中理想領導人該具有的考量，不要只看眼前的所得所獲，也要去思考未來的福禍得失。

不知不覺後記又要破千字了囧，來結尾吧。

感謝愛呦文創的全體工作人員與本書的繪師さきしたせんむ老師，以及手上拿到這本書的你，每次後記都用感謝結尾可能給人很例行公事感，但一本書要從 word 檔到變成紙本書或電子書，背後真的需要很多人的努力，身為一個只會打字的作者我必須對這些人鞠躬再鞠躬。

最後，期待能和各位相遇於文字之海！

M·貓子

二〇二四年春

i小說 081

在全息遊戲遇到敵國O上將怎麼辦？可是很香 2（完）

國家圖書館出版品預行編目（CIP）資料

在全息遊戲遇到敵國O上將怎麼辦?可是很香 / M.貓子著. -- 初版. -- 臺北市：愛呦文創有限公司, 2025.02
冊；　公分. -- (i小說；81)
ISBN 978-626-99038-9-4(第2冊：平裝)

863.57　　113018351

愛呦文創

作者　M.貓子
繪圖　さきしたせんむ
責任編輯　高章敏
文字校對　劉綺文
特約編輯　Yuvia Hsiang
版權　Yuvia Hsiang、Panny Yang
行銷企劃　羅婷婷

發行人　高章敏
出版　愛呦文創有限公司
地址　10691台北市忠孝東路四段59號10-2樓
電話　（886）2-25287229
郵電信箱　iyao.service@gmail.com
愛呦粉絲團　https://www.facebook.com/iyao.book

總經銷　聯合發行股份有限公司
電話　（886）2-29178022
地址　231新北市新店區寶橋路235巷6弄6號2樓

美術設計　廖婉禎
內頁排版　陳佩君
印刷　沐春行銷創意有限公司
初版一刷　2025年2月
定價　360元
ISBN　978-626-99038-9-4